陈东枪枪 著

神探华良

陆

凶蝶

南方出版传媒
花城出版社
中国·广州

图书在版编目（CIP）数据

神探华良. 6, 凶蝶 / 陈东枪枪著. -- 广州 : 花城出版社, 2021.7
ISBN 978-7-5360-9279-2

Ⅰ. ①神… Ⅱ. ①陈… Ⅲ. ①侦探小说－中国－当代 Ⅳ. ①I247.5

中国版本图书馆CIP数据核字(2021)第125276号

出 版 人：	肖延兵
总 策 划：	海　飞
项目执行：	汪　黎
策划编辑：	程士庆
责任编辑：	曹玛丽　周思仪
文　　字：	王喜鹏　汪　黎　陈如松　汤　玲
技术编辑：	薛伟民　凌春梅
装帧设计：	今亮后声·小九

书　　名	神探华良. 6, 凶蝶
	SHENTAN HUALIANG. 6, XIONGDIE
出版发行	花城出版社
	（广州市环市东路水荫路11号）
经　　销	全国新华书店
印　　刷	佛山市浩文彩色印刷有限公司
	（广东省佛山市南海区狮山科技工业园A区）
开　　本	880 毫米×1230 毫米　32 开
印　　张	9　1 插页
字　　数	170,000 字
版　　次	2021 年 7 月第 1 版　2021 年 7 月第 1 次印刷
定　　价	49.80 元

如发现印装质量问题，请直接与印刷厂联系调换。
购书热线：020-37604658　37602954
花城出版社网站：http://www.fcph.com.cn

仇恨的种子终会长成黑暗的迷宫。

目录

暗 夜
·1·

凶 蝶
·169·

暗 夜

当华良打开巡捕房办公室的门,进入新的一天的时候,最先醒过来的是他办公桌上的电话。

无数根漆黑的电话线架在人头顶,或平行或交错,切割着上海阴沉的天空,将信息传往各处。好的,坏的,只要拿起电话,就都了然了。此刻,某人正在某处,拨打华良办公桌上那部电话,要告诉他些什么。

不会是什么好消息,华良有这样的预感。

关了一宿的空气宛如透明的雾,在急促的电铃声和华良加大步幅的冲击下,渐渐恢复了流动。

"蒲石路,有活儿。"

"你现在在哪里?"

"想穿旗袍吗?"

"什么?"

电话那边传来打火机擦燃的声音,然后是莫天长长的吐气的声音。"我在蒲石路上的御斋旗袍行。"

莫天把话筒摆回了柜台。戴上礼帽之前,他摇晃着手里的风镜,盯住柜台里面女收款员晃动着的恐惧的眼睛,不无邪魅地歪起嘴。"想不想出来,坐坐我崭新的摩托车?"

莫天面前那部象牙白的电话十分精致,底座上镶嵌着黄铜花卉。电线从底座伸出来,进入樟木柜台台面上的孔洞。再出现，已经是在墙上。电线沿着墙边探到屋顶伸向店外面，与其他电话线合拢、交错，切割天空。

在这些凌乱的电线下面，停着莫天新换的挎斗摩托车。那辆聪达普 KS750 军用摩托车是半年以前莫向南托德国的朋友帮忙订的，上个月才运到上海。莫天太喜欢这辆摩托车了。在过去一个月里，骑着它兜风的时间已经超过了和华良在一起的时间。莫天想骑着它去很多遥远的地方，更想去各种诡异的杀人现场。现在，他如愿了。

聪达普旁边，是被莫天驱散又再次聚拢在一起的人群。他们朝里伸着脖子，同时又做好了奔跑的准备，仿佛被围在中间的，是一个随时都会塌陷的深洞。

一具中年男性的尸体。

尸体斜趴在地上，脚底板沾满土。皮鞋落在几米之外，被围拢的人群所阻隔。他眼睛瞪着，嘴也张着，一只耳朵贴在地面，仿佛在静静地聆听什么。整个人瘦得不像样子，全身各处都透露出骨头的棱角。相比那些看客，这俨然是另一个族群，因为某种原因才意外出现在地表。他久久地趴在那儿，迫切等待大地裂口的声音，意图重返故地。

相比空中那些电话线，尸体背上的刀痕显然要凌乱得多。衣服碎裂成布条，伤口道道翻开，犹如被犁过的土地。

1

"都快被剁成云吞馅儿了，"莫天打了个哈欠，对蹲在地上翻看着尸体的高婕说，"一看就知道是被砍死的，还有什么勘验的必要。我倒是可以提供些有用的线索。"

莫天顿了一下，等华良和高婕的眼睛都转向他，他才重新开口说："这个人叫安四桥。知道他为什么姓安吗？"

"有话快说！"高婕白了他一眼，"不说我也查得到！"

"因为他是安公馆的管家。"莫天抽了口烟斗，将白雾徐徐吐出，"他是安中和的人。"

华良和高婕都听说过安中和这个人，法租界的人几乎都听说过。没听说过的，也去过他的各家洋行买过东西。

"瘦得跟鬼一样，一定是常年吸大烟。就算不被砍死，大概也活不过三年。"说着，莫天转过头，用下巴指指十几米外那个店铺。店铺的门楣上，挂着一块匾，上面写着"九霄云外"。"看没看到这燕子巢？在死之前，这骨头架子要么刚从那儿出来，要么是要进去。"

隔着吐出来的相互缠绕的烟雾，华良盯着那扇紧闭的樟木门。吸大烟的人横死街头算不上稀奇，死因无外乎三种，要么吸死，要么饿死，要么被债主打死。如果把这个叫安四桥的人的横死街头和他吸大烟这件事联系起来，并忽略他有仇家这个假设，死因仿佛就会变得明朗——安四桥是被债主打死的。债主有可能是借给他钱的人，也有可能是前方赊他大烟的"九霄云外"烟馆。

想到这里，华良朝烟馆挪动了脚步，几个手下跟着他，另外几个将尸体抬上担架，放到吉普车上去。然而随即，他就被莫天拽住。

"华探长，你就穿着这身皮去那烟馆调查？"在华良的意识里，莫天第一次这么称呼他。

"神探，你还真打算让我穿着旗袍进去？"说完，华良就意识到了自己的疏忽。政府早就明令禁止吸食和贩卖烟土，燕子巢却一直都在。不是掌柜们心太大，而是警界暗中支持他们这么做。

"在法租界，格雷最好的部下可是各家烟馆的老板。"莫天的神情和语气都充满了轻佻，"格雷在公董局的薪水不过是你的两倍，每个月的收入却是你的一百倍。他是法租界最大的毒枭，不要未经申请就在他的财路上留下你的皮鞋印。"

在烟蒂烫到手指之前，华良用力吸了最后一口。他朝着自己的吉普车走去，那团烟雾留在原地，仿佛散不去的思绪。

2

从格雷办公室出来的时候，华良被一种挫败感包裹着。格雷依然坐在他的办公桌后面，半眯着眼睛，懒洋洋地抽着雪茄，每次开口都相隔半分钟。

格雷零零散散的话总结起来就是，安中和是有头有脸的人，一定要好好查。说"好好查"这三个字的时候，格雷抬起头，另有深意地看了一眼华良。格雷也没有直接答复去"九霄云外"烟馆调查的申请。华良的话像是已飞到末节的箭矢，尚未击中格雷的耳膜，就消解在空气中。华良走到门口的时候，格雷的声音再次从身后传来，像是给先前结束的对话附加一段收在括号里的内容："查你该查的，远离你不能触碰的。"

在走廊，莫天正朝他晃过来。"安公馆派人来认尸了，"莫天笑了笑，带着些许轻蔑，"竟然叫了个女仆来干这'脏活儿'。"

那女仆穿一身深青色的粗布对襟上衣，头发梳成麻花辫，用红色布带绑了。她站在办公室靠门口的位置，垂下的两手交叠又松开，松开又交叠，将她的局促暴露无遗。从身后看，就是个普普通通的女仆，在上海的各个街头随处可见，但是她一转过脸，华良就怔住了。那感觉像是被蜂蜇了一下，后脑勺木木地，一阵阵发麻。

女仆的眼睛则豁然睁大，想必她和华良有着同样的感觉。两张脸隔着两米空间，实打实地撞击在一起。

"三……"女仆刚开口，就被华良截了下来。

"我是中央巡捕房探长，我叫华良。"

"我是来认人的，安大哥从昨夜就没回家。"对方愣了下，又把头垂下去，回到了先前局促的状态之中。

去停尸房的路上，只有华良和女仆。一前一后的脚步声在走廊里碰撞出清冷的回声。她叫李凤。她年长华良三岁。她做过药剂师，总是穿着白袍站在满柜台药品前面。她曾是一个灵动的姑娘，最喜欢打羽毛球和看莎士比亚的戏剧。身后那个女人的情况，华良再熟悉不过。

事实上，在颇为久远的一段时间里，她曾长期占满华良的内心和梦境。华良喜欢灵动的人，大概是因为他的心底总是埋藏着一场阳光照不透的大雨。那场大雨会时不时忽然出现，揪住他，抽空他全身的血液和力气。认识李凤的那段时间，正是那场大雨最频繁出现的时候。后来，她嫁给了一个胸膛宽阔、脸色黝黑的水手。

身后的李凤已经变得截然不同，华良不回头也无济于事，她现在的脸就烙在他视网膜上。那是一张爬满皱纹的脸。就像蜘蛛吃掉昆虫，或者把一张新洗出来的照片摁到砂纸上打磨，总之皱纹已经将她五官中蕴含的灵动、透明、饱满的东西蚕食殆尽。华良知道缘由，不是时间，也不是劳作。一想到这里，华良就感到深深的自责。此时，李凤一步一步跟在身后,就像他多年来的内心写照,把他变回当年那个犯了错的毛头小子。那件事情之后,李凤便消失了。他想抽一根烟,但是上衣和裤子口袋都空空的,烟落在了办公室。

华良掀开盖在尸体上的白布,李凤看了一眼,吸着气点点头,华良又把白布盖了回去。

"由于某些原因,我更换了名字和身份。"华良开了口。话语停留在带着药水味的空气中,不下沉,不消失,像河面上的浮冰。"这些年,你去了哪里?"

"忘了。"李凤的语气淡淡的,"好像去了很多地方,全是陌生的地方。但是去了哪儿,全都不记得了。在那样的状态里,我连自己这个存在都无法感知。"

华良低下头,没说话。他脑海里自动浮现出了一只纸灯笼。灯笼破满了洞,露出竹篾,被风吹到处跑。

"回来以后总要生活,偶遇到安家小姐,说话投机,就开始照顾她的起居。"

走出停尸房前,李凤忽然抬起脸,定定地看着华良,然后浅浅地笑了。"你长大了。"她对华良说,"尽管这样,我还是一眼就看出是你。"

3

从中央巡捕房到安公馆,要经过一段凹凸不平的土路。裹在尸袋里的安四桥在汽车后座上颠来颠去。莫天戴着风镜,骑着挎斗摩托车紧跟在华良的汽车后面,不时歪一下头,吐一口带着沙土的唾沫。

沉闷的撞击声里,华良向李凤问起安四桥的情况。在李凤的印象里,那是一个本分能干、不会招惹是非的人,做事爽利,手也巧,会打全套的家具。六年多以前,李凤被安家小姐安丽娜聘到家里做仆人的时候,安四桥就已经在了。被发现吸大烟是两个月前,那时候他已经吸了小半年。

李凤的话在此中断,仿佛蒙了薄膜的眼睛盯着颠簸的前方。她在想象安四桥吸大烟的样子。烟枪塞进嘴里,安四桥的腮帮子就凹陷了下去。表面上,是安四桥在吸那些白色芳香的雾气,但实际上,是烟枪在吸他,在几个月的时间里,将魁梧的他吸成了一副骨头架子,在汽车后座上摇来晃去。

李凤把华良领进安公馆客厅的时候,里面有三个人。坐在檀木太师椅上的是安中和。他穿着黑色绸缎长衫,戴着玳瑁框眼镜,中分的头发背到脑后,胡子和头发都泛着灰。他旁边站着的是安家小姐，罩在外面的白色对襟毛衣把她的脸色衬得很晦暗，眼袋和泪沟肆意凹凸。她朝华良倦怠地点了个头，就离开了，单薄的背影很快被侧房的门阻隔。穿深灰色格子西装的男子快步走过来，和华良与莫天握手，解释说太太身体不适。他说他叫曹光辉，黝黑的脸色和宽阔的脸形让他显得踏实忠厚。将华良迎到与安中和隔桌相对的另一张椅子上后，曹光辉又搬过一把椅子让莫天坐。莫天不坐，去看墙上挂的那些字画。

李凤从厨房端来了茶，是成色和味道都很好的普洱。华良喝了一口，想这茶的年龄比他和安中和的年龄都要大，可能和他俩之间的那张檀木桌差不多。安中和不眨眼地望着他，嘴半张着，在等待回答。华良朝他点了点头，他就下意识地抖了几下肩膀，眼里的光也随之灭下去。

"这是迟早的事，沾上那东西，就是这样。"他像是自言自语，然后缓缓站起身，出了客厅，领着两个下人出了院门。再在院子里出现的时候，他跟在两个下人后面。下人搬着裹尸袋，他皱眉跟着。华良注视着三个人，直到他们拐出华良的视野。

曹光辉给华良添茶，招呼他吃点心，再三表示着感谢。"烟鬼横死街头，没有多少人真正在意。但是安叔是我岳父多年的心腹，还请华探长务必尽快把凶手找出来，了了岳父这个心结。"

华良感受着曹光辉揣度式的目光，知道话语并没有结束。

"如果找不出来,也没有关系。只是,可否把这个罪加给某个等待枪毙的死囚……"

"我会把真凶找出来。"华良喝干了茶,站起身,走出谈话的范围。客厅里没有欧式的皮沙发,也没有琳琅满目的酒柜,除去那套檀木桌椅和一座落地钟之外,再无其他硬质摆设。墙上挂着几幅郑板桥的字画和一套印了怀素草书的挂历。华良的目光落在挂历上,半分钟以后仍没离开。更准确地说,他的目光停留在后天。

"这一天为什么标注了出来?"华良盯着那个被圆圈套住的数字问。圆圈是用小楷毛笔画的,弧线重合处有墨晕开,这是笔头在标注完成后又做逗留的痕迹。

"这天是我岳父一位故人的忌日。"曹光辉在华良身边应道。

华良道了声歉,随即转变话题,让曹光辉带他去安四桥的房间看一看。

安四桥的房间空空荡荡,和华良预想的差不多。古董架上有不少形状各异的灰尘,原本摆在上面的瓶瓶罐罐估计都被换成了大烟。华良拉开靠窗的书桌抽屉,找出了一本用细麻绳捆成筒状的册子。

莫天看着册子上的一行行账目,冷笑了下说:"账做得够清楚啊,是个好管家,可以去我爹那儿做会计了!"

"有人来安府找安四桥要过债吗?"华良头也不回地问。

"从来没有。"曹光辉把脸伸到华良的肩膀上方,盯着册子上列的一行行账目,回答得斩钉截铁。

"我们甚至都不知道他借了这么多钱。他是岳父本家族的一个侄子，吸大烟这件事，岳父也劝了他好多回，以严厉的方式。他也屡次表示不再吸，甚至下跪发誓。后来，他果真不再出去了。如果不是出了事，我们都以为他戒了。看来，他应该是夜里从后院翻墙出去的。"

华良翻到账本的最后面一页，上面有两道账目。一个是欠"九霄云外"烟馆的十五块大洋，前日已还，用毛笔画掉。还有一个是十一块大洋，债主名写的是"阿通那个狗日的"，借款十块，利息一块。这笔欠款的还款日是昨天，但是并没有画去。

"你晓不晓得一个叫阿通的人？"

"不晓得。"曹光辉迅速摇头，在华良耳边扇起风来。然后他紧皱起眉，营造出一脸深沉。"这阵子，家里出了不少事。我太太身体不好，内兄也整天失魂落魄，现在又出了命案。"

"失魂落魄？"华良问，"先前没看见他。"

"也没什么。"听到华良问，曹光辉才意识到自己意识的游离，语气里带着些许慌张。"大哥他，整天把自己关在屋子里，不见人，饭也不和我们一起吃。"

莫天嘴角浮起了轻佻的笑。曹光辉所说的内兄，他熟悉得很。那个废物叫安白平，中学时从别处转学到了他们学校，没人愿意跟他玩儿。

"那个废物常年莫名愁苦，不喜欢去操场，就爱在厕所待着。一年里，有八千七百六十个小时在便秘！"一出安公馆，莫天就把笑声喷到了天上。

待吉普车和挎斗摩托车的引擎声消失在院墙外以后，安中和出现在了院子里。此时的他戴上了礼帽，挂着一根精致的手杖，皱纹紧巴巴。戴白手套、头发梳得锃亮的司机走在他前面，两人的脚步都很急促。安中和一上车，汽车便向前行驶，转眼就开出了站在门口的曹光辉的视野之外。

4

午后，太阳灼烈，华良的车一直在加速。莫天一路追赶，感觉越来越不对劲儿。那不是回中央巡捕房的路。等莫天意识到什么，奋力超过并停在华良汽车前方的时候，华良已经熄灭了引擎。

五米以外，就是"九霄云外"烟馆。

与早晨不同，此时的"九霄云外"门口立着两个大汉。两人犹如双胞胎兄弟，都长着阎王一样的要鼓爆眼眶的眼睛，都是满脸络腮胡子，都裸露着甲胄似的胸膛，腰间都扣着巴掌宽的牛皮板带。两人被太阳照着，皮肤和铁板一样黑，身上却没有一滴汗。

车门刚被华良推开，便又被莫天一脚蹬上。莫天把头伸进车窗，让他赶紧回巡捕房，先找格雷申请。华良笑笑，

"这里谁都能来，我也想快活快活。"他用下巴指了指副驾驶座，上面放着他脱下来的制服外套，"你在车里等我。"

莫天坐进车里，透过摇上去的车窗户望着华良穿了白衬衫的背影。从跨出去的第一步开始，华良的脊椎就像从脖颈处提拉出来一样，原本挺拔的身材变得又软又弯。

然而那两个大汉仍将他拦下。

"兄弟，我只是想进去吸两口。"华良拧着眉笑，"我有钱。"

"看你脸生。"左边的大汉目不斜视地盯着他。

"吸什么？"右边的大汉以同样的神情质问他。

"是安四桥介绍我来的。"华良躬着身子，揉搓双手。但是两个大汉的鼻孔里同时发出了不屑的闷哼。

"安四桥不会介绍你来！"

"那个狗东西会直接把他搞到的货卖给你！"

两个大汉动了气，身体摇晃，各处的肌肉也随之颤动，接下来的那个字则是异口同声："滚！"

那两扇紧闭起来的三寸厚的木门忽然吱呀一声分开了半尺，露出一张脸来。那张脸十分丑陋，爬满皱纹，又长又窄，紫黑色的上嘴唇被门牙顶得高高翘起。

"华探长，好久不见。"随着对方来自喉咙的怪异的笑声，紫黑色的上嘴唇翻开，露出了两颗斜着翘起来的金牙。那两颗金牙让华良脑海里闪过小时候爬树捉过的长着一对硕大牙齿的天牛。两个水牛一样健壮、原本怒气冲冲的壮汉都卸了劲儿，垂下头，往旁边各闪开了一步。这是恶犬见到主人时的表现。

这么说，对方应该就是"九霄云外"烟馆的掌柜，九爷。而且，他认识真正的华良。那么，他和华良有什么样的交情？自己会不会因此穿帮？在华良的视野中，那张枯瘦、丑陋的脸仿佛忽然抖晃了一下。

在顺着门缝飘出来的淡薄的烟雾中，华良感到心脏悬浮了起来，就像一块土地突然飞离了平原。

"九爷……"

"我不是九爷！"

他不是九爷？

那张被垂下的银发分别挡住一部分的脸忽然变得十分严肃，或者说冷酷更为准确。他的眼神直直地捅向华良的眼底，就像已经把他看穿了一样。

难道，对方知道他在假扮华良的事实？

"我是你九哥！"随即，像鸟叫一样怪异的笑声再次从他喉咙里发出来。木门被利落地推开，烟雾带着芳香从他身后涌过，扑到华良脸上。"我这铺子开了两年多，你现在才来光顾，很不应该！"

华良暗松了口气，此人在和他套近乎。他意识到，一会儿，对方说不定还要跟他做买卖。

九爷引领华良走进芳香的迷雾。木门被大力迅速推上的声音在身后响起，光线同时被隔绝。展现在华良面前的俨然是一个与身后的街道相互平行的世界，流淌着和木门那边截然不同的节奏。

昏暗的环境里，烟雾缭绕。每一张铺着草席的床边，都摆着一盏晃动的油灯。每一张床上，都侧躺着一副枯瘦的肉体，像刚破壳就奄奄一息的没有羽毛覆盖的雏鸟。烛火是巢穴里唯一的光源，照出的阴影在布满墙壁的春宫图上左摇右晃。那些眯缝着眼的"雏鸟"不需要光，也不需要性，他们已然拥有自己快活的世界。啪嗒一声，一杆铜制的烟枪坠落在地，一盏灯火也在同时熄灭，将最后一缕黑烟送到上方。那只原本端着烟枪的枯瘦的手臂从床上垂了下来。两个负责在店铺里端茶和送烟膏的伙计不急不缓地走过去，将烟枪放到桌上，然后扶起那具灵魂不再回归的皮骨，朝门口走去。

"扔远点儿！"九爷手端茶杯，望着打开的阳光透亮的门口不耐烦地喊了句，"晦气！"

木门重新关上后，九爷回过头，重新凝视挂在他面前的那副行草对联：含珠银灯赛仙境，排云香塌吐春风。"早就说过，我一直以为，人这一辈子，享的福，受的祸，都是定量的。只要福享尽了，早死比晚死更好。因为只有这样，剩下的祸就不必再受。华探长，你今天肯来，是说明你想通了？只要你能搞到好烟土，我给你的提成只比格雷处长少三成。"

看来，面前这个九爷和那个莫名消失的中央巡捕房探长谈过买卖，而且后者拒绝了他。华良看着那张瘦削如门缝的脸，不开口。

"再给你加一成！"

华良嘴角弯起弧度,仍然不语。九爷看着华良的眼睛,迫切地想从中打探出蛛丝马迹。然后,他的眼睛转动起来,眉毛紧皱,啪一声把手掌摁在桌子上。"册那!"

九爷的上半身朝华良探了过来,声音低如不远处那些烟鬼眩晕时的梦呓。"只要你点个头,我就能让你成为全法租界赚得第二多的毒枭。那个法国佬是头绿眼睛的狼,他卖给我的烟土比行价都要贵。别的毒枭抓的抓,死的死,剩下的都逃到其他区域了。这不是生意,是打劫,但我只是一个规规矩矩的生意人。你给我供货,是对你对我都好的事,一定走漏不了风声。"

"可以挣很多?"华良朝九爷倾过身去。

"绝对超乎你所想!"九爷的眼睛瞪大,手臂在空中兴奋地划动。

"可惜我没有那么大的保险箱。"华良后背重新倚上座椅靠背,神情忽然变得严肃,"我来,是有公务在身。"

"公务?格雷派你来的?"九爷脸上堆积出疑问,而且疑问的分量未免过于重了——这是表演出的神情。

华良没出声,眼看着九爷换上了和刚才牵心动肝的劝说截然不同的面孔。九爷挺直腰,用手扯了扯袖子上的褶皱,语气轻蔑地说:"我这里不是你想来就来的地方,我现在就可以给你的处长打电话。我想,他会马上把你叫回去,领赏。"

"我只想打听个人。"华良说,"不给你添麻烦。"

"谁?"

"安四桥。他昨夜有没有来您的烟馆?"

"你应该问,他哪一夜没有过来。"

"他哪一夜没有过来?"

"昨夜!"

"但是今天早上,他的尸体出现在蒲石路,身中二十三刀,就在距离这里十几米远的位置。"

"那关我什么事呢?"九爷摊了摊手,从神情看,仿佛他心里盘踞着一个无法摁下去的笑话,"我不是巡捕,没有能力维护治安。你也看见了,我连死在烟馆里的人都不管,还会管门外那条街?"

"他可是安中和家的管家。"

九爷终于忍不住笑起来,笑声越来越响,那对黄金龅牙随时都要飞出去似的。笑声维持了很久,然后戛然而止。接下来他说的每个字都犹如从牙缝间挤出来一样,带着锐利的力度: "谁的管家都跟我没关系,什么官司都找不上我。"

"好。"华良点了点头,"那您认不认识一个叫阿通的?"

"认识。"九爷回答得很干脆,"他是个掮客,常在附近走动。我们都叫他小广东。他还真能搞来好东西,我太太从他那儿买了不少首饰。"

"怎么能找到他?"

"去汇祥茶馆看看吧,"九爷端起茶自己喝着,不再看华良,"那里人多,他常去。"

走出浓重烟雾,重新站到太阳底下时,华良深深地吸了一口气，感到世界辽阔。他回过头，九爷那张长脸还在两个宽阔的肩膀和门缝后面对着他。"华探长，如果想通了，随时来找我。"说完，那张脸就缓缓退到了黑暗之中，犹如无声退到深海地带的乌贼。门再次重重地关上。

这个九爷多半与安四桥的死有关联。朝汽车走去的时候，华良想。但是眼下没有证据，就没有继续在这里和他周旋的必要。至于安四桥的另外一个债主阿通与这个案子是否相干，是否因为是安四桥欠债不还，所以阿通杀了他，是接下来要查明的事。此时的华良尚不知道，他所掌握的线索，不过是案件的入场券。

5

阿通很好找，只要走进汇祥茶馆，就能看见。那个被一群穿了旗袍的年轻或不再年轻的女人围住的就是他。

阿通盘腿坐在一张长桌上，身边摆着的都是他从皮箱里取出来的舶来品。尼龙长筒袜、口红、指甲油、镶各色宝石的戒指、雕刻了花纹的金银镯子，都摆放在一张大红色的波希米亚披肩上。他扯着嗓子，用拗口的上海话介绍着他那些宝贝，讨价还价，说急了还蹦出几句没人听得懂的广东话。

华良和莫天距离人群五米的时候，阿通就扔下茶杯，用披肩将东西一包，扔进皮箱就跳下桌子开始跑。在之前的那一瞬间里，他的眼睛越过面前重叠的肩膀，撞上了华良携带着目标已锁定意味的眼神。

华良和莫天分头堵，在距离茶馆一百米的街道上，华良飞身而起，将他踹倒在地。阿通趴在地上，不再起来，箱子用肚子护着。莫天跑岔了气，扶着腰跟跟跄跄走过来，踹他的屁股，他依然纹丝不动。

"你起来吧，我们不是要抢你的东西。我是法租界中央巡捕房探长，华良。"华良蹲在地上，掏出证件给阿通看。阿通逐字逐字地看，再抬起头来，把面前这张脸与证件上的照片作对比。

"哎呀，你看得懂吗！"莫天烦了，一把把证件薅过去。"你们这些二道贩子，把牙拔光了，连大洋和橡皮都分不清楚。真是装模作样！"

阿通跳起来，两个脚跟一并，身体绷得都向后弯了，举起右臂，朝华良行了一个滑稽的军礼。

华良给他递了支大前门，掏出打火机给他点了，自己也点上一根。"向你打听个人，安四桥。"

"那个烟鬼啊，我认识。昨夜还见过。"

"见过？什么时间什么地点？"

"大概十一点，他去汇祥茶馆找的我。"

"他找你做什么？"

"还钱啊！上个月他从我这里借了钱。狗日的，大半夜才给老子送来。"

"但是安四桥昨夜死了。"华良利落地说。

6

"但是安四桥昨夜死了。"

华良透过烟雾，盯着阿通的眼睛。

阿通的肩膀倏然一抖，犹如一盆冷水从天而降，浇透了他全身。

"我说，你还是老实点吧。"莫天一拍阿通沾满尘土的肩膀，阿通整个人就像布满裂痕的土墙一样，垮了下去。

"官爷，"阿通的声音带着哭腔，"我只是个掮客，牵线搭桥不杀人。"

"安四桥昨晚真的还了你钱？"华良问。

"真的，真的。茶馆的掌柜和伙计都晓得的。"

"后来呢？"

那天夜里，准确地说，是十一点一刻，安四桥提着一个方方正正的皮箱，匆匆走进汇祥茶馆。那时的汇祥茶馆只剩下掌柜和一个伙计。安四桥因为迟到挨了阿通的骂，这也是此后掌柜和伙计都确认的事。阿通在茶馆从上午等到夜里，要不是阿通那愤怒古怪的声音传进耳朵，掌柜大概会趴在柜台上睡到天亮。醒来后，他看到安四桥从口袋里掏出大洋，一共十一块。

然后,安四桥就离开了茶馆,几乎是跑着出去的。他烟瘾犯了,那难忍的痒感已经从内心波及全身的骨头,像遭受无数只无法捕捉的蚂蚁同时啃噬。"吸过大烟的人都说是那种感觉。"掌柜说。

阿通提着他装了各种洋货的箱子也出了茶馆。看见安四桥跑,他本能地追。街道清冷,只有半圆的月亮在天上跟随。在蒲石路路口,阿通追上了安四桥。此时的安四桥已经鼻涕眼泪一大把。他趴在地上,用身体摩擦地面,像狗一样朝阿通爬,并抱住阿通的腿,让阿通放过他,他真的不想再做了。

"让你放过他?"华良吸了一口气,看着自己与阿通之间的空气,"他说不想再做什么?"

"不知道,"阿通往地上吐了口唾沫,"犯了烟瘾的人比醉汉还傻,他可能把我当成了别人。"

"他还说了什么?"

"没再说。等他站起来朝九爷的烟馆继续跑去之前,他把那个随身携带的箱子留给了我。"

"箱子?"

"对。"阿通点点头。阿通从没有见过做工那么精致的密码皮箱,四四方方,长宽各约一尺。而且箱子所用的皮革他从没有见过。倒腾洋货这些年里,他见过不少好货,但是那个皮革的材质他真的辨认不出。颜色呈深棕色,比牛皮更加厚重硬实。

"他为什么要把箱子留给你?"莫天斜楞着眼看阿通,

"就不怕你这个二道贩子转手给他卖了?"

"他嫌带着太碍手,说今天会找我取。确实是挺沉的箱子,也不知道里面装了什么。"

华良带阿通走向自己停在路边的汽车,打开副驾驶位旁边的车门,让他进去。莫天依然跨上自己的摩托车,在后面跟随。他开着他心爱的摩托车,跟着华良转过大街,拐过小巷,最终停在了一个弄堂口。

此时,黄昏已至,弄堂里氤氲着浓郁的烧菜的香气。华良与莫天跟随在摇晃着钥匙的阿通后面,走进炊烟中。有那么一瞬间,华良想起了自己的童年,以及那个只有老鼠和野猫光顾的家。往幽深的弄堂里走的时候,他仿佛穿过了自己和妹妹迎面跑过的透明的身影。他下意识地回过头,看到的只有炊烟。

阿通一开门,一杆锋利的黑铁长枪就杵到了华良眉间。

"来者何人?"对方质问华良,同时铁枪抖晃,切割空气,嗖嗖作响。

"册那,还有埋伏!"莫天看着持枪人,举起双手,绷住笑。持枪人白发蓬乱,眼神如电,手像鸡爪,长衫袖口和裤腿都用黑布条缠住,裹过的脚小若马蹄。

"武婆婆,这两位是我朋友。"阿通把华良面前的铁枪移开,领两人进院。武婆婆顿时失去了兴致,佝偻起背,小碎步走向空地,自己挥舞长枪,操练起来。

"那是我房东,"阿通叹了口气,"脑子老秀逗了,以为自己是杜心五的师妹。"

阿通的住处属于典型的单身汉的家，盘踞着各种味道。门一开，首先涌出来的是臭胶鞋味儿。早上（兴许还包括昨晚）的剩饭和被掰成一小截一小截的牙签留在桌上，繁殖出油腥味儿。阿通招呼两人坐的破沙发上，一堆脏衣服在沤肥似的发酸。

华良扔了根烟给莫天，两人站在纸盒般大小的客厅中央抽烟，假装对墙上那张波斯挂毯很有兴趣。挂毯是血色的，针脚密实，绣满了抽象的花纹：周边仿佛是一棵又一棵的树木，被这些图案围拢在中央的是一个向日葵形状的圆环。挂毯太过鲜艳，挂在这个屋子里，显得非常突兀，想必是压在手里没卖出去的货。

"华探长要是想要，可以折价卖给你！真羊毛！"阿通说。

华良摆摆手说："我可付不起这个钱。"

"越是真羊毛，放在你这儿，越是被虫子打得厉害！"莫天抽着烟，没好气地回一句。

阿通走进卧室，旋即又出来，双手抱着方方正正的皮箱。确如阿通所言，从做工到材质，都是高水准。箱子虽然是皮质，但是硬如金属，华良用指肚使劲摁，纹丝不动。"恐怕手枪都不一定能打得透。"

皮箱正中央，是一把青铜打制的五拨轮的密码锁。华良尚未看清，莫天就一把夺了过去。

"这是犀牛皮！"莫天说，"阿通，这东西能买你五箱子从海外运来的那些破烂儿！"

"犀牛皮？"阿通没见过犀牛，也没见过犀牛皮，他只见过半根犀牛角。两年前，他给犀牛角的卖家联系到了一个中药铺。虽然他们的交易金额他不清楚，但是从卖家给他二十块大洋中介费这点来看，应该少不了。

莫天认得这个箱子是犀牛皮做的，也纯属是因为他的家里有一个犀牛皮箱。那是他父亲莫向南的收藏品。准确地说，那个不能称为犀牛皮箱，应该叫作犀牛皮盒。因为它实在是太小了，所以莫向南就在里面放了一颗玻璃弹珠大小的珍珠。"这样一来，就算有贼到家里，箱子也有可能留下。"莫向南把皮盒锁进保险箱，眼睛不离保险箱地跟莫天说。

莫天摇动犀牛皮箱，里面的重物撞击箱子内侧，发出沉闷的声音。"里面究竟装了什么宝贝？"他喃喃自语，眉头紧锁，忽然两眼一瞪，目光如炬，"我知道了，是个超大号的千年人参！"

7

整个上午，中央巡捕房的老少巡捕们都在围观莫天桌子上那个犀牛皮密码箱，三番五次被莫天骂走，又三番五次回来。其间技术人员来过，戴着听诊器，捣鼓了一个钟头后愤愤离去。

当然，不是没有其他方法，有巡捕提议出去买一把钢锯，不出两个钟头准能将皮箱一锯两半。可是这样做有很大的风险，因为谁都不知道里面放的是什么。而且莫天绝对不允许这么做，那是土匪所为，完全不能彰显侦探风采。

莫天一直盯着那把五拨轮的密码锁。那是一把专门定制的锁，行市所卖的绝大多数都是三拨轮，而且每个拨轮上刻的字都有不成文的规定："丁八日目""丁八心目""三民主义"。密码设定好以后，破解的概率为六十四分之一。但是面前这把锁的拨轮却从左到右分别印着"山海向有""日具卢棠""丁二初卯""着文之今""心上小雨"，有一千零二十四种排列组合的方式。要是一个一个挨着试，试不过五百种就乱套了。

这么文绉绉的刻字，密码会不会也是文绉绉的呢？因而，莫天觉得，密码很可能是一句诗。对！很可能是这样。

"诗不就是五个字嘛！"莫天拍着桌子，然后屏气凝神，沿着这个方向展开思维的脚步。但他只能原地踏步，他的路都在摩托车上，《唐诗三百首》可不是车辙印儿。开弓没有回头箭，硬着头皮也得干，岂能让那帮废物看笑话。他假模假式地摊开记事簿，拧开派克钢笔。钢笔头早干了，得先吸管墨水。

如果那句诗的第一个字是"山"，那么前两个字就是"山日"、"山具"、"山卢"或者"山棠"。莫天把这十个字一一写在记事簿上。哪有这样的诗句，完全不通！莫天凭借着一粒枸杞子那么多的诗歌积淀将写下的字全部画掉，然后重新上路：如果第一个字是"海"呢。于是他继续在纸上写下"海日"、"海具"、"海卢"和"海棠"。

写下"海棠"两个字的时候，他知道这是个词语了，赶紧把前两个拨轮拨到相应的位置。可"海棠丁""海棠二""海棠初""海棠着""海棠心"，无论哪一个，又都不像。莫天不知道，先前站在窗前抽烟，此刻已不知不觉站到自己身后的华良，正沿着他开凿出的道路继续前行。

密码很可能如莫天所说，就是一句诗。

而且，华良的脑海里已经有隐隐亮光，犹如飞舞的萤火虫，一再从他面前闪过，留下微光，尚来不及捕捉，就进入视野的死角。他来回嘀咕着这五个词汇，到第六遍的时候，那光斑的速度变慢了，他捕捉到了它。

"海棠初"华良想起了以这三个字为首的那句诗词，"海棠初着雨"。准确地说，"海棠初着雨"并不是一句完整的诗，这是一句诗中的后五个字，完整的诗句是"昨夜海棠初着雨"。出自唐寅的《题拈花微笑图》。而后面的"着"字和"雨"字，也分别在密码锁的第四拨轮和第五拨轮上。

华良俯身，夺过莫天手中的笔，在"海棠"后面加了"着雨"两字。他并没开口说。

莫天按部就班，在后面两个拨轮上分别找到"着"字和"雨"字，都调整到位。然后他以少有的沉着慢慢摁下锁扣。

"嗒"一声，密码锁传来清脆的簧音，箱盖出现了微微的上扬。原本丝线一样细的缝隙加宽到了一毫米左右。那一刻,激荡在莫天内心的兴奋难以名状,就像在手术台上去世的亲人心脏重新开始跳动。

"怎么样？"他挥舞双臂,叫喊。

"海、棠、初、着、雨。"小巡捕赵小七把脸伸到锁前,一字一字地确认,然后哈哈大笑。其他巡捕也随之大笑,"艳诗啊！"

莫天一愣,望向华良,华良不语,他遂叼起烟斗,对众人嗤之以鼻："你们知道什么叫侦探么,侦探就是一个行走的大英博物馆！"

办公室里原本具有压迫感意味的空气全部被笑声置换,变得活跃起来。但是,有什么东西难以察觉地混进了这空气中,犹如透明的絮状物。

<u>丝丝缕缕</u>却又真真切切地存在。

华良脸上的笑容逐渐消隐,他的鼻翼下意识地抽动了几下。是味道,密码锁开启前尚未有的味道。在和平饭店,从学徒到主厨,他整天都被各种味道所萦绕,所包裹,所冲击,每一种食材的味道他都能辨别出来。

华良盯着皮箱上那道一毫米的缝隙,味道就是从里钻出来的。

那是死亡的味道。

8

一具小小的尸体。

是个男婴，以胎儿的姿态蜷缩在华良展开的油纸之上。眼睛闭着，睫毛长长地伸出来，犹如从岩石缝隙中伸出来感受阳光雨露的草苗。长大了应该是个漂亮的小伙子。但是眼下，他没有了呼吸，僵硬的身体，就窝在密码箱里。

包裹尸体的油纸上没有血迹，实际上，整个密码箱里都是没有血迹的，男婴并没有外伤。

法医对尸体做了鉴定。全身僵硬，角膜混浊，推定死亡时间是二十四小时到三十小时之间。

在这几个钟头里，安四桥，又或者是其他人，对这个婴儿做了什么？法医检测出，男婴是吸入了过量的迷药致死的，但是，这种迷药并不普通，从气味以及尸体嘴唇颜色来判断，这是一种自制的迷药，主要成分是曼陀罗。而这种自制迷药的药性猛烈，抵抗力极差的婴儿很容易在过量的药物下一命呜呼。

办公室恢复了冷冷的气氛。这个犀牛皮密码箱释放出死亡的分子，犹如一个被雕刻成阴森鬼头的泉眼喷吐出冰冷的黑水，将每个人都浸泡在其中。那具幼小的尸体连同皮箱被法医带到了自己的工作间进行解剖调查以后，华良、莫天以及其他巡捕依然原样站着,看着莫天空荡荡的办公桌面。上面仿佛仍遗留着那具尸体的幻影。没有人说话,从他们各自嘴里吐出的一口口白雾连在一起,犹如一条苦涩的河。

"我想起一件事。"站在最外侧的老余忽然开了口。他是中央巡捕房年纪最大的华捕,五十岁了,身材粗矮,宛如一截树桩。头顶光亮,需要靠周边的头发支援。"八年前的案子了。"他站在流向繁复的烟雾中。

那是八年前的案子。报案人是终日在苏州河上漂流的渔夫。他跑到巡捕房报案那晚,老余正好赶上值班。窗外的大雨一刻不停地击打着窗玻璃,老余和另外两个值班人员在雨声里喝着老酒打扑克。值班室的门是被很大的力气撞进来的,没抬头以前,老余下意识地觉得进来的是一头躲雨的野狗。

那是个二十岁左右的小伙子,全身被淋得透透的,布衫紧贴着突起的胸膛,短发像刺猬一样,一缕缕尖尖竖起。他喘着粗气,用手胡乱抹了一下脸,露出一双惊恐的眼睛。

一个钟头以前,暴雨突降,年轻的渔人把船匆匆绑好之后,到岸上寻一处躲雨的地方。一切都是黑色和雨水,不久,他就转了向,迷了路。他依然在雨中跑,顺着一道沟渠似的路径。

意外地,他走进了一间废弃又逼仄的房屋。在里面,他终于长长地吐出了气。掏出用三层油纸包着的火柴和香烟,抽了一根烟,然后又点燃了脚下一截干枯的树枝,举着它继续往里走。然后,他就看到了可怕的东西。

老余说:"后来,我就跟随他到达了那间屋子。"

渔人发现的是一堆散乱的尸骨,因为有些年头了,所以尸骨上还挂着蜘蛛网。当时老余一手提着电筒,另一手拿起一颗头骨,骂了句脏话。

"当时那些尸骨,就和这个死婴一般大。"老余说。

华良用烟头重新点燃一支烟,沉默不语。事实上,在老余开口讲之前,一些事情就忽然像钢刺一样从他内心突起。

后来,案子破得很顺利。因为着实是一件大案,在坊间已经引起很大的风波,甚至有街头说书人把它编成了故事。这个案子,上级非常重视,给了很大压力,各管科也积极配合,所以案子在一个月之后成功告破。属于伙同作案,凶手是一个护士和两名人贩子。婴儿或者孩童大部分是护士从医院偷出来的,然后交给在街角黄包车里等候的人贩子,那间废弃的房屋就是他们的老巢。许许多多的婴儿或者孩童被贩卖到了各地,有些因为迷药过量或者疾病,没活下来的,就被他们丢弃在了废弃房屋里。

法庭宣判三人死罪,五日后,他们会被捆成粽子,先在卡车斗上游街示众,然后折回马斯南路监狱实施枪决。在游街的过程中,他们就出了事。

当时的情景,华良记得很清楚,因为他就站在路边的人群中。

那天下着小雨,天空灰蒙蒙的,像被铅笔涂抹而成。

那辆拉着三个死刑犯的卡车开得很慢，不是因为出于展览的目的，而是围观的群众实在太多。如果从上空往下看，一顶顶雨伞连成一片高低起伏的帐篷。

尽管路边早就安排好了维持秩序的巡捕，但是对于愤怒的群众来说，跨越拉起的警戒线比跨越一个小水坑要容易得多。何况一开始，警方也愿意营造出这样的场面，以彰显他们为民除恶、与民同心的本职精神。群众们把卡车堵死，挥舞着拳头怒骂跪在卡车斗上的五花大绑的三个死刑犯。随后，他们开始扔东西，一开始是菜叶和臭鸡蛋，很快，比拳头还大的布满锋利棱角的石头也朝死刑犯的面门飞去。在巡捕意识到局面需要控制的时候，他们已经不再是掌控者。他们像挡在路中间的垃圾桶一样，被冲过来的人群轻易地踹翻在地，枪也被抢走，或在倒地后，被凌乱的脚踢得不见踪影。七八个人争抢着往车上爬，他们手里都拿着斧头。

五分钟以后，一个在无数条腿间爬行，终于把枪重新握在手里的巡捕对着天空扣动了扳机。像围满蛋糕的蚂蚁一样的人群从卡车边散开，乌泱乌泱逃向各处。此时，那三名死刑犯都斜躺在车斗里，不再动弹。他们的呼吸和心跳，同溃散的人群一样，完全消失了。

人潮退去，没有人瞧见究竟是谁杀了他们。如果立案调查，不仅是白费工夫，而且很可能又会引起一番社会恐慌，所以警方决定就此终止。

待到手指灼痛，华良才意识到烟已燃尽，他将其摁进烟灰缸。他感到身上潮乎乎的，仿黑色雨衣从头到脚裹住全身的触觉和散发出的胶皮味儿也分外清晰。李凤也在，就在他旁边。她打着一把破了洞的布伞，雨水沿着破洞滴到她散乱的头发上，然后流进她被黑痕裹住的眼睛。那些杀了本就是死刑犯的人，究竟是出于愤怒，还是灭口。

华良长吸了一口气，将肺里带着雨水腥味儿的空气置换掉，对莫天说："当务之急，是在各大报纸上发布寻人启事，寻找丢失孩子的家庭。"

"不行！"

格雷夹带着风跨了进来。在来之前，格雷先去了法医的工作间。他携带着雪茄的苦涩气息在办公室走动，审视每个人的眼睛，然后停住脚步。

"这个案子与八年前的贩婴案相关也好，不相关也好，愚蠢的市民们都会认为这就是同一桩案子，然后更加愚蠢地煽风点火，引发矛盾和暴乱。为了社会安定，绝对不能走漏风声！"

格雷盯住华良，又加了一句："除了值班的巡捕，现在下班。要调查什么地方，都要先经过我的允许。"

显然，华良去"九霄云外"烟馆的事情，九爷已经告诉了格雷。

9

一早,一辆军用吉普车和军用挎斗摩托车就一前一后开出了中央巡捕房的大门。

吉普车由华良驾驶,副驾驶座上放着那个精致的犀牛皮箱。他与莫天分头行动,莫天去安公馆所在辖区的分属巡捕房,调查有没有近几天婴儿失踪的案子,他则去了安公馆。

门开后,前来迎接的依然是曹光辉。看华良进来,安小姐也依然立马回了卧室。这回,她怀里抱着一个两端绣着猫头的枕头,抱得小心而富含母性。安中和仍坐在那把椅子上,打量华良的眼睛,意图从中读取出某些信息。

李凤为华良端来了茶,然后无声地退到门口。这次是龙井,被压扁的嫩绿色茶芽沉到杯底,像一柄折断的桨。

华良没喝茶,他将方方正正的犀牛皮箱放到檀木桌中央。

"在安四桥被人砍死的那个夜晚,他曾提着这个皮箱。"华良说。

安中和端着茶杯,瞟了皮箱一眼,低头闻了下散发着清香的茶水蒸汽,没有说话。

华良看了一眼站在门口等待盼咐的李凤,李凤扎着围裙，头低着。他希望李凤能在这一刻被什么人叫去，随便干些什么杂务，但是她现在最应该干的杂务就是默默站在门口，等待给他和安中和添茶。

"我们打开了那个皮箱，里面装着一具婴儿的尸体。"

在华良视野的边角，李凤模糊的身影颤抖了一下。为了阻止颤抖继续，她把双手伸进围裙里，使劲儿攥在一起。

听到华良的话之后，安中和握杯子的手也晃了一下，茶水洒到他手背上，再一滴滴砸向桌面。然后他继续喝茶，脸色已经变得凝重。茶喝完后，他才开口说："他干的那些乱七八糟的事情，我一概不知。"

"这个犀牛皮皮箱，除非是大门大户，否则用不起。"华良端起杯子，安中和的脸被蒸腾的热气微微扭曲。

"这不是安公馆的东西，"安中和脸朝着前方的门，或者门框外的院子，"我也从来没见过它。感谢华探长今天让我开了眼。如果你觉得这个案子和安公馆有关，大可展示证据，然后把我带走。"

在华良沉默的时间里，安中和站起了身。被安中和双手往后推的椅子摩擦地面，发出刺耳的声音。他说太阳很好，他想去后院散步。

站在一旁的曹光辉面色尴尬，他让李凤给华良添茶，但是华良拒绝了。华良也起身往外走。路过李凤的时候，他看到李凤围裙下的手还在颤抖。一缕白发从黑发间耷拉下来，摇晃在她脸前。她不过才三十三岁。

10

华良开车一离开,安中和就从后院折回,进了屋。

安白平的房间里传出了瓷器击地的破碎声,以及他捶胸顿足的咆哮。安中和在那扇紧闭的雕花木门外站了会儿,听安白平吼些什么。安白平大概是在说,他知道刚才来的人是谁,他是巡捕房的警探,是曹光辉那个浑蛋勾结了他,目的是将他抓走,然后押往刑场。

曹光辉也站在门外,他比安中和还早到,安白平说的话他全都听见了。所以他的脸一阵白,一阵红,看向安中和的时候,嘴上还要带着笑。

"想想办法,"安中和的手紧紧箍住曹光辉的右臂,"一定要治!"

曹光辉重重地点了几下头说:"岳父,你也要注意身体。"

曹光辉离开了,剩下安中和在门外叹息。这时,李凤端来了一只瓷碗,里面装着中药汤。这是安中和的吩咐,中药汤是安白平现在每天必喝的东西,用来调理他的身子,缓解他的精神病灶。安中和接过中药汤,一挥手让李凤下去。中药汤热气腾腾,安中和望着瓷碗里浑浊的褐色液体,又是一声长叹。安白丽这时又抱着枕头走出了房间,继续在客厅里踱步,手里还拿着一个空奶瓶。

热气不停冲涌着安中和的眼睛,最终凝结为一颗混浊的泪,落到碗中。

11

阳光扒在挡风玻璃上不肯下来,把前方变得恍惚一片。离开安公馆两里地之后,华良将车停了下来。

华良摇下车窗抽了根烟,然后重新启动汽车,掉头返回。

安中和的反应不太对,太过于平静以至于像在隐忍什么。安四桥为何要提着装有婴儿尸体的箱子在深夜的街头游荡?又是谁杀了他?在这件还未显出全貌的案子里,安中和究竟知道些什么?带着这些疑问,华良开车返回了安公馆。他没去正门,而是绕到了后门。他试图翻墙进去,兴许能找到点蛛丝马迹。

意外的是,李凤穿着围裙站在那道铁栅栏门前。"我知道你会过来,"李凤说,"你的名字会变,但是性格改不了,什么都得分辨清楚。相比厨子,你更适合做侦探。"

李凤仿佛笑了笑,又仿佛没有。她向着面前那条路的一个方向走去。"在这里查不出什么,开车跟着我。"

华良跟着李凤缓慢从那条宽阔的马路拐上一条曲折的

小径。车子开不进去,华良把车停在路边,与李凤并肩行走。这条巷子与安公馆在直线距离上应该不到两百米,但两边的房屋截然不同。空间的改变带来时间也在改变的错觉,现在,仿佛时间出现了倒退。安公馆那条路上,全是崭新高耸的花园洋房,方砖砌成的围墙又直又长,蕴荡着太阳的气息。而此刻夹道而坐的一个个房子陈旧腐朽,连砖块的形状都不再清晰。青石板砌成的路面潮乎乎的,马桶的臭味儿飘荡其中。与墙脚交接的地方,长满了铁锈般的苔藓。

华良随李凤在一道裂满口子的木门前停下脚步,李凤掏出钥匙捅进铜锁,推开了那扇门。

逼仄的院子里种满了草药,都长得很茂盛,各种芳香的气味混合在一起,阻隔了先前的臭气。这些花草,有些华良叫得上名字,有些华良叫不上名字。那些叫得上名字的,也都是李凤曾经告诉他的。

"这就是我住的地方,"李凤不无自嘲地笑着,"小得像蚂蚁窝,但我很喜欢。因为这是我唯一可以休息的地方。"

"对了,安小姐今天抱着个枕头。"华良说。

"安小姐,"李凤抿了下嘴,"一个月以前,她生了一个死婴。"

李凤舒了口气,要开房门,她已经从钥匙串里揪出了那把钥匙。华良站在几株绿油油的麦冬前,没挪步:"我想在这儿晒会儿太阳。你现在还喜欢种这些东西呢。"

"除了它们,我已经没有熟人了。"李凤在华良身后说。

华良不再说话，他想象李凤说这句话的时候，看向他后背的是一种什么样的眼神。但是他缺少回头的勇气，所以无从知晓。他想起了李凤的丈夫。那个浑身黝黑，线条粗硬的汉子在李凤怀孕不久，就消失在了茫茫大海之上，就像一个梦一样不留痕迹。就连那个具有一半他长相的孩子，也在刚生下来不久，永久地失去踪影。

李凤叫他来，一定是有话要说。华良以为她会问刚才在安公馆客厅听到的关于失踪的婴儿的事，但是她没有。

李凤还是开门进了屋，出来的时候，手里拿着一个大红色天鹅绒缝制的长命锁。

"八年前给孩子做的护身符。"李凤顿了下，用空白代替事实，然后说，"就留给你吧。巡捕也是危险的工作。"

"对不起。"华良低下头，继续看着那一株株油亮的像极了兰草的麦冬。

"不能怪你。"李凤把护身符塞进华良手里，"本来我认为我已经忘了，但是刚才，那些记忆又醒了。我还是恨。能帮我找到宋威廉吗？兴许我的孩子还活着。"

"不好找。"华良说，"我试试。"

她生冷的神情说明，此刻的她已经再一次锁进仇恨之中，与外界相隔绝。她没有再说话，华良也没有开口问。她想说的时候，一定会说。

攥着护身符走出长满草药的小院时，华良感到脚步沉重。即使是发动了汽车，将油门踩到底，疾风从窗户灌进来，吹痛他的脖颈儿，他还是感到自己停滞不前。他踩进了泥沼之中，整个身体都被黏稠的黑泥裹住，什么也看不见，丝毫动弹不得。

原本，他想去诊所找高婕，但是他改变了主意。在这样的情绪里，不应该去见她。他也没回巡捕房，而是回了寓所。花时间洗澡，用冷水不断击打身体，让胸膛里发生沉闷的共振，但没有冲去他身上的疲惫。

心结一直没有打开，只是随着时间，慢慢被掩盖，拂去尘土，它仍然在。

拉上窗帘之后，华良就上了床。下午他不准备去巡捕房了。屋子里黑漆漆的，他把李凤给他的护身符放在枕边，在护身符释放的芳香的草药味中，他很快睡了过去。

那是一场纷乱持久的睡眠，他做了许久的梦，因而疲惫不堪。梦境一开始，没有画面，只有绝对的黑暗和硕大密集的雨弹。华良什么也看不见，也无法移动，全身关节像灌了水泥一样沉重。他能做的就是感受冷雨。透彻骨髓的雨弹，击打他全身，让他不由自主地痉挛。

后来，渐渐有了光。那光来自手指间的夹缝，他的眼睛被一双稚嫩的小手捂着。那是妹妹的手，在梦里，他很确定这一点。然而那声"哥哥"又仿佛来自很遥远的地方，夹带着风沙的声音。他回过头，妹妹却不在身后。在他身后的是一个朝他伸出双臂大哭不止的孩童，然后他的视野再次被湿冷的黑暗覆盖。那里大概是老余说的废弃房屋。火把猝然点燃，房屋里火光熊熊。孩子在哭闹，李凤的嘶喊声也从四面八方的地缝里钻出来。孩子此时在一辆黄包车上,被一个高大的穿着白大褂的身影紧紧抱住。黄包车急速后退,白大褂被风吹得呼呼作响。孩子在奋力挣扎着,他撕扯着白大褂,两条腿用力往外蹬,他知道,黄包车的方向,是更加深的黑暗。华良想追上他,但再一次无法移动。盛满冰冷雨水的身体已不再受他控制,转而开始囚禁他,铺天盖地。

华良醒来时,满头大汗。灰色棉布枕头已经被汗水严重濡湿,呈现出一大团深色的图案。

屋子里黑漆漆的,和他躺下时一样,仿佛时间只过去一刻钟。但是当他拉开窗帘,看到爬到窗户上的还有些湿冷的朝阳时,才意识到已经是第二天上午。他低头看了眼手腕上的表,七点零五分——他睡了整整二十个钟头。

但是他仍然感到十分疲惫,后脑勺发木,仿佛插了一根木橛子。可能是睡多了。他用拳头敲击着后脑的位置,去厨房一口气喝了两大碗冷水。

洗漱之后,他就出了门。因为出门比以往迟了些,所以街上行人也更多,他不得不频繁地踩刹车。路过那家每天经过的报摊时,他本想照例买份《晶报》,但报摊围了不少人,后面的车喇叭也催个不停,他踩住刹车的脚便又放回到了油门踏板上。

走到办公室门口时,下属们都已经到了。这是以往没有发生过的事。但这只是少见的事,绝不严重,所以这不是造成当下办公室里的压抑气氛的原因。

下属们的头都垂着,脸皮紧绷,间或互相瞟一眼,或看门口的他一眼,再迅速把头低下。格雷则叉腰站在办公室的最里面,耸着肩膀。

又出事了。

华良走进去。走道两边的下属们发出窸窸窣窣的声音,莫天也朝他张大嘴,慢慢地动。他一概不知他们要表达什么。格雷回过头,眼睛瞪得很大,仿佛奔跑中的烈马。他走到格雷身前,格雷就把手里的报纸哗啦啦甩到了他脸上。

报纸是今天早上刚出的《晶报》,头版用了加粗的大字:贩婴恶魔再掀罪恶,市民陷入恐慌!

"他们都说没有说出去,"格雷指着华良咆哮,"那泄密的就是你!"

12

华良低头看文章,任凭格雷带着烟味的口水一次次喷吐到脸上。毕竟,他经常不遵守格雷的命令。

文章对八年前的案子和藏在犀牛皮密码箱里的婴儿尸体都知道得很详细,看上去确实像这间办公室里的某个人泄露的秘密。但是事实,大概不会是这样。

屋子里,除去他和莫天之外的巡捕,无一不是俯首帖耳之徒。既然格雷下了命令,那就是拉了一道不可逾越的电网,否则他们会彻底失去眼下的职位。而眼下的职位对他们来说，并不意味着风雨兼程、维护治安和每个月几块大洋的饷钱，收取案件当事人的贿金和黑帮定期上供的保护费，以及作为格雷的大烟销售网络成员而得到的分成才是真正意义之所在。几根金条绝对撬不开他们的嘴，而这已经是报社打探秘密所能付出的最高代价。

至于莫天，他联系报社的唯一可能时间点是案子破了的时候。

谁还知道犀牛皮密码箱里的婴儿尸体的事？——安公馆的人。安中和？曹光辉？李凤？当时，三人都在厅堂里，在不同的位置，带着各异的神情。安中和或曹光辉联系报社的可能性应该也不大。虽然现在还没有证据，但是华良总感觉安中和与婴儿被杀案有关联。倘若他的直觉正确，那么一个参与了作案的人怎么会主动曝光案件？至于李凤，她当然有理由这样做，但似乎又缺乏这样做的动力。八年前的事情发生后，她耗尽了全部的力，然后变成一副空壳。昨日，仇恨再度在她心间涌起，然后她把这情绪指向八年前寻找未果的宋威廉，指向一个已经消失的幻影般的存在。寻找宋威廉，她之所以再度产生这样的想法，或许就是因为它无法实现。实现不了，希望就永远不会破灭，就算它是虚幻的希望，也可以给她支撑——孩子究竟被贩卖去了哪儿，有没有吃苦头，还是说，他已经死掉了？这是比诉诸实际行动，比如让报社曝光眼下的案子以求破解八年前的案子，更能让她接受的方式。她已经没有力去实际做些什么，也没有力去承受破案的结果，如果有结果的话。

但是这一些,不能对格雷提及,因为华良并没有切实客观的证据。

"处长,我不能保证将那个泄密的人揪出来,唯一能保证的是将凶手绳之以法。事已至此,这也是唯一有意义的事。"

格雷的目光又在华良眼睛上停了一会儿才挪开。他用食指点着华良的胸膛说:"快把我的脸从地上捡起来!"

格雷离开后,华良安排手下赵小七去整理八年前贩婴案的详细卷宗,让莫天再给各分区巡捕房打一遍电话,询问今天是否有婴儿失踪的案子。他自己则去了《晶报》报社。在报社,他问到了那名撰写今日报纸头版文章的女记者。

坐在华良面前的女记者戴着一副方方正正的黑框眼镜,眼神中缺少一些光彩,面无表情,像是在拍证件照。她的回答也简短、冷淡,语调缺乏必要的抑扬顿挫。

"巡捕房一发布安四桥的死亡声明,报社就接到了那个电话。当时我正好路过电话,就接了起来。"

"什么人?"

"是个男子,但是关于他的个人情况,他不肯说。"女记者依然面无表情,平淡回应,应该是没有撒谎。

"他都说了什么?"

"犀牛皮箱中的死婴。"

"八年前的贩婴案呢?"

女记者眼神中第一次出现了些许慌张。她把眼睛上瞟,看了会儿天花板。

"呃……"她的话语中断了会儿，重新整理情绪，组织语言，"虽然，八年前的贩婴案，对方并没有提，但是电话过后，我们报社集体认真查阅了八年前贩婴案的报道。两桩案件确实很相似。而且，在正文里面，我们也仅仅是质疑，并非下结论。"

"好。继续。你能从他的声音里得到什么？"华良向记者扬了下手，"你尽管说，从你的感觉出发。"

"他的声音挺清脆，所以我感觉他应该挺年轻，比如和你差不多。"女记者恢复了先前的神情，停顿的时间是唯一能说明她在回忆和分辨、定义的证据。

这是有用的信息。"还有呢？"华良问。

"他是上海本地人，因为他说纯正的上海话。"

"再想想。"

自此，女记者不再开口。她已经无法再从记忆中打捞出新的细节。

离开报社后，华良去了汇祥茶馆。他希望能再从阿通那里打听些那个打电话给报社的男子的情况。因为那个男子很可能是安四桥的熟人，至少和他存在着某些关联。他认识安四桥，熟悉安四桥的动向，还知道他的犀牛皮密码箱里藏了什么。

然而阿通并没有在汇祥茶馆，他曾盘腿坐的那张桌子后面，坐着一个愁眉苦脸的老人。他死死地盯着桌面，受困于某个无法解决的问题。华良离开茶馆，重新发动汽车，去阿通那个弄堂深处的住所。

但是阿通也不在家,给他开门的是阿通的房东武婆婆。长枪依然在,她花白的头发依然乱蓬蓬顶在脑袋上,蒙了蓝色薄膜的眼睛里也依然释放着疯狂的光。

"来者何人?"她又拉开了架势。

"武婆婆,我是阿通的朋友,上次见过的。阿通在吗?"

武婆婆神情倏然黯淡下来,对华良失去了全部兴趣。"不晓得。"她有些厌倦地说,肩膀一松,收枪转身,走进院子里那一小片阳光的中央,像日晷一样站立不动。她闭着眼睛,拄着长矛,仿佛植物吸收阳光雨露一样,试图将往昔岁月从空气中全部收进体内,然后挥出长矛,将敌人的幻影斩得破碎。看着她静止枯瘦的身影,华良忽然想到了自己的处境。他的敌人也从来都是藏在暗处,他要做的也是静静的等待和寻找,吸收对方留下的各种气息和蛛丝马迹,并将之慢慢拼凑成人形。

阿通的门上着锁。华良打量门旁,在窗台上看到了一盆长带刺的山影。花盆底端与窗台显露出些微缝隙。华良抬起花盆,下面是一把光秃秃的钥匙。华良瞅了眼武婆婆,确认她依然在背对着自己静止站立,然后将钥匙顺畅地插进了锁芯。轻轻一转,锁舌就利落地跳了起来。之后,华良将钥匙重新压到花盆下面,进屋,关门。

那把生着锈迹的备用钥匙让华良进入了阿通囚满各种味道的乱糟糟的屋子,并让他看见了上次没有看见的东西。然后势态开始向前发展,新的线索带来新的迷局。华良站在客厅的中央,看着那个东西的时候,他尚没有意识到,眼下所处的那个狭小空间属于这个案件版图的一个极其重要的部分。

一切才刚刚开始。仿佛有个声音对他说。

13

阿通的房间和上次来时一样。早上抑或昨天的剩饭摆在桌子上等待发霉,脏衣服窝在沙发上让蟑螂攀爬。站在这个空间里,能清晰地感受到万物向着逝去不停前行的过程。除去墙上那张血色的波斯挂毯,一切都是陈旧的——挂毯上没有灰尘和蛛网,显然是不久前挂上去的。

那阿通为什么要将它挂在这间从来不打扫的陋室之中呢?为了装饰?想来不是。他可是连屋子都不会收拾的人。那么,是要掩盖些什么?他现在在哪里,在干些什么?

华良凝视了挂毯一会儿,走上前将它取了下来。

出现在华良眼前的是一张比挂毯稍小一些的法租界地图。地图已经很旧了,上面布满了油污,有几十处地方还用红色的自来水笔圈住。华良可以想象到阿通长时间站在这张地图前,并用拿了鸡腿或小笼包的手在上面指指点点、勾勾画画的样子。那几十处被圈住的地方分布在租界各处,大多是居民住所,而非商街。阿通不想让别人看见这份经过他标注的地图,所以用地毯将其掩盖。这肯定不是一个掮客做的生意规划图,那么被标中的地方究竟有何特别之处?

尽管没有可以说明地图与眼下的案子有一定程度的关联性的证据,但在直觉和期待的推动之下,他将压住地图四角的图钉一一取下,将地图卷成筒,塞进了风衣里袋。

锁门出来时,武婆婆仍在那儿站着,在阳光的照射下,那头乱发像干草一样随风摆动,像是她诸多年来不断飘向远处的思绪。

回到巡捕房的时候,赵小七已经将八年前与贩婴案有关的全部卷宗整理好放到了华良的办公桌上,足有半尺高。在打开档案之前,华良看了眼莫天。莫天朝他摊了摊手,依旧没人报案。

华良打开一个个厚重的档案袋,将三十五份档案都摊开在办公桌上。赵小七按照受害者归好了档,包括受害者家庭的户籍所在地,其父母所作的口供,犯案者对偷拐婴孩过程的供述,以及与案件相关联的其他案件。

这一步骤做完以后,还有一个档案袋没有打开,薄薄地搁在桌边。华良拿过来打开,将里面的三份档案全部抽出。他愣了一下,又重新封起口。昨日的疲惫感重新爬满他全身,他拿起手边的白瓷杯,将里面已经冷掉的茶水一口喝进肚中。

下面要做的,就是详细查看三十五份档案,从每一处被当年的巡捕忽略的细节中寻找突破口。三十五个孩子都是在广慈医院被护士赵素丽偷走的，具体的实施方式是利用职务之便，将婴儿和死婴掉包偷走，有的孩子则是来医院看病，直接被拐走。第一个案件与第三十五个案件之间相隔三个月。赵素丽在偷走第一个婴儿之后的第三天，偷了第二个婴儿。十天之后偷第三个。

在没有动手的那十天里，赵素丽内心十分矛盾，借用她口供的原话是："既想赚钱，又害怕被发现。"在度过了十日煎熬以后，赵素丽开始以平均两到三天做一起案的固定频率，再次犯案，直到案发。除此之外，赵素丽再也没说过任何一句话，无论怎么审问，她都保持缄默，似乎在害怕什么，精神也不像其他案犯那样，有一阵被捕后的如释重负，反而是愈发的阴郁。

华良清楚，赵素丽根本就不是贩婴案的主谋，她以及另外两名人贩子只是别人的替罪羊。她后来之所以不再说话，一定是受到了主谋的威胁。谁是主谋他不清楚，如果找到销声匿迹的宋威廉，兴许就能解开谜团。

接下来，他展开叠在书桌上的地图，将三十五个受害婴儿家庭的住址逐一标记在上面。这些地址，现在可能已经不再有人居住，成为永久沉入海底的岛屿。婴儿的失去会直接或间接地导致一个家庭的破灭。在赵小七收集的与贩婴案有关的案件的卷宗里，都是类似的案件。在贩婴案告破以后，有的夫妻之间产生了裂痕，一拍两散。有的母亲因太过悲伤而选择了自杀。他还看到一个叫何宝荣的人，他曾经也是法租界巡捕房的一名巡捕，因为姐姐的孩子在广慈医院丢失而数次逾矩殴打医护人员，被开除公职，并坐了一年牢。

在标到第七个地址的时候，华良忽然意识到了什么。就如在迷雾的另一边，忽然显现出了某些影影绰绰的似曾相识的轮廓。

阿通的地图。

华良从风衣里袋掏出那张油迹斑驳的地图，将自己刚标注下的七个地址从上面寻找对照。他的记忆没有出错。那七个地址在阿通的地址上早有标注。华良又将剩下的二十八个地址迅速在地图上标注，再与阿通的地图对照，完全一致。

阿通也在调查八年前的吸髓案。这是唯一能得出的结论。

一个广东来的掮客为何要调查发生在上海法租界的旧案？他究竟是什么人？是某个被杀害的婴儿的父亲？不对，关于被害人的父母的个人情况，卷宗里都写得很清楚，他们都是上海本地人。所以，或许这个从广东来的掮客是某个受害家庭的远房亲戚，知道八年前的案件结果不对劲儿，因而奔赴上海，凭一己之力展开调查？

阿通的地图上，除去那三十五个地址，还标注了两个地址：通力洋行和春藤育婴堂。这两个地址也是阿通觉得可疑的地方？

脑后那个木楔子又开始一怔一怔地发力，华良将后背倚到椅背上，双手交叠托住后脑，用手掌按摩。在他不远的身后，莫天正在跟几个年轻巡捕讲述八年前贩婴案被发现的细节，那是他刚打听来的。一个婴儿在产下的第二天就遗失了。从产房抱走婴儿的是医院的一个医生，他诊断婴儿出现了黄疸，遂将其带去诊室实施光照治疗。但是年轻的母亲放心不下，到诊室看孩子时，发现孩子并不在里面。那个年轻的母亲便像疯了一样，穿着宽大的病号服，散乱着头发，在医院大楼里上上下下，挨个房间查找。她先是找孩子，后来又咆哮着找躲起来的院长。在这个过程里，在她身后跟随的人也越来越多。她们也都是年轻的妈妈，因丢失了刚生下的孩子或者产下了死婴而在光慈医院徘徊不去。医院大楼里一片混乱，最终院方给巡捕房打了电话来维持秩序。"当年那些猪一样的巡捕们终于开始正视这件事。"莫天斜脸看了眼老余，老余不作声，低着头出门抽烟去了。"但是那些猪仍旧一无所获。所幸的是，这么一闹，行凶者停了手。"

这个细节，是早饭的时候莫向南讲给他的。当时莫向南由于左腿骨折，恰好在广慈医院住院。讲述这些的时候，莫向南依然清晰地记得那个年轻的母亲双手推开门冲进来的样子。她把窗帘一把扯下，希望看到孩子的身影。之后，她又趴在地上，试图从床底下将其找到。然后莫向南下意识地摸了摸左脸颊，上面似乎还滞留着女人冲出去时带起来的风。

华良身上的疲惫感正在结块，连成一个沉重的躯壳，对他施以重压。脑袋疼得更厉害了，仿佛梦里那把斧头正被一只看不见的手握住,一下下击打他的颅骨。与此同时,一些白色带条纹状的画面在他眼前不断地飞速掠过。那就是莫天所说的那个疯了的母亲。她不停地跑,脚底板蹬踏水泥走廊和台阶的声音在整栋楼里持续冲撞,击打华良的胸膛。

华良从椅子上站起来,感到头重身轻,不由得晃了晃。

"华良!"莫天看着华良向着门口走出去的背影,喊了句,"去哪儿?"

"去让高婕打一针。"华良头也不回地说。

已是黑夜。天上没有月亮,只钉着几颗针尖样的星。华良站在巡捕房的院子里,双手拄着膝盖,大口喘气,良久才把身体伸直。然后,他走过平日所开的吉普车,走过莫天的聪达普军用摩托车,走出了巡捕房大门。接连经过的几个黄包车师傅跟他打招呼,他都沉默着将其甩到身后。他沿着公路,孤独地走,直至消失在夜幕之中。

14

"有件事一定要对你说。"华良倚着床背坐在高婕诊所的输液床上,脱去了鞋子,两只脚底板还在火辣辣地发烫。他的皮鞋放在床下,上面布满了尘土和褶皱。走来这里,他用了两个钟头的时间。"每个人都有心结,我也不例外。

也只有跟你说,我才能轻松一些。"

高婕穿着白大褂坐在放着血压仪和几本医学书籍的桌子后面,看着华良。她从未见过华良这般虚弱的样子,她觉得此时的华良像一个孩子。她没说话,静等华良开口。

"在我二十岁那年,我恋上了一个人。"

在华良二十岁那年,他恋上了李凤。那时,他还在和平饭店做学徒。做了几年的洗菜和顺菜的小工之后,他开始握起雕刻刀,学习雕花。因此,他的手上每天都布满了刀口。下班以后,他在回去的路上会去药店买酒精和药水,有时候还要用到纱布。而李凤就在那家药店上班。和现在的高婕一样,那时候的李凤每天都穿着白大褂,动作利落,眼睛清澈灵动,尚未蒙上阴郁的雾气。没人的时候,她就坐回到柜台里面的樟木椅上看书,间或望向门外,仿佛在期待着未来。柜台上常年放着几盆花草,后来,李凤把它们的名字一一讲给他,麦冬、党参、白芷、龙葵,都是中草药。

一来二去,两人成了朋友,性格投机,相处愉悦。在节假日,两人还常相约爬山、看电影、打羽毛球。但是后来,她嫁给了一个叫周军的水手。两人结婚前夕,华良把他们请到家中,做了一桌菜。饭桌中间是他雕的一对龙凤。那时,他仍然雕得不够好。

再后来,周军所在的轮船意外触礁。周军攥着李凤缝给他的平安福,和轮船一起沉到了太平洋底。而那时,李凤已经怀有身孕。

她生产时住进了广慈医院。产后的第二天，华良便带着一砂锅乌鸡汤去看她。他进去的时候，李凤正倚坐在床上，绣一只平安符。婴儿裹在印着花草的小褥子里，安睡在她身边。两人仿佛被一个透明的容器所包裹，没有噪声和噩耗可以进来打破那份安静。他站在床边，低头看了婴儿很久。李凤让他抱，他凭空练了几次姿势，还是不敢。

华良离开不久，那个叫宋威廉的医生就进去了。他说孩子有黄疸，必须马上治疗，然后，他就抱着婴儿走出了医院大楼。本来华良不会看见他，由于在医院门口的书摊上翻《侦探》杂志花了些时间，华良无意中抬头时，穿白大褂的宋威廉恰好经过他，上了一辆黄包车。宋威廉抱着一个婴儿，华良还看到了那条裹住婴儿的褥子，上面印着花草图案。有那么一瞬间，华良怀疑那个穿着白大褂、戴金丝圆眼镜的年轻医生抱的就是李凤的孩子，心里像被什么揪了一下。但是他并没有追上去。一来，有着同样花纹的布料并不少见；二来，对方长相斯文，也并不像人贩子，那是个医生。

下午，当华良抱着瓦罐儿再一次来到广慈医院时，李凤正在楼里不停地奔跑、咆哮，眼睛里一片混乱。

"那个医生呢？"高婕一手托着腮，看着华良，"因为事情暴露，所以就再也没出现？"

华良点了点头，他的声音带着疲惫的沙哑："巡捕来了，全城搜查宋威廉。李凤也不分日夜地寻找。但是那个人就像从没存在过一样，消失得无影无踪。"

"后来呢?"

后来,李凤也消失了。不久,贩婴案因为一个躲雨渔夫的意外发现而案发,继而告破。巡捕房一共抓了三个人。一个是广慈医院的护士,另外两个是被缉拿多年的人贩子。在当时的上海滩,还掀起过一阵风波。在卷宗里,有巡捕问护士赵素丽,宋威廉是否是她的同伙,赵素丽做出了否定的回答。

华良说完之后,沉默就从屋顶像一颗硕大的水滴一样降落了下来,将整个屋子裹住。良久,高婕才站起身,刺破了它。

"是不是,那个李凤又出现了?"

"是。"华良说,"一个人的离开,会带走一个世界。一个人的归来,也往往会把原有的世界重新带回来。世界就是这样奇妙,像一个隐喻。八年前的那个案子,又在当刻的时空里显露出了新的行迹。"

华良离开前,高婕给他开了安眠药和阿司匹林各一瓶。华良将药瓶放进口袋,走出去的时候,那股凝固的石膏一样裹住全身的疲惫感减轻了一些。在诊所外,高婕叫住了他。

"我想问你两个问题。"

"我知道你要问什么。"华良嘴角一撇,太阳穴位置受到连带,微微发痛,"尽管你和曾经的她一样,聪明灵动,穿白大褂,但你和曾经的她一样并不是我喜欢你的原因。你就是你。"

"好,"高婕转了下眼睛,似笑非笑,"那第二个问题的答案呢?"

华良抿了下嘴,又深长地舒了口气,从口袋里掏出大前门点燃,看着前方黑暗中的道路,说:"应该不会。"

15

又是一夜长梦。

梦里,华良依然在那间黑暗逼仄的房间里。房间里很嘈杂,有人在痛哭,有人在奔跑,有人在大骂,有人面对石壁自言自语……李凤幻化成无数个身影,每一个人都是她。此外,还有婴儿在华良身后啼哭。但是华良被什么牢牢箍住,仿佛一只不能动弹仅仅有意识存在的茧。啼哭声越发嘹亮,华良想要挣脱束缚破茧而出,但无论他怎么使劲儿,完全无济于事。一大片的黑暗把他整个人都裹住了,华良拼命睁大双眼,却什么也看不见,除了那一声高过一声的,刺耳的啼哭声。

作为一只昏睡中的茧,华良在梦中做梦,逼仄的房间忽而又变成了车水马龙的街道。宋威廉抱着婴儿,坐在缺少车夫却径自前行的黄包车上。黄包车和宋威廉像气球一样忽大忽小,因而可以挤过人群之间的细缝。二十岁的他在后面追赶。他背上捆着一块石头,每跑一步都十分艰难。

黄包车很快就消失不见，他只能看见那条印着花卉图案的浅黄色褥子。褥子从黄包车上漏下来，延展了长度，像一条长长的尾巴，又重新把他带回逼仄的房间前。

华良站在防空洞洞口，掏出雕刻刀。洞里面依然有李凤的哭号和奔跑的声音。和先前不同，此时洞里明亮了一些。有个细瘦的影子点燃了火柴。华良走进洞中时，李凤各种形态的身影已经成为石壁上的雕刻画。那个细瘦的影子仍拿着火柴站在原地，一动不动地看着石壁。石壁上还雕刻着一张法租界的地图，地图上面睡着三十五个婴儿。他们全都蜷缩着，像三十五粒蚕豆。三十五道血迹从地图的各处向下流淌。华良抬起脚，感觉到了那温热的黏稠。那三十五个婴儿已经变成了三十五个泉眼，血液从他们被敲开的颅腔往外涌，汹涌澎拜，很快就越过了华良的小腿。待血液漫到华良的腰部时，华良想往外奔跑。然而黏稠的血像无数只手强力地拽着他，他丝毫不能动弹。他想醒来，也不行，安眠药正在他身上发挥药效。这时，宋威廉出现了。他拿着一把斧头，越走越近。

他打开手电进入房间，在此后的两个钟头里，手电筒的光柱爬遍了废弃房屋的每一寸墙壁。这儿是人贩子当年的老巢，虽说尸骸老早就清理掉了，但华良还是从逼仄而残留着腐败气味的环境里体会到，当时这里是怎样的炼狱。华良仔仔细细查看了房屋，心里突然咯噔了一下，屋子里几乎没有便于生活的痕迹，而极差的隔音，也意味着不可能拘禁容易哭闹的孩子而不被发觉。只有一个可能性，这儿只是他们处理尸骨的地方。

巡捕房忽略如此重要的细节，有两个可能的原因。要么，和那三个顶包的人一样，巡捕房也在包庇凶手；要么，是在无法追踪抓捕到真凶的情况下，巡捕房出于尽快安抚市民所做的措施。

回到巡捕房之后，华良把老余叫到楼下，给他点了一支烟。

"八年前的贩婴案，你们抓到的并不是主犯。"华良抽了口烟，盯住老余那双整日受酒精和烟草摧残因而变得血红的眼睛。

"他们招了供的。"

"还需要物证。"

"这些轮不到我管。"老余摊开手，镇定的表情中带着紧绷感，"现在也一样。"

"好。"华良点点头，"我再向你打听两个人。八年前的贩婴案，谁是主要负责人？"

"是原租界的总华捕，陆有良。"老余回答得很干脆。

"第二个人。那个八年前因为姐姐的孩子失踪而殴打广慈医院医护人员的巡捕，你知不知道？"

老余完全放松下来，说："认识，何宝荣嘛！"

"他现在在哪儿？"

"就在我们巡捕房里关着！"老余朝巡捕房大楼一挥手，情不自禁地笑起来。

"他不是只服了一年的徒刑？"华良说，"而且，服刑地点也不可能是我们这里。"

"不不不,"老余夹烟的手迅速摆着,"昨晚你走后我刚抓回来的!堕落成了大烟贩子,是该让他长长记性!"

华良来到临时拘留处,何宝荣坐在阴影里,倚着墙打瞌睡,脚镣很随意地在他身前弯曲着。阳光透过高墙上那扇小窗,投射到脚镣上,显得有些阴冷。华良站在铁栏杆外往里瞥。他觉得里面的人有些面熟,脑海中仿佛有电流经过。

那不是别人,正是他昨日寻找不见的掮客阿通。

16

昨日,华良去往阿通里弄深处的住所的时候,阿通正在外面搞大烟膏。他与对方在一个没有阳光,也容不下两人并肩的小巷子里碰头,然后各自揣着钱或烟膏,看对方倒退出自己的视野。

然后阿通去汇祥茶馆等待。等到夜色深入,行人稀少以后,阿通出来了。他去"九霄云外"烟馆找九爷,已经约好了。那里他个把月去一回,太勤的话会被巡捕留意。秋天夜凉,那两个"门神"却依然光着膀子。门开后,阿通双手插进口袋,吹着口哨,自在地往里走,直奔坐在木桌后喝茶的九爷。

"这回的货和以往不同，里面加了东西，"阿通拍打着放到桌上的大烟膏，"这些鬼东西们绝对会喜欢得找不着北，再也摸不到其他烟馆的门！"

九爷打开纸包，把鼻子凑近大烟膏里，嗅得仔细，脸抬起来时，他朝阿通露出他向外撩的金牙，然后挥手招呼手下。手下过来，把包成筒状的一百块大洋和一小包烟土交给阿通。"闲下来，你也试试这东西。解乏！"

"我倒情愿把它卖给别家。"

阿通不知道，此时老余和另一名巡捕已经候在了烟馆门外。一出来，枪就顶到了他的额头。巡捕利落地掏他的口袋，自然掏出了大洋和烟土。

"小宝，"老余坏笑着，像拍打一只狗一样拍打阿通的后脑勺。"去巡捕房的路，你比他熟，"老余瞅了眼身边的年轻的巡捕，"走前面带路吧！"

转身以后，阿通听到门缝里传来九爷阴冷绵长的笑。"你小子最近不老实，进去待待，好好反省。"

"何宝荣，"华良掏出一支烟点上，伸进牢门里去，"你真是个尽责的舅舅。你住处的挂毯，我昨天取下来好好欣赏了一番。"

阿通阴冷地看了华良一眼，然后站起身，佝偻着背，拖着脚镣懒散地走过来，把烟叼嘴上，深长地吸了一口。被看穿了身份，阿通也用真实身份面对华良。他变得冷淡得多，压抑和反感不加掩饰地表露在脸上。

"那没办法，谁让你们这些巡捕不专心查案，专干见不得人的勾当。"阿通没再用蹩脚的广东口音。抬了抬右脚，铁镣砸在青石砌成的地面上，哗啦哗啦响。

"我想去春藤育婴堂看看，如果你想同去，我现在就放了你。"

阿通不看华良，闷哼了一声，低头把烟抽完。

"还没上报处长吧，"华良朝老余挥手，"给他开了。"

去春藤育婴堂之前，华良让莫天去通力洋行问一问，那个犀牛皮密码箱是否在那里定制的。通力洋行是阿通的地图上做过标注的其中一个地址。路上，阿通一声不吭，坐在副驾驶位上，用牙签剔牙，似看非看地对着窗外。半响，他才对着窗外说了句："我根本不指望你们。"

"但是我指望你。"华良说，"八年前那桩案子，你应该比我知道得多。"

"那三个人，就是替罪羊而已。"

"真凶是谁？"

"我怎么可能知道！"阿通有些不耐烦了。

"那春藤育婴堂的情况呢？"华良手握方向盘，侧过脸看了下阿通，"你应该已经去过了吧。为什么要去那儿？"

"春藤育婴堂是将近七年前建的，就在贩婴案结案后不久。创办人是陆有良，就是负责贩婴案侦破工作的原租界总华捕。"阿通转头盯了华良一会儿，然后继续看向窗外。"陆有良的妻子也差不多是那时候死的。他妻子死了之后，陆有良搬往别处住，原先的房子改建为育婴堂。据说那是他妻子的遗志。"

"那你觉得那里有什么问题?"

"真凶没抓到,陆有良却得到了嘉奖。我想说,那是个坏人。坏人做慈善,难道不该查一查?"

"给《晶报》的那通电话也是你打的吧?"

阿通望着窗外,不接话。

"你知道犀牛皮箱中有死婴,说明你打开过那个箱子。"华良看着阿通静止的后脑勺,"我不怀疑你的好奇心,但是你缺乏试完一千零二十四种排列组合的耐心。你很清楚,关于这件事,在车里谈与在巡捕房谈,有本质的区别。我只是想破案。你再不开口,我只能认为,婴儿的尸体是你放进去的,甚至安四桥也是你杀的,并且掉头回巡捕房。"华良猛然踩下了刹车踏板。

"我确实打开过密码箱,"阿通终于转过了头,"但是密码是安四桥告诉我的。他当时犯了瘾,要把箱子交给我,他好去烟馆。看得出来,他很害怕让人知道里面有什么。所以我也怕,因为我不想惹麻烦。他不肯说,我就胁迫了他。不用动武,对烟鬼来说,相比用刀架脖子,不让他去烟馆更可怕。"

"那你什么时候打开的皮箱?"

"回家以后。"阿通回答得很干脆。

"但你为什么装作不知道?"

"因为我信不过你们。果然,你们没让我失望,所以我只能替你们曝光,给你们点破案的动力。"

华良拧动钥匙,重新发动了汽车,向前方驶去。

17

春藤育婴堂里仿佛比其他的育婴堂多了很多明亮的阳光。

所谓育婴堂，是这样一个场所：由政府或民间个人、组织出资建立，收容被遗弃或亲人离世的婴儿。因为是非营利的慈善机构，政府出资有限，个人或组织也无法提供充裕的资金，所以不管它的环境多差也似乎无人抱怨。只要里面的孩子饿不死，冻不坏，就仿佛比尚未看到世界就横尸街头强得多，育婴堂就能得到肯定。倘若再出资在院子里随便加点娱乐设施，并为孩子们找来能教授认字和识数的老师，那就更是再好不过。所以，育婴堂大多简陋，婴儿在房里啼哭，能跑的孩子在院子里因为这样那样的原因受训挨打，小小年纪就心怀忧郁，透露出中年人才有的滞涩和无奈的气息。

春藤育婴堂却完全是另外一种面貌。华良和阿通在院落里行走的时候，恍惚觉得是走进了一个儿童做的温馨的梦境。那是只有幼儿园教科书插图里才会有的场景，是诸多孩童希求却不得的场所。统一穿着黑色长衣的嬷嬷抱着婴儿从外表刷成粉色的育婴室里缓慢进出，望向婴儿的脸上洋溢着温馨的母爱。婴儿脸色粉嫩，裹在干净柔软的襁褓里,抱着奶瓶或玩具,不时被嬷嬷逗笑。木马、秋千、滑梯和跷跷板散落在院落的四周,与花坛里修剪整齐的草地和花卉一起反射着阳光,仿佛被水洗涤过一样清亮。孩子们从中跑过,眼眸同样清亮如水。华良和阿通走上长廊,一幅幅看挂在墙上的画。画中都是育婴堂里的景物,画的最多的是向日葵。

那片向日葵开在育婴堂的后院,一花盘一花盘连成大片金黄,在微风中摇晃、闪烁。旁边的凉亭里有两个十来岁的男童支着画架在画画儿,画的想必也是那些向日葵。向日葵那边,是一个长方形的木质仓库。

后院除去华良和阿通,还有另外三个大人在聊天。一对夫妻样的男女,还有一个穿着浅蓝色西装、身材挺拔的中年男子。那对男女神情中带着含有哀伤意味的坚持,仍在据理力争。两人的脸上都已经能看得到皱纹,听得出他们很想从这里领养一个孩子。中年男子满脸笑容,同样也在坚持。"真的很抱歉,"他说,"我们对两位的家庭情况作了评估,我们觉得现阶段内,孩子待在育婴堂能接受更好的抚养和教育。"

那对夫妻失望地走远后,华良走到凉亭下,看两个孩子画画儿。但是那个年龄大几岁的孩子好像很反感受人打扰,所以华良被他白了一眼。他的右眼下,长着一颗垂泪痣。随即,他收起画架,拉起瘦小的同伴,朝正从远处走过来的那个西装革履的中年男子跑去。两个孩子叫他堂长。那个长有垂泪痣的孩子的后脖颈上,华良看到了一个胎记的一部分,就像半只眼睛。有那么一瞬间,他在猜测胎记的全貌。

到目前为止,华良所见到的春藤育婴堂的每一个孩子,都是十分健康的,不仅如此,他们还长得很漂亮,宛如一个个被上帝亲吻过脸庞的天使,只是他们的脸上,或多或少有一种来路不明的惊慌和警惕,好似一只只上过猎人当的野兔。

"两位好,"中年男子让两个孩子去前院画花坛之后,朝华良和阿通走来,并主动握了两人的手,笑容庄重漂亮,"很抱歉,他们太专注了。他们是我们这里画得最好的。"然后,他介绍了自己。他叫唐飞,是春藤育婴堂的堂长。唐飞的话,打断了华良的思绪。华良也向他介绍了自己。

"你把这里管理得非常好。"华良说。

"都是为了孩子。"唐飞说,"这里的每个工作人员,都经过了我们严格的筛选,都是深爱孩子并把他们视若己出的人。对于来育婴堂想领养孩子的人,也是一样。每个人出生到这个世界,都是被动的,我们愿意尽最大能力让他们感到世间的快乐。华探长,你来育婴堂应该不会是领养孩子吧?"唐飞看着华良,言语轻松地笑了笑,"我们可以去我的办公室谈。"他指了指前方那座两层的办公楼。

唐飞的办公室和他的穿着相当一致,干净、整齐、简洁,透露着明快的氛围,与此氛围不太相称的细节,恐怕只有窗户边上那道深红色、印着牡丹花的天鹅绒窗帘。见华良打量那道窗帘,唐飞说那是这间房子曾经的女主人唐秋萍女士,也就是春藤育婴堂最早的发起人,曾用过的东西。"在这个场所,应该长久地保留着至少一件属于她的东西。"

"实不相瞒,我来春藤育婴堂,是为了查案。"华良想抽一根烟,但清亮的空气让他随即作罢,"近来有几起贩卖儿童的案子,所以过来调查一下。"

"春藤育婴堂永远不会做这样的事情。"唐飞的回答很干脆,就如他西装利落如折纸的棱角,"唐秋萍女士在病重的时候对自己的孩子深感歉意和怜爱,从这份感受出发,她对全天下所有失去亲人的孩子都充满了大爱。这是推动她创立育婴堂的唯一原因。我们绝不会去贩卖孩子。育婴堂的孩子都是那些不想为、不能为父母的人或他们的家人送过来的。门口的塔楼有个大抽斗,连接着育婴堂内部,想必您进来的时候已经看到了。塔楼里工作人员昼夜值班,如果有人送婴儿过来,只要把孩子放进抽斗,摇动铃铛,值班人员就会把抽斗连带婴儿提上去。从此,婴儿和他们的生身父母不再相关,做父母的也不可以到这里打听自己孩子的状况和下落。另外,如您所见,我们会为孩子找领养人,但是在选择领养家庭这一点上,我们是慎之又慎。因为春藤育婴堂并非中转站式的存在。不把孩子送走,我们也有足够的财力让他们健康长大。"

停了一会儿后,唐飞忽然想起了什么。他拉开书桌的抽屉,从里面取出两张红色的请帖,站起身来,隔着桌子分别递给华良和阿通。"育婴堂的资金一直由唐秋萍女士的丈夫陆有良先生负责提供和筹集，退休前他曾经是租界的总华捕。两位来得巧，今天下午两点，陆先生恰好会在育婴堂开募捐大会，两位如果感兴趣，我们会非常欢迎。"

"一定到场。"华良双手拿着请帖，朝唐飞欠了欠身，"您和唐秋萍女士一个姓呢，唐可不是个大姓。"

"对，很荣幸。"唐飞微笑，"不过不是巧合。五年前，我能从六名应聘者里被陆先生选中，也有这个原因。"

18

午饭就在春藤育婴堂附近的云吞店解决。阿通吃得快，几下就把两碗云吞扒拉光，然后拿牙签剔牙，再把牙签掰成一小段又一小段。

"八年前，我刚被巡捕房解职那天的夜里，翻来覆去睡不着。后来，火光就蹿上了窗棂。"阿通忽然开了口，他的一只脚踩着旁边的空板凳，愤愤地抖着。"真凶怕我把他揪出来，居然要烧死我。我裹着棉被冲出已经变成火海的屋子，然后跑去广东，做了三年苦力才敢回来。"

"兴许你真的查到了什么。"

阿通又不再说话。华良知道，八年前的死里逃生让阿通对他没有充足的信任。

"你觉不觉得春藤育婴堂有些蹊跷？"

"一定有蹊跷！"阿通抬起脸，挤出满额头的抬头纹，"但我还没查出什么来，表面上看，倒是挺好。"

"就是因为太好了，所以才蹊跷。"华良透过云吞店的窗户，可以看见育婴堂门口塔楼的一部分。在门口外，已经有几辆轿车停在那里。

父母遗弃孩子，一般有两种情况。第一种情况，父母生下孩子，但是因为贫穷养不了，或者因为身份、伦理问题而放弃对孩子的抚养——比如一个寡妇或者妓女意外生下孩子，她很可能不会要。第二种情况，孩子生下来带着残疾，父母也可能将其抱进育婴堂门口的抽斗。第二种情况比例不算少，但是育婴堂的孩子却个个健康，连一个兔唇的孩子都没有，更不必说诸如脑瘫、小儿麻痹症这种严重的残疾患者。这是不符合常理的事情。华良想着这个蹊跷的细节，那个离开凉亭前狠狠瞪他的孩子无端浮上并定格在了他的面前。他狠狠地瞪着他，眼睛里透露出野兽的气息。那个气息与光亮的春藤育婴堂格格不入，一如唐飞办公室里那匹红色的天鹅绒窗帘。

19

募捐活动在春藤育婴堂那片向日葵旁的空地上举行。一点四十分，华良和阿通走出了云吞店。这时，育婴堂门外以及院落里已经停满了轿车，宛如夜幕降临后，米高梅舞厅前的情形。

空地上装好了台子，台下的五六十张椅子几乎都坐满了。椅子上的男人西装革履，手夹雪茄或高脚杯，女人们脖子上则都毫无例外地戴着佛珠般大小的珍珠项链。那些脸，华良都很熟悉，各个报刊的商业版面常看得到。他看到了莫向南，还看到了安中和。安中和依然穿着一件长衫，很显眼。穿西装、扎领结的服务生端着托盘来回走动，想必是专门从高档餐厅请来的。

唐飞负责安排宾客，将华良和阿通安排在中间偏左的位置。

活动一开始，一个肩膀宽阔，头发花白、八字胡也花白的男子就上了台。阿通侧过脸对华良说，这个就是陆有良，那个站在他斜后方的是他的儿子陆俊。陆俊生得比陆有良高大一些，眉目清秀，但是一咧嘴，满口黄牙，远远看去，像含着一口甘蔗屑。"是个政府里的小官儿，"阿通从鼻子里哼了一声，"其实是个棒槌，全靠他老子。"

陆有良先讲述了他故去的妻子唐秋萍，尽可能多地让无家可归的孩子健康长大是她临终前的愿望。然后他对在座的宾客们表达了感谢。是他们齐心协力，才实现了这个愿望。他之所以把每年一次的募捐大会定在今天，是因为今天是她的忌日。说完，他的下巴开始哆嗦，他从裤兜里掏出手帕，在掌声里擦了好一会儿眼睛。

华良忽然想起了安中和客厅里的那套日历。被毛笔圈起来的日子恰恰就是今天。而曹光辉告诉他，这天是安中和一位老友的忌日。华良没想到，安中和那位故去的老友，竟然就是陆有良的妻子唐秋萍。

杂乱的线索开始产生了联系，而那个连接点无疑就是八年前的贩婴案。在宾客们纷纷前往台上，往募捐箱里放钱的时间里，华良试着将这些线索在脑海里捋顺。

八年前的贩婴案，陆有良是主要负责人。真凶没有抓到，他找了三个人顶包。而让这个案件再次浮上水面的是安中和的管家安四桥，他携带的皮箱里装着一具死婴。陆有良的妻子又是安中和的老友。那么，在贩婴案中，安中和是否也扮演了角色？

安中和的两个孩子，也都透露着古怪。华良久久地看着安中和，他的身影在离场的人群中忽隐忽现，越走越近。他和安中和之间，隔着一层缕缕缭绕的雾气，华良尚看不透。

安中和的眼睛撞向华良眼睛的时候，他表现出了短暂的意外，然后迅速撇过脸，还改变了方向。华良主动迎了上去。

"真巧，安老板。"

"你也来募捐？"安中和冷着脸问。

"我太穷了，"华良笑笑，"只能看你们捐。"

"案子查得怎么样了？"安中和问。

"我们会尽力。"停了下，华良补了一句，"它可能还跟八年前的贩婴案有关。"

安中和的瞳孔仿佛坍缩了一下，说："你好好查。"说完径自离开。

坐进车里之后，安中和望向窗外的华良，他玳瑁框眼镜后面的眼睛冷得像冰。随着汽车发动，华良的身影逐渐看不见了，他的背才与座椅相触碰。他闭上眼，深长地呼出一口气。

回到家，尚在院子里，安中和就听到了安白平杀猪一样的号叫。安白平不停地叫，一声高过一声，这次他叫喊的是：曹光辉那个狗东西要杀了我！女儿则抱着枕头捂着耳朵缩在床上，从她卧室开着的窗户，安中和可以看见她发抖的肩膀。安中和在路上稍微平静下来的心又瞬间生出无数根刺儿。

安中和快步走进安白平的房间，安白平站在床上，指着地上大骂。"狗东西！你要毒死我！"地上是炸开的碗和一滩洒落的中药。"想要我们家钱是不是！"安白平又指向曹光辉，"就算我死了，你也是个外人！爹，趁你不在，他刚才还偷偷去了你房间！他要害死我们全家！"

"住嘴！"安中和朝安白平大吼。

曹光辉贴墙根站着，低头不语。

"还不赶紧收拾了！"安中和朝站在门外不敢进来的李凤大吼。吼完，安中和就拍了下曹光辉的胳膊，大步进了卧室。

曹光辉跟进去的时候，安中和在大口喘气。曹光辉要给他拿药，被安中和拉住了。"光辉，他这几年情况越来越糟，让你受委屈了。你就权当是在听狗叫！"

"爹，都是自家人。"

"没灭吧？"安中和的眼睛看着壁橱，声音低下来。

"没。"曹光辉点点头。

安中和摆了摆手，曹光辉就出去了。安中和打开壁橱那两扇红木小方门，眼泪顿时涌出，一如河水忽然出现在干涸岩石的缝隙之间。

壁橱里，放着一个香炉。香炉里插着三支香。在他离开去春藤育婴堂的时间里，曹光辉一直负责更换，不让其有灭掉的间隙。此外，还有一盘葡萄和一盘酥肉。早上起床后，安中和去了后院，在葡萄架下仰了很久的头，最终选了成熟度最适中的一串。然后他罕见地走进厨房，用清水冲洗干净，放进盘子。之后生火、切肉、倒油，炸了这盘酥肉。这两样东西，都是她最喜欢吃的。她生在秋天，也逝于秋天。

盘子后面，是一个没有字的牌位。

安中和从壁橱下的小隔层里取出三支香点了换上，又从隔层取出一个小相框和一个牌位。相框放到牌位的前面，新取出的牌位放在侧后方，同样没有字。

相框里凝固着她的十八岁，那是她最好的年华，在安中和心中烙下了永久的印记。相片是在照相馆里拍的，她穿着深红色的半袖旗袍。现在对着这张照片，安中和依然能感受到她眼睛里所蕴含着的穿瞳透心的力量。就是这股力量让第一次看见她的安中和立马确定，自己这一生的主题就是她,而非别的什么人,什么事。那时他想,他将变成候鸟,南北追随她。

"我从来没有后悔过,秋萍。"

安中和久久地站在壁橱前,任凭岁月像风一样穿过他的身体,在瞬间重演一次从年轻到中年的转变。他决定,从今天开始,相框将不会再收起,香炉里的香也不会再断。安中和把壁橱的每一个角落都摸遍了,唯独没有去摸灵位,似乎因为过于宝贝而心生敬畏。

那双眼睛属于曹光辉。他注视着安中和的一举一动,直到他听到了咫尺之外那轻快的脚步声,才站直身体,离开那扇门。"药煎好了?"他看了眼李凤手中那碗冒着热气的黑色汤药,"给我吧,我去喂白丽。"

李凤问:"小姐的旗袍已经做好了,您什么时候去拿?"

曹光辉端着药,想了想:"今晚吧。"

他走过仍在号叫的安白平的房间,进到自己和安白丽的卧室。安白丽坐在床上,双手抱着腿。被夹在她的双腿和肚子之间的,是那个猫头枕头。一个月前,她产下一名婴儿,死的。她的头发散着,早上李凤端着一盆温水,要为她洗脸梳头,被她赶了出去。曹光辉与她相隔半米,却觉得她遥远得自成一个世界。她低着头,看着床单的眼睛黯淡无神。昨晚李凤刚铺的床单上此时落满头发。那些头发落在她的四周,仿佛是每时每刻从她身上永远凋谢的思绪和活力。曹光辉明白,他手里这碗黑水救不了她。

20

"你走吧。"

在汇祥茶馆门前,华良停下了车。阿通不吭声,也不看他,径自开门下车。走了几步后,他停住了。

"通力洋行。"他说。

"什么?"华良隔着窗户问。

"那件犀牛皮密码箱的购买地点,我查到了。我不欠你人情。"

"已经派人去问了。"华良说,"你挺利索啊。"

"我也做过巡捕。"阿通转过身,留给华良他左摇右晃的背影和叼着牙签的干瘦粗糙的侧脸。巡捕那个身份已经从他身上一丝不剩地蜕掉了。

"别再碰烟土!"华良朝他喊,他没有回应。

华良一进办公室,莫天就向他汇报成绩。皮箱确实是通力洋行出售的。通力洋行不光销售成品,也提供高端定制的服务。洋行与国内和海外多家制作公司都有合作,那款犀牛皮密码箱就是从英国一家皮具店定制的,从下单到送到客户手里,用了半年时间。这家皮具店在全上海,也可以说在全中国,就卖了这一件犀牛皮密码箱。

"你知道谁还去通力洋行查过密码箱吗?就在我们发现

安四桥尸体当天。"莫天一副老师提问的姿态，"你肯定想不到。"

"阿通。"华良说。

"真扫兴！不过我还有下一个问题。"莫天依然兴致勃勃，"犀牛皮密码箱的买主是谁？"

"你难倒我了，神探。"

"秦少唐！"莫天乐了，哈哈大笑，翘着兰花指，摸了一下华良的胸。

"你认识？"华良问，"这名字有点儿熟。"

"就是那个半男半女的民国元老！一把年纪了让人叫他秦公子！变态！"莫天捂着肚子笑。

"既然那么好笑，就带上皮箱，带上我，去看看。"

若不是莫天事先有介绍，华良绝对会相信自己走进的是青楼——美妙绝伦的女子租下一处房子，精心装点护理，然后等待有钱的公子入园，与其操弄琴棋书画——就是这样一个地方。两人脚下走的通往那所黄色房子的路由卵石铺成。这条弯弯曲曲富有情调的小径两边，是围成椭圆形的花坛，里面种了蔷薇，粉色和红色的花相互拥挤。两只猫在房前的石阶上晒太阳，华良和莫天经过时，没有因为是陌生人而起身离开。下人将房门一打开，一股浓烈的脂粉气就扑面而来。莫天冲华良耳朵说，他宁愿去闻猫的屁股。屋内的装饰更是和独居少女的闺房无异。地上铺了粉色的地毯，几乎所有能看到的桌面和凳面上，都铺了绣着花纹的暖色绸缎。坐下之前，华良看到了一个孩子。孩子躲在楼梯下的暗影里,盯着他,眼神里有恐惧,像一只身处陌生之地的小动物。在被走过去的下人看到之前,他退进了黑暗中。

下人上楼通报后,秦少唐由下人搀扶着下来。他怀里是一只纯白色的临清狮子猫,像抱一个偌大的绒球。他慵懒地迈下台阶,不多的灰白色的头发留长,一飘一飘。不知道是他太过清瘦,还是身上那件绣着牡丹花的粉红色丝绸睡袍太过肥大,整个脖子和前胸一部分露出来,清晰地堆叠着褐色的褶皱。

"两位小公子,来府中有何贵干啊?"朝华良的脸看了一眼后,秦少唐的眼睛就亮了起来。他尖着嗓子,宛如舞台上的花旦。莫天头一撇,一口咬在华良背上。"这哪是开国元老,分明是前朝的太监。我怎么觉得他看上你了。"

华良起身向秦少唐介绍自己,莫天也站起来,脸藏在华良背后。

"我晓得华公子的,在报纸上见过照片。"秦少唐坐在靠近华良的那把太师椅上,"公子的相貌比照片更英俊。"

莫天的脸又杵到了华良背上待了一会儿。华良把皮箱搁到桌上。"我是为这个来的。您看看,这是否是府上的东西。"

秦少唐只看了一眼,就把眼睛挪回到华良身上,原本捋猫的手不再动。"这么好的东西,只能是我这里的。我这里还有更好的。华公子什么时候都可以过来玩儿。但是,它怎么会在你手上?"秦少唐放在猫身上的手又开始动,因为频率过快,原本眯着眼睛的白猫抬起头,冲他不高兴地叫了一声。

"几天前的夜里,这只皮箱被一个叫安四桥的人提着。"华良看着秦少唐那双被皱纹绕满的眼睛,"第二天一早,他的尸体就被人发现在马路上。"

"死了?"秦少唐的下巴掉下来,几乎要戳进睡袍的领口里去。

"您认识他?"

"不认识不认识,"秦少唐摇晃起头,灰色的头发随之摇摆。猫被他弄得不舒服了,挣脱他的手跑开。没了猫,秦少唐又开始抓自己的睡袍,"这个人一定是个丑陋的人,上海滩长得英俊的人我都记得。"然后他干巴巴地笑了一会儿。

"秦先生,您有孩子吗?"

对于华良忽然岔开的话题,秦少唐先是怔了一下,随后才开始摇头说:"我没有孩子,没有的。"

"那我继续说那个案子,"华良说,"还有一个您更不想听的细节。"

"什么细节?"

"我们找到这只箱子的时候,里面装着一具婴儿的尸体。"

"尸体?"秦少唐的下巴又掉下来,张开的嘴巴里,露出仅存的三颗歪歪扭扭宛如小草菇的牙,"你不会觉得那是我的孩子吧?不可能!"

华良给自己点了一根烟说:"这个密码箱的密码极其复杂,如果不知道密码,又不毁坏箱子,我想,没人能够打开它。"

"对,你说得对!"秦少唐双手拍在一起,"华探长,你就帮我查查,谁偷走了我的箱子,以及除了我之外,谁还知道这个箱子的密码!"

"我看,您还是跟我到巡捕房走一趟吧。"华良起身,朝门口扬了扬手,"您的贵重物品丢了,又被一个横死街头的人提在手中,至少应该录一份口供。"

"不用录,不用录,它现在已经被你找回来了。"

"秦公子,说白了,我们怀疑这个案子跟你有关。"莫天说,"您是开国元老,可得支持我们晚辈的工作。"

"先喝口茶,喝口茶。"秦少唐朝后转过身,细着嗓子说了声上茶。没人回应,他又抬高声音,有些烦躁地喊了一声。然后,一个孩子端着一壶茶走了出来。是先前那个躲在暗处的孩子,有十来岁,面相俊秀。兴许是受到了惊吓,孩子走得很快,在快走到茶几的时候,腿撞到沙发,身体就此失去平衡,连人带托盘摔了出去。

"哎哟,小祖宗,你可真厉害。"秦少唐将孩子扶起来,摸他的头,"你没摔坏就行,不管北宋的,还是明清的,茶壶家里都不缺。"秦少唐面色和蔼,孩子却依然满脸惊恐。他的手每次接触到孩子的头顶,孩子就全身缩一下。孩子蹲下,要捡碎片,被秦少唐拦住。秦少唐继续大叫,直到先前那个下人慌里慌张跑过来。

那一刻，秦少唐火鸡般滑稽的样子在华良的视野中变成了一团粉红色的雾。华良眼睛里还是先前画面的定格。孩子细细的脖颈儿，那里有一个深青色的文身——一只人的眼睛。

华良想到了那个在春藤育婴堂后院画画儿的七八岁的孩子。在他的脖颈儿处，也有一个同样的图案。当时隔得远，因而他误认为是胎记。如此想来，应该也是一个眼睛形的刺青。

面前这个孩子也是春藤育婴堂的不成？

"这个孩子哪里来的，不会是你孙子吧？"华良将烟摁灭在烟灰缸，盯着秦少唐问。

秦少唐说："对，对，就是我孙子。"

"秦公子，"莫天笑着说，"你不是说了吗，你连孩子都没有，哪儿来的孙子。"

"买来的孙子。"秦少唐急切地追加一句。

"哪里买的？"华良继续追问。

"这个可不能告诉你。买来的孩子都有这个规矩，你不知道吗？"

"还是跟我走一趟吧。"华良抹开袖子看了看表，"到了巡捕房，你再决定，说还是不说。"

转身前，华良看了一眼那个孩子，孩子也在看着他。他恐惧的眼睛里带着某种祈求。所以，他是特意出来送茶的，华良想。确定他是巡捕以后，那孩子向他求助。

21

时针指向九点的时候,华良起身,离开了巡捕房。

来到巡捕房以后,秦少唐依然闭口不语,穿着他那件印着牡丹花的粉红色睡袍,坐在椅子上,神情如一个等待苦力们开价的傲慢妓女。他之所以如此不配合,与巡捕房里的其他巡捕见到他时的反应也有关系。他一进来,那些巡捕们就满脸惊讶。于是,他走得自信起来,翘着兰花指主动跟他们打招呼。巡捕们的表情又变得毕恭毕敬,而这无疑让他变得更加放松、放肆、放泼撒豪,静等华良把他送回家。

但是八点半的时候,华良站起身,把他领进了临时拘留处。锁好门之后,他从值班人员那里要过了钥匙。

华良开车前往的不是自己的住所,而是李凤的。他去,是要跟李凤谈一谈。

安中和与八年前的贩婴案有某种牵连的嫌疑在加重,而案件的受害者李凤又恰恰是在安中和家中做工。高婕所问的第二个问题的答案,华良现在越来越不确定了。那晚,在诊所门口,高婕的第二个问题虽然没有说出口,但他知道是什么:八年前的贩婴案重新浮出水面,消失多年的李凤在这个当口重新出现,仅仅是偶然?

由于起了夜雾,很难看清前方的道路。华良减挡慢行,颅腔里有纷乱的声音此起彼伏,他感觉自己是在一个巨大的谜语之中穿行。

华良敲了两下,门就开了。李凤脸上带着意外的神色。

李凤的屋子里很昏暗,唯一的光源是桌上那盏油灯。火苗因华良的脚步而抖动,散发着煤油的气味。一时,华良想起了近来每天做的怪梦。

"是宋威廉有消息了?"

李凤给华良端来一杯茶。瓷茶碗的把手掉了,华良用手握着滚烫的外壁。他喝了一口,是最便宜的茉莉花茶。

"你在安公馆做工,应该不像你说的那般偶然吧?"

李凤盯着华良,眼睛瞪得很大,显得十分诧异。但是她最终把头撇了过去,像是将一块石头硬咽下去。

"上次你说有话要对我讲。"

李凤仍不搭话,晃动的光影在她的侧脸上忽明忽暗,仿佛火苗是在她的皮肤下面燃烧。

"你一直在找宋威廉,但我觉得,宋威廉并不是主谋,至少不是唯一的主谋。这件案子牵扯到不少人……"

"安中和是幕后的主谋!"李凤忽然回过头,压着嗓子喊。

"所以,你是有一些证据才去的安公馆。"华良的指肚摩挲着茶杯外壁,眼睛摩挲李凤的眼睛,"为了得到更多的证据。"

李凤没有否认,沉默了一会儿,她说:"八年前,我见过一次宋威廉。在深夜,他进了安公馆。而且,安中和与陆有良之间,也有关联。他恋着陆有良死去的妻子。"李凤从鼻腔里冷笑了一声,"连自己妻子的忌日都记不住,却记得别人妻子的忌日,真是荒唐。"

八年前,李凤见过一次宋威廉。那是孩子丢失三个月以后的事了,法院已经结案,那三个替罪羊的尸体也被执法人员草草埋到了后山。那段时间,李凤从华良的生活中消失了。她终日在街头游荡,像一个透明的鬼魂,白天黑夜对她来讲已无区别。她脑海里只剩下一张脸,笑着跟她说,不要担心,黄疸可以治好。在那一刻,当她真的撞见那张脸时,却不那么确定了,尽管安公馆宅门前的灯光很亮,将他的五官照得足够清晰。她有些担心,是那张脸占据了自己的全部思维,影响了她的辨识。毕竟在此之前,她已经有过几次认错人的经历。那几次,她都猛跑过去,死死拽住对方的手臂。对方回过头,朝她喊叫,甚至是怒斥,然后她再像鬼魂一样,空洞地离去。

宋威廉穿着一身黑色的西装,戴着一顶黑色的帽子,脚步匆匆地叩开了安公馆的门。在他从进去到出来之间的两个钟头里,李凤一直躲在门前两米外的那棵大树后面。其间下了短暂的雨,没有雷电,只有雨无声地下,就像这个阶段里她的哭泣,只有眼泪,没有声音。

宋威廉出来的时候,旁边跟着另一个人。这个人打开了距离李凤五米远的那辆黑色轿车的门,让宋威廉上车。李凤确认那就是宋威廉的时刻,就是宋威廉进车前的一瞬间。但是接着,汽车就开走了。轿车回来并停在原地的时候,下来的只有那个开车的人。

此后的几个月,李凤每天深夜都在安公馆外守候,从披星戴月到朝霞满天,但是宋威廉再也没有出现。有一天早上,李凤抬起头,看到天上金色的云彩开始旋转,逐渐变成一个旋涡儿。她原本感到寒冷的身体忽然变得暖暖的,像云一样轻飘飘。她躺倒在了那棵树旁。

再醒来是在床上,空气中有淡淡的芳香。一个穿着白色毛衣的年轻姑娘端着一碗皮蛋瘦肉粥朝她笑。那时候,安白丽还没有结婚,头发顺溜地披在肩上,和她的眼睛一样亮。

"我留在了安家,安小姐对我很好。如果一个人因为做了坏事而逃跑,那么,他离开前所见的人,除了自己的家人,就是自己的同党。这么多年,我一直在等安中和露出马脚。"李凤的语气逐渐加重,变得急躁,"安四桥携带的皮箱里被迷药致死的婴儿尸体,就说明安公馆一定和贩婴案有关联。我的猜测是对的!他们又开始下手了!"

"破案可以靠猜测,定罪却是讲证据。"华良喝干了杯里的茶,依然感觉嘴唇干涩,喉咙发紧,"没有证据,等于无。"

李凤不说话了。华良也不说话,看着她面无表情地流眼泪。华良总有一种错觉,人在无声哭泣的时候,流下的眼泪都是凉的。

华良走到木桌前,放下茶杯。他准备走了。被阿司匹林暂时压制下去的疼痛和疲惫此时苏醒,在他的身体各部跃跃欲试，随时会连成一片，变成一副沉重的硬壳。

走出那扇破木门后，华良回过头，看着门后的李凤。李凤依然没有表情，甚至显得有些陌生，那无疑是一种不满和抱怨，恐怕还包含着不再信任的意味。木门陡然将两人挡住，华良很想再问她一个问题，但是他知道，其实没有这个必要。在半路，华良将车停了下来。李凤屋子中的那个木桌一直在他昏沉的脑海里晃。

木桌上放着一小堆他熟悉的东西。那是被掰成一小截一小截的牙签。那是阿通来过的痕迹。兴许阿通前脚走，他就敲响了李凤的门。所以李凤开门开得很快，一脸意外。

所以，李凤和阿通，这两个贩婴案受害者的家属，是认识的，两人分头行动，试图查出贩婴案的真凶。想到阿通晃荡着远去的背影和李凤的白发，华良忽然自责起来。他们做的，是他的工作。但是眼下呈现出来的线索都像树根一样相互牵连而又凌乱无章，将它们串联起来的主干尚未浮出水面。

原本要查的是一个烟鬼被杀害的案件，却牵连出了八年前的旧案。然后线索开始凌乱地出现。安四桥是安中和家中的管家，他所提的那个藏着婴儿尸体的犀牛皮密码箱属于秦少唐。秦少唐家那个眉目清秀的男童又很可能买自春藤育婴堂。春藤育婴堂的创办者是前租界总华捕陆有良，是八年前贩婴案的主要负责人。安中和是春藤育婴堂的募捐者之一，又是陆有良妻子唐秋萍的老友，李凤甚至说，他深恋着她……这些情形像首尾相连的蛇一样，在华良的脑海里无限旋转。华良从口袋里掏出药瓶,取出一片阿司匹林干咽下去。浓烈的苦味留在舌头上,不肯淡去。

华良掉头,拐上了回巡捕房的路。他想看看死婴的父母有没有消息。

回到巡捕房的时候,办公室里真的坐着一对抽泣的夫妻。两人年纪大概四十岁,都穿着带补丁的粗布衣服。男人衣服的补丁在膝盖,身上一股刨花味儿,指甲上沾着油漆,应该是个木匠。他的上衣并不合身,布料也廉价,领口处还崩了两个扣子,但是是新的,应该是他最好的衣服。女人衣服的补丁则在袖口,上面的油迹散发出的味道华良就更加熟悉,那是常年做葱油饼遗留下的味道。

"你总算回来了!"莫天朝华良走过来,"已经确认过,犀牛皮密码箱里的婴儿就是这对夫妻的孩子。他们找了几天,哭了几天,刚想到要报案。在看婴儿之前,他们说了孩子的特征,后背上有一个铜钱大小的胎记。我看过了,胎记和丢失时间都对得上。"

"什么时候丢的?"

"就安四桥死那天夜里的前一天。"

看到华良,那对夫妻双双从椅子上滑跪在地上,开始新一轮的哭天抢地。

"孩子怎么丢的?"华良问。

"在家丢的。"稍微能控制下情绪的父亲用沾满油漆的手抹了下脸说。

"家在哪儿?"华良继续问。

"同福里。"

之后,那个做木匠的父亲讲述了丢孩子的过程。那天是房东收租金的日子。中午吃完饭又过了一袋烟的工夫(木匠没有手表,不知道准确的时间),房东就来了。收到租金以后,房东并没有像以往那样立即走,而是坐在院子中一把新打好的椅子上与他闲话家常,还给木匠递了支大前门抽。那是木匠第一次抽纸烟。后来,房东就提到了不远的百货商场折价处理蔬菜和衣服的事情。

"房东这么一说,我老婆就想过去买些东西。家里什么都缺。"

"然后呢?"

然后,夫妻两人就替换抱正在瞌睡的孩子,分别洗了脸,换上干净些的衣服。孩子本来也打算抱着去,但是房东指指女人怀里。"已经睡着啦。"他用气声说,"你把他放床上,我在这里看着。你们快去快回。"

然而,当两人拎着发蔫的萝卜和衣服回来时,房东已经不在院子里,他坐的那张椅子下,扔着几根烟头。

孩子,也不在床上。

两人本以为,房东为了哄已醒来的孩子不哭,去了街上。两个钟头以后,他们意识到了自己的错误。孩子和房东消失了,再也没有出现。

丈夫说完,稍微平定些的妻子又开始哭,并且开始撕丈夫那件衣服。刺啦一声,那件她为他精挑细选的中山装便开了个大口子。

"我就说吧,房东早就想对我们的孩子图谋不轨了,你就是不相信。"妻子的哭声愈发响亮。

"此话何解?"华良问起。

丈夫晃了晃脑袋,说:"只怪我们家太穷,都快养不起孩子了,房东就曾劝我们把孩子送到春藤育婴堂去,说是为我们好,还说会给我们一笔不小的安抚费。那这不等于是卖孩子吗,孩子毕竟是我们身上掉下来的肉,再穷也不能把他卖掉。可是没想到,房东竟然这么歹毒……"

"房东叫什么?"华良再次将两人安抚下来之后,问。

"安四桥。"两个人异口同声地回答。

22

一早,华良就被格雷叫到了自己的办公室。

在电话里听到格雷气愤的声音的时候,华良就明白,多半是因为秦少唐的事。

"知道你是为了查案,但是要注意方式和分寸。做事之前,要想一想有没有必要非如此不可。"

"但是他不配合,这是唯一的办法……"

格雷用手驱赶了下眼前雪茄的烟雾,更像是在驱赶华良的话:"现在就把人放了。"

华良不吭声,看雪茄的烟雾在两人之间的空气中流淌,散去。沮丧的情绪围绕着他。沉默的时间里,他身后的门忽然被打开了。

"招了,"莫天的头从门后面探出来,"那不阴不阳的老家伙招了!"

"那个孩子是春藤育婴堂的?"华良回过头问。

"对!"莫天嬉皮笑脸地进来,对格雷说,"处长,根据我的断案经验来看,那个老家伙绝对是个同性恋,而且喜欢男童,可不能就这么放了。"

"哦?"格雷的表情看上去仿佛饶有兴趣,"那你想怎么样?"

莫天像挥刀一样挥出手掌:"骟了!"

"滚出去!"格雷把雪茄往烟灰缸里一杵,粗暴地喊。

莫天出去后,格雷叹了口气,他站起身看窗外,把背冲向华良说:"既然招了,就赶紧把人放了。至于个人的癖好,和案子无关,不归你管。我再给你五天时间,把案子破了。"

释放秦少唐后,华良去了春藤育婴堂,去见那个叫唐飞的堂长。

对于华良的质问,唐飞没有表露出丝毫的情绪波动。"我们确实收到了秦先生的一笔钱,但这并不能说明那个孩子是我们卖给他的。"唐飞起身给华良添了茶,也给自己杯里添满,"关于春藤育婴堂的情况,我想,上次说得已经比较清楚了。春藤育婴堂永远不会贩卖儿童,这有违它创立的初衷。募捐活动您也参加了,在资金方面,我们并不欠缺，所以也没有理由这样做。秦先生的行为属于领养，而我们也对这位领养人做了十分详细的调查。他喜欢孩子，也可以给孩子一个富足、温暖的家庭环境。"

"但是育婴堂确实收到了他的钱。"华良没动杯子。

"对，"唐飞缠绕了些许血丝的眼睛很诚恳地看着华良，"但那是秦先生主动要付的，属于酬谢性质。我想，您之所以误会，大概是秦先生没有说清楚。您当然可以怀疑我所说的，只是，如果您再向秦先生确认一下，或者我们三方就这个问题碰个头，一定就会搞清楚的。"

"可是，你所谓的这位喜欢孩子的秦先生，"华良摩挲着珐琅彩茶杯的外壁，斟酌话语，"他有他古怪的地方。不知道你们的详细调查有没有涉猎到这方面。"

谈话至此，唐飞仍然保持着他的微笑。微笑在他脸上仿佛不是表情，而是五官原本的样子。"这都是道听途说而已，至少我们没有得到切实证据。"

"好，"华良说，"那我们换个话题。"

华良接下来说的，是秦少唐花大价钱定做的犀牛皮密码箱。

他先问唐飞是否认识安四桥。唐飞望向桌面，仿佛思索了一会儿，然后抬起脸来，点点头。"安先生家中的管家，"他说，"见过几次，不太熟。"

"前几天，他死了，你不知道吗？"

"不清楚。"唐飞顿了下，往口腔里倒吸一口凉气。

"他死的时候带着一只密码箱。"华良看着唐飞那张英俊的脸,又向下瞟了眼,"一只非常昂贵的犀牛皮密码箱。那只箱子属于秦少唐,你见过那只箱子吗?"

"没见过。"唐飞毫不含糊,极为肯定地回答。"我跟秦先生并不熟。跟他的交集只是半年前对他的调查,出于对孩子的负责。"

"箱子里装着一具吸入过量迷药而死亡的婴儿尸体。"

唐飞把嘴张到比说话时更大的幅度,以表示十分惊讶。

"死的人你认识,箱子的主人你也认识,安四桥曾劝孩子父母把孩子卖到你这儿,这不得不让我联系到春藤育婴堂。"

唐飞愣了一下,嘴角也随之出现轻微的抽动,说:"这件事跟春藤育婴堂无关,我们这里从没有买卖过婴儿。"

华良站了起来,笑了下,说:"我只是跟你开个玩笑。告辞。"

唐飞一定见过那只犀牛皮密码箱。表演和真实之间永远存在着一些缝隙,如果耐心、细心,就能够辨别出来。尽管唐飞一直对自己的情绪和表情控制得很好,但是在回答这个问题的时候,未免有些过于郑重其事,和他努力维持的平和姿态稍有出入。而且,这并不是一个值得郑重其事回答的问题,如果他对这只箱子一无所知的话,在回答之前还应伴随着短暂的回忆,而这个过程在他头脑中也是欠缺的。另外,在和秦少唐的关系上,唐飞大概也撒了谎。他大概在几天以前,应该与秦少唐见过面。因为在他的衣服上,胸膛靠下的位置,华良见到了两根纤长的白毛。长毛狗的毛显然要更粗一些，那只能是长毛猫的毛，更确切地说，是临清狮子猫的毛。

华良刚端起他办公桌上那杯早已冷掉的茶时，电话便又响了起来。

这次拨打电话的人让华良有些意外，是曹光辉。曹光辉一向沉稳妥帖的语调变得极为焦虑，仿佛被风吹乱的原本整齐的纸张。

"希望您赶紧过来，华探长，"曹光辉喊，"我家里有人，死了！"

23

死者用一根麻绳把自己吊死在卧室的房梁下。

华良带着莫天和高婕赶到安公馆的时候，尸体已经被抱到了床上。锁是被斧头从外面敲掉的，遗留着凿下的痕迹。

一来，高婕就对尸体进行了勘验，死者身上唯一一处伤痕在脖颈儿处，是被麻绳勒出的瘀青。整张脸为紫黑色，双眼因压强而暴突，舌头一部分吐出口外，犹如含了一张牛舌饼。死者死亡时间大概在两个钟头之前，也就是九点钟左右。那会儿，华良正在唐飞的办公室，端着茶杯，留意着对方的表情变化。现在，太阳游到了将近中天的位置，光线透过窗户射在尸体身上，仿佛在射一尊面目狰狞的蜡像。尸体因而重新获得了一些温度，但是他已经彻底摆脱人的属性，作为一个物，缓慢而不停地发生只属于尸体的变化。

"按说，当时应该会有动静，就算死志坚定，也会有挣扎，发出这样那样的声音。毕竟是一个极其痛苦的方式。"在安公馆客厅的中央，华良坐在一张椅子上，用眼睛指了下安白平房间那道掩上的门，"但是你们都没有听到。"高婕和莫天坐在他的身后。

对面坐着的，是安中和、曹光辉和安白丽，李凤和两名男仆以及一个厨子站在三人后面。兄长的死让安白丽暂时从失去胎婴儿的梦魇中抽离，尽管她怀里仍死死地抱着枕头，但是目光里已经有了华良的问询。她更多的还是恐惧，仿佛是被关在监狱里受这位年轻探长的刑讯，围绕着自己的是死亡的气息。

"那个时间，煤贩正往家里卸煤。他们三个负责卸煤，"曹光辉指着身后三个衣服上还沾着黑煤灰的下人，"我负责对账和付款。以前，这些都是安大哥负责的。"

曹光辉没有说假话，院子里有煤灰的痕迹，从门口一直到后院。华良把目光移向李凤。高婕也望向她。"你当时在哪儿？"

"我在厨房洗碗。"李凤的头低着，声音很低，仿佛带着自责和被其他人责备的担忧。

"这不是你的错。"一直闭口不语的安中和开口。他不看华良，而是看着两人之间的空气。"就算弄出些动静，也不会往那方面去想。他在屋子里不是喊叫，就是摔碗。今天上午，他倒是没喊叫，也没摔东西。"安中和叹了一口气，然后闭上嘴，恢复了先前沉默严肃的样子。

"安白平多久没出门了？"华良问。

安中和没吭声，曹光辉替他回应，至少有五年了。

"那孩子从小就内向，可能跟母亲去世得早有些关系。早些年我忙，他也在念书，交流得也少。"安中和依然看着面前的空气，仿佛安白平小时候的身影在那里行走。下学以后，安中和才头一回意识到安白平已经是个大人了，才真正开始认真考虑对他的安排。但是安白平无心接管他的生意，对家里的情况也漠不关心。安中和以为，等他适应了毕业的状态，就会好一些。然而情况越来越糟。这几年，他连门都不出了，眼睛里的光以看得见的速度熄灭，肩膀垮塌下去，要不就整夜整夜地失眠，要不就整夜整夜地被噩梦缠住。逐渐地，在他那只包含一个卧室的世界里，梦境和现实互相扭曲、融合。他出现了癔症，每天都活在惶恐之中。他总觉得家中几个下人要害他的命，厨子，丫头，长短工，都被他怒吼过。他甚至把曹光辉这个妹夫也列入"害他性命的外人"之列，数次痛骂，骂完还趴在床上，把脸压在枕头里大哭，替自己感到委屈。

安中和回过头，带着忧虑，看了眼抱着枕头的安白丽，然后再次长叹。

"白丽的情况也差不多，"安中和摘下眼镜，用手揉捏鼻梁处被眼镜压住的地方,"这几年越来越不好。"

华良本能地看向李凤。他感到背后一阵凉。安中和的两个孩子精神上都出了问题,会不会跟李凤有些关系?她原本就是药剂师,又在安公馆做工,如果她想在两人的饮食里加一些精神方面的药剂,并不是难事。而且,她有十足的动机。她把安中和认作贩婴案的主谋,让他感受丧子之痛是她可以想到的报复的手段之一。

看着李凤的时间里,华良心间越来越重。如果真相和他所想的完全一样,那么李凤现在正站在他所代表的法律的对立面。此时,李凤也正目不转睛地看着他,眼睛里透露出冷硬、执拗的光。头又开始疼痛了,太阳穴随着脉搏向外鼓胀,他不得不靠不被察觉的幅度缓慢而深长的呼吸来缓解。

一只手轻轻放在他左肩上。华良知道那是谁的手。他身上细微的变化,高婕总能察觉得到。

"安先生,如果不介意的话,我想给家里公子和小姐的身体做一个检查。"高婕望向安中和,李凤也在她的视野之内。这是她第一次见李凤,关于华良所说过的李凤"眼睛里包含的灵动",她无法捕捉。从那双眼睛里她感知到的只有冷漠之下潜藏着的冰冷棱角。华良在想什么,她很清楚,因为那也是她考虑到的可能性。

"如果安公子的事情是由外物导致的,或许可以勘验出来。"

安中和鼻梁顶端那三道皱纹紧紧地拧在了一起:"需要

大动?"

"不需要,"高婕利落地挽起袖口,"只需要从肋骨间隙进行穿刺,再从心室里抽取血液。"

仿佛针头插进了自己的心脏,安中和的嘴角抽动了一下,然后站起身,缓慢地走向门口。在门口,他头也不回地说:"光辉,你在这里照应,我去为他挑选寿衣。"

24

在高婕把针头插入安白平肋骨间隙并从心室抽取血液的时间里,曹光辉一直陪同。安白丽则像个七八岁的小孩子,抱着猫头枕头,静静站在曹光辉身后,身体依偎着他的后背。莫天待不住,自己去花园里研究蜜蜂了。一时,客厅中就只剩下华良和李凤。

两人不说话,就那么看着对方。空气和前几天相比,已经有所改变。李凤也感知到了这一点,她拿了桌上的抹布,开始擦原本就干净的桌子。

擦完桌子,她又开始擦一个房间的门。那个门没有灰尘,黑得透亮。然后,她无声地推开了那扇门,回过头望向华良,眼神在说,你看。

那是安中和的卧室。华良可以看见床的一部分,以及衣架上挂着的安中和参加募捐活动时所穿的那件长衫。窗户没有关，深红色印有牡丹图案的天鹅绒窗帘随风飘动，被阳光照出光边，撩动华良的思维。眼前这个窗帘，和唐飞办公室里的窗帘一模一样。此外，还有一缕烟从敞开的壁橱里持续飘动而出，那是香的味道。

华良快步走进安中和的卧室，打开壁橱，看到了里面的两个牌位和一张少女的照片。少女长得非常漂亮，或者说美丽更加贴切。这就是陆有良已经去世的妻子唐秋萍？华良回头望向门口的李凤，李凤朝他点了点头。

华良无声地处在安中和的房间，恍惚觉得自己处在这个一脸严肃的中年男子的内心，看到了对方埋藏着的秘密。将唐秋萍的牌位放在自己的房间，每日祭奠，如此说来，安中和和她的关系恐怕真的不是老友，而是像李凤说的，安中和恋着她。那么，这一点与吸髓案会不会有什么关联？还有，另一个牌位又是谁的？

华良走出了安中和的房间，把门无声地关好。现在出现的都是旁支，主干还没有出现。他在心里默默对李凤说。李凤还在他身后用气声说话："安中和是八年前来的上海，与贩婴案发生的时间完全一致。"

"你查的，还是阿通查的？"华良看着李凤，不眨眼地问。

李凤半张着嘴，愣了会儿。"他。"

"那他老家在哪儿？他的做案动机又是什么？"

李凤不再说话。华良看了眼安白平的卧室，又问："是不是你？"李凤朝他冷笑了下，提着抹布走向了厨房。

李凤的身影走出华良的视野以后，华良去花园找莫天，跟他低声说了几句，莫天就先离开了安公馆。在这个时间里，安白平和安白丽的血液提取完毕，被高婕放进了药箱。安白丽的血是由曹光辉代替高婕抽的，即使曹光辉给她抽，她也用枕头蒙住脸，一下一下发抖。回到诊所以后，高婕做的第一件事就是抹开华良的袖子，也给他抽了一管。

"抽我的干吗？"

"闭嘴！"高婕抬起头白了一眼华良，"因为我看你最近也不正常。"

化验结果出来已经是深夜。在这几个钟头里，华良躺在诊疗室铺了白床单的小床上睡着了。梦境依然繁杂如树影阴森的树林，与之前不同的一个细节是，李凤在洞中流着眼泪大笑，然后朝他举起了斧头。

华良一睁眼，明晃晃的光就汹涌斩来，缓了会儿才意识到这不是斧头，而是被打开的台灯的灯光。高婕站在床边看他，双手插在白大褂的兜里。

"华大探长，你的初恋好手段。在安白平和安白丽的血液里，都发现了致幻剂的化学成分。"高婕表情复杂地看着华良，"对于你这个故人嘛，照顾同样也少不了。你也被加了餐。"

25

尽管已料到很可能是这样,但这丝毫没有缓解华良心中的诧异。

李凤已经成了一个完全陌生的杀手。

莫天之前跟他说过,安白平性格本就内向。而内向的人大多敏感脆弱,再加上持续服用致幻剂,逐渐加重的谵妄就变成了一堵坚实的围墙,把他困住,让他感受孤独、狂躁、恐惧以及绝望,直至自杀。而安白丽之所以会生下死婴,与精神性药物的副作用有很大的关系。流产加药物,疯癫并不是很难求得的结果。如果安白丽继续服用致幻剂,结果恐怕会和她的哥哥一样。

"但是我只喝过她一杯茉莉花茶。"华良疑惑道,"还是在几天之前。"

"想要在一杯茶里放药,又不被你发觉,药量绝不能大。"高婕在屋子里缓慢踱步,"几天过去,身体里的药物也应该已经代谢。"

"不对,不是茶。"华良说,"在此之前,我的身体已经开始起了反应。"

"除了茶之外,她没给过你任何东西?"

"还有这个。"华良从口袋掏出了李凤给他的平安符。

香气随即像墨汁倒入水中一样，开始在空气中晕染。

高婕将平安符一把夺过，打开写字台上的台灯，掏出解剖刀，在灯下将其划开。

里面所盛的，除了几瓣丁香、几段藿香和几颗冰片之外，还有一些白色的粉末。高婕用刀尖将中草药拨开，把粉末装进试管，再次走进化验室。

"华大探长，我就想问你，初恋送的平安符，是不是每天白天随身携带，晚上睡觉还要放在枕头边上？"出来时，高婕双手仍插在口袋里，站得笔直，审视他，"那白色粉末是蟾毒色氨，吸入体内，虽不至于傻掉，但能让你头疼做噩梦。"

"我忘了。"华良撇过头，搔了下后脑勺，同时感觉有道冰凉锐利的玻璃划过心脏。

一早，华良走进安公馆，来到李凤面前的时候，身上带着高婕诊所出具的化验报告和格雷签了字的逮捕令。从格雷办公室出来时，莫天看到了他手中的逮捕令，转身就要去叫特别行动队，但是华良叫住了他。

"我自己去。"华良说，"查到了吗？"

"查到了。"莫天说，"我从中学的学生档案中查到的，翻了大半宿。安白平转学之前的学校是江苏吴县中学。"

"现在就去吴县，"华良把莫天的礼帽往下拉了拉，"调查安中和在老家的情况。"

安公馆已经和昨日不同。大门左右门垛上的红色对联被白纸盖住。客厅变为灵堂，进门需要掀开白色的帷布。

三面墙壁也被从房顶垂下的白布盖住，两边墙上挂满挽联，正对门处摆一个八仙桌，上面是烛台和香炉围绕之下的安白平的相片。他的双眼痴愣愣地看着镜头，仿佛不知道这个世上为何会有一个他。

作为死者的长辈，安中和不在灵堂。李凤是下人，也不进灵堂，她站在堂外为祭奠的人分发香火。华良先去灵堂祭奠。灵堂里长跪着的，只有安白丽夫妇。接香的时候，他什么也没说，李凤也没有，但是她的表情里透露出已知晓他来的原因并且她无所畏惧的神情。

之后，他去侧厅见安中和。安中和面前的桌上，凌乱地放着一堆白包。每一个白包都很厚实，显然包了不少的钱。安中和望着院子里进进出出的人，一脸木然。华良进来后，他开了口，仿佛是对华良说，又仿佛只是自言自语，语气生冷："这些人，有的是我生意上的朋友，有的只是脸熟。还有的，我见都没见过。他们来，只是想在我面前露个脸。没有人关心他的死活。"

华良从口袋掏出高婕出具的化验单，放到那堆白包之上："我穷得很，只能给你这个。"

安中和的眼睛落下去时混浊无神，再抬起，已经充满了愤怒和仇恨："是谁？"

"初步怀疑是李凤，"华良微微抿了下嘴唇，"要带回去审。"

"她为什么这么做？"安中和已经站起了身。

"说了，只是初步怀疑。至于其他的，无可奉告。"华良先于他一步走出了侧厅。

　　华良走到灵堂门口，朝李凤展开那张逮捕令。他不知道该向李凤说些什么，也不知道该以什么样的眼神去触碰对方的眼睛。李凤却十分平静，说漠然或许更为准确。她一句辩解也没有，哪怕解释一句"我是药剂师，给他们服药是调节他们的精神状况，并非故意杀人，只是医疗事故"。她依次摘下头顶上缠的白布，脱下孝衣扔在地上的举止，更像是脱下一件肮脏的衣裳。她跟在华良身后，华良打开汽车后门，她就自己坐了进去。

　　上车前，华良看见了阿通。阿通站在前来祭奠的进进出出的人流之中，像河流中一颗倔强的石头，站立不动。他没叼牙签，这个细节让他的神情显得格外沉重。华良从没见过他这副神情。

　　"她做的事情你知道。"华良朝阿通走了过去。

　　阿通咬着牙没说话，腮部的肌肉一抖一抖的。

　　"如果你也有相似的罪行，随时找我自首。如果有相似的打算，就此忘掉。"

　　阿通笑了，谁都看得出那是轻蔑的笑。为了将这含义表达清楚，他朝地上吐了一口痰。

　　"别以为你满身本事，你其实就是个废物！"阿通狞笑着，用手指在华良胸口点戳，仿佛每一下都能透过皮肤戳进华良心里。然后，阿通又揪起他的领口粗鲁地拽，"如果不是你眼睁睁看着她的孩子被人带走，她不会如此。如果你们早把案子破了，她也不会如此。华大探长，作为巡捕，抓不住凶手,也是犯罪!"

作为巡捕,抓不住凶手,也是犯罪。路途曲折,视野颠簸,阿通的冷笑一直贴在挡风玻璃上摇晃。后座的李凤也是沉重的存在,华良的后背能感受到那重量。汽车拐上薛华立路,可以看见公董局大门的时候,李凤忽然开了口。

"我还是恨你。"不用回头也听得出来,李凤是咬着牙说的,"那时,你已经不是一个孩子了。"

华良没有说话,他的胸口又开始新一轮的塌陷。汽车开进公董局,在大院里熄火时,李凤说了进审讯室之前的最后一句话:"找到宋威廉。那是你对我的承诺。"

26

"为什么只给安白平和安白丽下药?"

审讯室里冷冰冰的,只有一张桌子和两张椅子。一个纯粹功能性的地方。华良和李凤坐在桌子两边,表情都与审讯室的氛围一致。两人把对对方的情绪收起,进行纯粹事务性的问答。在此之前,李凤已经叙述了自己下毒的方式和时间。她给两人下毒是从三年前开始的,每天,她都会在两人的米饭中加入少量的致幻剂。

"什么?"李凤仿佛没明白华良的问题。

"安中和作为你所认为的贩婴案的主谋,为什么没有中毒?"华良说得缓慢,字字斟酌,"如果上吊的是安中和,好像更应该符合你报仇的意愿。"

"我是在报复,而非报仇。"李凤说,"至于安中和,如果我动用自己的力量和方式去杀死他,确实并非难事。但是,这不是他该有的死法。他应该在法律的判决下,在众目睽睽之下,像一条狗一样被击毙。"

"安四桥的死和你有关系吗?"

"没有。"李凤吐露出不耐烦,"你更应该上心的是贩婴案,而不是安管家的死。"

"我会尽快抓住吸髓案的凶手。"华良说。可是关于安四桥被杀案,他的时间也不多了,格雷给他的期限还剩三天。墙上钟表的指针有节奏而毫不停留地走,发出"哒,哒,哒"的机械声。

"希望在我死之前,可以听到那声枪响。"李凤看着华良,眼神的焦点却不在他的脸上。她在想安中和被游街和枪决的画面。"啪",她用气声模拟枪响,然后朝华良咧开嘴,笑的像刚与他熟识时的样子。

在李凤的笑声里,华良拿着口供离开了审讯室。李凤也被两名年轻巡捕带出来,押往临时拘留处。狭长的走廊里,两人背对而行。李凤脚上戴了镣铐,铁链在水泥地上拖行,哗啦啦冷冰冰地响。华良没有回头,否则如果李凤也恰巧回头的话,就会看到他在哭。

他去了格雷的办公室,因为他无法静静等待那个最坏的结果发生。尽管李凤有给死者长期喂服药物并导致其精神错乱的事实，但她的目的只是伤害，并非杀人。她给死者所服用的也不是迅速致人死亡的毒药。然而他刚开口，格雷就焦躁地打断了他，并且将那份口供撕成碎片，扔进烟灰缸，又用雪茄捅了几下。

格雷从抽屉里取出一份新的文件，朝华良挥动。那是在华良审讯李凤的时间里，他让秘书花五分钟赶出来的。那也是一份口供，审讯人和受审人的签名处也分别是华良和李凤。

这份口供里写的，是关于李凤的一个故事。这是一个疯狂的恋爱故事，与贩婴案毫不相关。李凤不曾是药剂师，也没有对安白平和安白丽下毒，她只是一个被爱情冲昏头脑，又被背叛赋予尖刀的无知妇女。她爱上了与之朝夕相处的安公馆管家安四桥，在两人的感情处在最顶峰的阶段时，安四桥的风流引发了风暴。在深夜，李凤将安四桥砍杀于街头，又提刀翻墙进入安四桥的家中，偷出有妇之夫方某所哺婴儿一名，并亦将其砍杀。因为她怀疑此婴就是安四桥与方某的苟且之果。

"不要跟我提什么还有三天时间。我等不了了。"华良尚未开口，格雷就把递给华良的口供夺了回来，"去，把她送到马斯南路监狱。"

华良梗着头，站住不动。格雷就绕过他，让守在门口的秘书去办。

"别再折腾，也别再提贩婴案。你所谓的真凶，找到，找不到，都不会影响法院对李凤的判决。"格雷拍了拍华良的肩膀,"说白了,那个并不无辜的女人必须得死。她本来就应该死。"

在走廊和楼道里再次响起脚镣磨地的声音之前,华良一个人离开了公董局。

莫天是晚上九点钟回到巡捕房的。他拎着一只从吴县带回来的盐水鸭,身子晃得比手里的鸭子还要厉害。他无比得意地走到办公室门口时,看见华良正站在办公室的窗前,俯视黑暗中的薛华立路。办公室里只剩下他自己,空气显得很冷寂。

"我就知道你还在这里,猜我挖掘出了什么秘密?不过,得去大魔头那里讲,她可以解答一些相关的专业知识。"

华良已经在窗前站了一个钟头,一回来他就站在这里。秋风挤过窗户的细缝,带着叫声撞向他的身体。窗台上的陶瓷烟灰缸里,那七八根烟头是这一个钟头经过他身体的痕迹。而在此之前,他在离公董局五公里远的一条无名公路上,对着路边一堆废墟,站了五个多钟头。在那里,他留下了十八根烟头和一个被攥瘪了的大前门烟盒。太阳默默落下去,黑夜渐渐将他包裹,烟头一明一灭,随即变成地上的火星,然后熄灭。一种过去永远坍塌的情绪始终笼罩着他。

那堆被野草围住,野猫和老鼠出没的废砖头,原本是李凤工作的药店。

27

时间倒退到三十多年以前。

安中和、唐秋萍和陆有良还都是三个年轻人,他们共同生活在江苏吴县。

小镇闭塞,虽已民国,但随处可见前朝的遗痕。绑辫子的男子不少,裹脚的少女则更多。唐家富裕,家风开明。每天早上,在同龄甚至比她更小的女孩缠上裹脚布,扶着墙、哀号着走路,等待脚趾骨折断,或者踮着终于顺利变成畜类蹄子般的脚做各种农活的时候,唐秋萍挎着书包,跑着去上学。上到中学的时候,她已经是学校里唯一一个女孩子。父亲中断了她的学业,让她在家学习纺织和绣花,等待出嫁。

安中和、陆有良都是唐秋萍的中学同学,也是她学校里仅有的朋友。两人都喜欢唐秋萍,或者说,学校里大部分男生都惦记她。这是再正常不过的事,不仅是因为她是学校里唯一的女学生,更为重要的是她与镇子里其他女孩子有所不同,就像河床里石子和白玉的区别,一看便知。有良聪慧,中和憨厚,性格的不同让三人在一起聊天的时候,变得更有意思,至少在唐秋萍看来是这样。不再上学以后,唐秋萍常偷跑出去,上山与两人见面。跟随唐秋萍辍学的安中和开始学做厨子,上山的时候他常带着自己做的酥肉,三人分食。那是属于野杜鹃盛开、山核桃招摇的一段日子,后来,陆有良就去得少了,因为唐秋萍做出了选择。

再后来,唐秋萍的父亲得了重病,唐秋萍的婚期也因此提前。新郎当然不是家中困顿、一身葱花味儿的安中和,而是临镇一个大户的公子。

在知道这个消息之后,安中和也去过几次唐家。他能带的只有腊肉,而这更成为唐父拒绝并耻笑他的理由。在距离出嫁还有一个月的时候,唐秋萍不见了。两个月以后,她那两封从上海分别寄到唐家和安家的信被拆开的时候,正是她父亲葬礼那天。

唐秋萍是跟陆有良私奔的。和陆有良相比,安中和缺少灵活和开拓的劲头。到上海后,为了生计,陆有良做过很多事,码头苦力、街边小贩、茶馆伙计、地痞混混儿、包打听……后来,他成了法租界的一名巡捕。从此,陆有良的生命正式嵌入上海滩这个地方。他像一株度过了适应期的移植不久的小苗一样,逐渐开始开枝散叶。十几年以后,他成了法租界的总华捕。

日子是越过越好,可有一件事情始终让唐秋萍耿耿于怀——她和陆有良结婚多年,却始终都没能怀上孩子。陆有良虽没多说什么,但他越来越冷淡的脸色让唐秋萍十分焦虑。唐秋萍心有不甘,她跑遍了各大医院,尝试了所有的法子,甚至吃下了灵婆调制的煤灰汤,肚子依旧没有隆起的现象。直到有一年,从老家回来不久后,唐秋萍突然就有了一个孩子,是个男孩,长得非常漂亮,陆有良就给孩子取名叫陆俊。那一年,正是安中和来上海的时候。

后来,孩子渐渐长大,到了长牙的年纪,问题就来了。陆有良和唐秋萍发现,陆俊得了一种罕见病,和牙齿有关。

华良想起了初见陆俊的时候,那个五官俊秀的男子,长着一口甘蔗屑似的黄牙。

"难道是先天恒牙缺失症?"高婕想了会儿,问。

"很有可能!"莫天拍了下手,"世上啊,什么稀奇古怪的病都有。"

这种病并不常见,高婕尚没有在诊疗中遇见过这种病例,她对它的了解仅限于读过的一本专门介绍稀有病症的医学书籍。

这是一种遗传病。发病初期,患者的牙齿会逐渐变黄。牙釉质脱落后,牙齿就像风化严重的石头一样,轻轻一碰就变为粉末。牙根也在此过程中逐渐坏死,最终从牙床脱落。但是,牙齿脱落不是结果,而是真正痛苦的开始。因为相比年龄衰老导致的掉牙,患此病的人的牙龈要脆弱敏感得多。即使是终日靠服用流食过活,也会导致牙龈的频繁发炎。炎症无法消除,一系列并发症就会接踵而至,蚕食掉病人的生命。这是这个病真正可怕的地方之一。还有一个可怕之处就是,它遗传的概率为百分之七十五。

目前看来,陆有良并没有先天恒牙缺失症,那么就剩下唐秋萍了,难道是她遗传给了陆俊。

"但见过唐秋萍的人,可都说她是个大美人啊,明眸亮齿的",莫天说道。

"神探,明天一早,你去查清楚当年唐秋萍的死因。"华良冲莫天说。

"我来查吧。"高婕说,"上海各大医院都有我的同学或朋友,我查更方便。"

华良在高婕的诊所里来回走,脚步越来越快。空气中那道看不见的河流,正在逐渐显形,他已经能感受到它的流向。吸髓案那些杂乱脉络的主干,很可能就是这个他第一次所听说的怪病。人在身处绝境的时候,往往会丧失理性,并迷信很多东西,比如偏方。

此时此刻,在春藤育婴堂的堂长办公室里,唐飞也在不停地转圈。如果把这两个空间摆在一起,两人就是这两面并列表盘上的秒针。但是两人拥有着截然不同的表情,相比华良和往日的自己,唐飞的五官带着狰狞意味的扭曲。他一口接一口地抽烟,要不是手指灼痛,他不会知道烟需要更换一支。唐飞围绕着旋转的是育婴堂里的一个嬷嬷。嬷嬷垂着头,不时抬眼瞟一眼唐飞的脸,确认他的情绪,以明白该做好什么层级的心理准备。

"怎么会丢了呢!"唐飞最终还是吼了出来,停下步子,冲嬷嬷劈头盖脸地吼,"白痴!"灯光把他的脸和眼睛照得通红。"院子里那么多大人,门口又有值班人员,册那,连个孩子都看不住,全是废物!"

嬷嬷用下巴抵住胸口,紧闭起眼睛,承接所有带着烟焦油味儿的怒骂。

28

整个上午,华良都在等高婕的电话。电话打来的时候已临近中午,在街上巡逻的巡捕搭伴儿回到办公室的时刻。

租界内的每家医院和正规诊所高婕都亲自跑了一趟。她分别对在这些单位工作的同学或朋友说,她想写一篇关于先天恒牙缺失症的论文。现在,她已经打听到一个患此症的叫陆俊的病人,但是在哪家医院救治,她并不清楚。所以她需要对方帮忙,查找陆俊的病历。

"最晚明天,当年医治陆俊的医生就能从外地赶回来。"高婕的声音很利落,毫无疲惫的迹象。另外,唐秋萍由于整日郁郁寡欢,最终病逝,但在医院的病例记录里,她并没有先天恒牙缺失症。华良似乎明白了,陆俊患有遗传病,但唐秋萍和陆有良都没有,那么只有一种可能,陆俊不是他们的亲生儿子。

身后那几个巡逻回来的巡捕颇有兴致地聊着天,华良本想叫他们小声些,但听到交谈内容后,又改变了主意。他们说的是霞飞路分区捕房的新案子,一名巡捕大清早在菜市场发现了一具孩子的尸体,和一堆烂白菜萝卜一起,等待发霉。

"多大的孩子?"华良开口问。在他的脑海里升起的,是一副死相凄惨的婴儿尸体。

"听说是个七八岁的男孩。"对方回答。

七八岁?华良小声重复着,"在哪个菜市场?"

"是霞飞路捕房巡捕遇上的案子,具体哪个菜市场不是很清楚。"

霞飞路捕房。春藤育婴堂就在霞飞路上。那么,那具尸体会不会属于育婴堂?

"我现在去诊所接你,"华良握着听筒对高婕说,"兴许有了新的线索。"

华良和高婕赶到霞飞路捕房的时候,几个巡捕正围着一张椅子打扑克,脸被白纸贴满,像白无常手中的丧葬棍。在华良介绍了自己以后,他们从板凳上同时弹了起来。

"菜市场发现的尸体呢?"华良问。

"埋到后山了。"一个巡捕撩开挡住脸的纸条。

"就那么埋了?没有登报发招领启事?也没有调查?"

"在菜市场找吃的孩子差不多和野狗一样多,都是孤儿,也大多带着病,死了也寻常。"说完,巡捕就意识到了自己的错误,他低下头,又薅下了脸上的纸条。

"我们怀疑那个孩子跟我们中央巡捕房正在调查的一宗案子有关,"华良说,"现在带我去埋尸的地点。"

带两人来的那名巡捕用铁锹铲了没几下,孩子的尸体就露了出来。坑挖得这么浅,下两场大雨,腿肯定就会露出来。男童背朝上,一只手臂压在身下,想必埋的时候,巡捕是把尸体踹下坑去的。他穿着单薄的背心和短裤，除去这两样裹身之物，连一张草席都没有。

华良推开巡捕，将男童抱了出来。即使只是七八岁，他的重量也过于轻了。华良认得这个男童，就是他第一次去春藤育婴堂时，在亭子里见到的那个画向日葵的孩子。他后颈上那只眼睛不会随着他的死而闭上。它仿佛躲在阴谋后面，静静地注视世间。他怎么会出现在菜市场？难道是育婴堂抛弃了他？

男童生前曾遭遇过鞭打，血痕相互交错，洇到了衣服上。高婕继续勘验，剪开背心，那根高耸弯曲的脊柱就露了出来。高婕又打开他了的口腔，她发现了不对劲儿。

"怎么了？"

"他的智齿都长全了。"高婕说。

惊诧过后，华良把头别过去，点了根烟。两人沉默了一会儿。

那四颗智齿说明，他不是一个七八岁的孩子，最少也得十五六岁。高婕在尸体的脚心、背部等不易关注到的地方，发现了许多伤痕。这些伤痕，有用针扎的，也有用细铁丝抽打的。是严重的营养不良让他停止了生长。

在把尸体抱上车之前的那段路上，华良忽然停住了脚步。他拂去尸体上沾的浮土，把鼻子凑近。

尸体上面散发着某种味道。

不是土壤或血液的腥味。与尸体开始发酵制造的气味也有所不同。气味的源头是尸体脚踝、膝盖、肘部、背部以及脸上那几道深红色的血痕。表面看上去，这几道血痕与其他血痕并无不同。

但是，那不是血。

是酱菜的味道。

确切地说，那几处血痕是泡制酱菜的调味料，以酱油为主，辅以花椒和八角。味道极为轻淡，转瞬即逝，犹如来不及捕捉就消隐进混沌的思绪。

"但是尸体上沾了酱菜的汤水，也符合实际情况。"高婕答道，"毕竟他的尸体是在菜市场的垃圾堆里发现的。"

"这些全都是擦上去的痕迹，而且除去额头和背部，其余的全都在关节部位。我觉得，在他死之前，一定在一个空酱菜坛里待过一段时间。"但是，是什么原因导致他进入了酱菜坛？华良转过头，问扛铁锹的巡捕，"那个菜市场有几个卖酱菜的？"

"就一个。"巡捕回答得很干脆，"那玩意儿，咸得要死，一个就足够了。"

在巡捕的带领下，华良和高婕到了菜市场，并找到了卖酱菜的小贩。小贩长得粗矮如他身边那个黝黑的粗陶酱菜坛，络腮胡子彰显出一些蛮横的意味。在他身后的木地排车上，还放着一个一模一样的酱菜坛。看见身着制服的华良和那名巡捕在面前站定之后，他的眼睛就闪出了畏缩的光，酱菜坛一样的身子开始抖晃。

"人不是我杀的，我打开盖子时，他就死了。"他的声音里带着祈求式的哭腔，"两位官爷千万别说尸体是在坛子里，要不然生意就没法做了。我没有钱再买一只新的坛子。"

"但是人是怎么进去的?"华良低头闻了下黑乎乎的酱菜坛子，混浊的气味让他下意识地皱了下眉。

"我不知道，我真不知道。应该是他自己进去，或者被别人装进去的。真的跟大变活人一样，一打开盖子，就在那儿。"

"来菜市场之前，你去了春藤育婴堂?"

"对！很可能，不，肯定，肯定就是那时候的事。里面有很多孩子！"

来菜市场之前，小贩去了春藤育婴堂。每个月的初一，他都要往那里送一坛酱菜，已经送了一年有余。半夜就要走，这样才能保证给育婴堂卸完酱菜以后天还是黑的。只有如此，他才能早一些来到菜市场，不至于没有位置。

今天他送酱菜的过程没有任何反常之处。把一坛酱菜卸进育婴堂厨房已经见底的酱菜坛以后，他便把空坛放上地排车，拉出了育婴堂的大门。买不起驴，他就自己充当牲口，拉着两个大坛子来到了菜市场。

那会儿，天刚要放亮。由于他意外地起早了，所以菜市场里连个鬼影都没有。他为做生意以来第一次占到最好的位置得意了一会儿。把一满坛酱菜卸到地上以后，他开始调整那个空坛子的位置。这时，他才感到不对劲儿。坛子重了很多，显然里面有东西。

打开坛子的时候，那孩子已经不喘气了，但身子还是热的。在度过了惊讶、恐惧等一系列情绪侵袭之后,他抱起孩子,将他扔到了离自己摊位几十米远的垃圾堆,捧几把烂菜叶,将孩子盖住。等天亮了,他和那个孩子之间,就会隔着几十个摊位。他想,即使尸体被发现了,到那会儿,他与尸体的莫名关联就完全被截断了。

29

看到华良走进春藤育婴堂,张嬷嬷悬了一天的心开始乱七八糟地猛跳。

那个叫阿生的孩子是昨天夜里丢的。阿生是她最放心的一个孩子,因为他生性怯懦,丝毫不具备敢违背规矩的勇气。昨夜她负责查房,十一点钟去的时候,人还在,凌晨四点的时候,人就没了。如果他真跑出了育婴堂,就意味着她有了大麻烦。因为跑出去的,不仅是阿生那副瘦弱的躯体,还包括育婴堂绝不能让外人知道的秘密。

而那个穿着巡捕房制服的男子在这时来到育婴堂,径自走向办公楼,说明那个秘密很可能已经被他捕捉到了。张嬷嬷加快脚步急走,跑起来,先行进入了他将去的目的地。

华良只身前往,高婕在汽车里等待。那具瘦弱的躯体蒙着白布躺在后座,给予高婕后背清晰的压力。

华良刚抬起手，门就开了。那个鼻尖上挂着汗珠的嬷嬷将他让进屋就出去了。

唐飞依然坐在他的办公桌后面，西装笔挺，依然笑容满面地起身欢迎。

"今天早上，有人在菜市场发现了一个春藤育婴堂的孩子。"坐下后，华良将唐飞端过来的茶水推到一边，亦不做寒暄，直接步入正题。

"这不可能。"唐飞面不改色地笑，似乎他早已有了心理准备。

"这次你推不掉了，"华良看着唐飞布满血丝的眼睛，"那个孩子上次我在后院见过的，他现在就在我的汽车里。你也不必假装诧异，担忧了一夜吧。"

唐飞长舒了一口气："回来就好，不该劳烦华探长的。"

"我来找你，是想当面询问你，春藤育婴堂虐待孩子的事。"

"我们从不虐待孩子。"

"你的口会说谎，伤口可不会。"

唐飞愣了下，垂下眼睛，松了下领带："华探长，你过于紧张了。适当的体罚只是教育孩子的一种方式。天下没有没受过体罚的孩子，你我也是棍棒之下长大的。"

"但是你我都没有严重营养不良的经历。"

"那是他过于挑食。"唐飞努了下嘴，"育婴堂有那么多孩子，嬷嬷们的工作量非常大。如果每天给一个十几岁的孩子喂饭，可不是一件应该做的事。"

"可是他现在死了！"华良罕见地拍了桌子，唐飞却变得轻松起来，仿佛夜路上的一个深深的土坑被填起，再也不用为此担忧。"上海的街头实在是太乱了。"唐飞皱起眉慨叹。

"孩子后颈处那个眼睛形状的文身又是怎么回事儿？"华良平息了下情绪，"我猜，那个文身，每个孩子身上都有吧。"

"您说得很对，每个孩子身上都有一个这样的文身，有的在脖颈儿，有的在后背。"唐飞说，"这也正是爱的体现。我们通过这种方式给予孩子安全感，告诉他们，春藤育婴堂是他们永远的家，无论他们未来身在何处，遭遇什么样的危险境地，我们都会看到。"

"是给他们上枷锁才是真吧，妄想即使他们逃出育婴堂，也会因为它的存在而不敢开口说出育婴堂的内幕。"华良能感到心中的愤怒涌动得越来越厉害，"充满慈爱关怀的春藤育婴堂现在出了命案，职务所在，我只能彻查。"

"这可不是你的职务！"

门忽然被很大力地推开了，撞上墙壁后反弹回去，又被一只脚踢开。进来的是一个肩膀宽阔、满脸胡茬的黑脸汉子。他穿着和华良一样的制服，双手抠进牛皮板带，左右摇晃着进来。"孩子的尸体是在我的地盘儿发现的吧！这可是我的案子！"

华良见过他。在半年前的租界公董局聚餐上，此人和他分别坐在格雷的左右。他叫程锋，是霞飞路巡捕房的探长。在那次晚宴上,他推掉高脚杯,全程用大碗喝酒。看得出来,格雷很喜欢他,另外四个分区巡捕房的探长也对他毕恭毕敬,都以大哥相称。他与满桌的人喝酒,还端着碗和酒坛满厅转,唯独对华良视而不见。回来后,老毕告诉他,格雷能在法租界如此吃得开,就靠华良和程锋。华良为他破案,程锋为他挣钱——程锋是格雷的大烟销售网络中最为得力的一个帮手。而程锋之所以对华良全程黑脸,是因为华良曾在追查某个案子的时候,将意外出现在犯罪现场的程锋铐回中央巡捕房,关了三天三夜,并将他身上的大烟膏全部没收销毁。

华良明白,想必在自己还没进唐飞办公室的时候,程锋就已经在来的路上了。这就是唐飞毫不感到紧迫的原因。华良不想跟程锋继续争执,争执下去结果也不会改变。程锋说得没错,中央巡捕房对那具尸体确实没有管辖权。他朝程锋点点头,站起身准备走了。

"华探长,您车里那具尸体,我们育婴堂有权利要回来。"唐飞那依然儒雅的声调显然带着讽刺,"我们会给阿生安排一个他亲生父母都无法给予他的体面葬礼。"

"好。车就停在门口。"华良没有回头,继续朝门外走。他身后程锋发出的冷笑,像刀片划着他的后背。

华良走到门口的时候,高婕正在车下与那两个接到电话指令的看守争执。看守的身后,是一辆平板车。"给他们吧。"华良拍了拍高婕的肩膀。

"就不能争取一下?"路途上,高婕还在纠结于被阻拦的调查。

"不能。"华良开着车,不时瞟向路两边,寻找着什么。半个钟头后,他把车停在了一个咖啡厅门口。

华良独自进了咖啡厅,在里面给莫天打了电话:"神探,虽然你刚回来,但是现在,又到了必须由你出马的时候。"

春藤育婴堂一定要彻查。唐飞找来的那个穿着探长制服的梁山土匪,阻止不了这件事。

回到车上的时候,华良看了下表,已经是四点钟。"送你回诊所,你的朋友应该已经准备好答案了。"他重新发动了汽车,"然后你就去巡捕房,找我们的福尔摩斯,他会告诉你该怎么做。"

一打开诊所的门,两人就听到了电铃声,仿佛之前已经打来过几遍。

"是高医生吧,你想了解陆俊的病例?"

高婕把电话机握在自己和华良的中间。电话那头,是她的高中同学,现在在圣玛丽医院工作,性格麻利,话不多。高婕一接起电话,她便直奔主题。"患者发病时间为二十年前,他第一次来就诊的时间为刚发病一个月。他是由母亲带着来的,同时还有好几家医院的病例本,母亲非常焦虑。过程中,孩子的病情有过一定程度的缓和,但没过多久,孩子的病情就又严重了,我记得当时我让孩子的母亲提供家族遗传史,但其母亲一直闪烁其词,再后来,孩子的父亲就来了,他带走了母子俩,并告诉我们,他们不会再来这儿看病,已经请好了家庭医生。基本情况就是这样。"

"太谢谢您了。"高婕挂断了电话。

话筒里的人声消失以后,华良仍静立不动,保持着倾听的神态,仿佛空气中仍有讯息在流动。他在计算,在整合,将唐秋萍的治疗过程与吸髓案这两条水脉合二为一。陆有良的表现,已经从侧面证实了,陆俊并非他和唐秋萍的亲生子。五分钟以后,他忽然走出了门。

"你去哪儿?"高婕在身后喊他。

"我去给安中和讲个故事。"华良头也不回地说。

与此同时,莫天也开始行动。他先打电话给了父亲莫向南。作为法租界最大的私有银行的老板,莫向南当然也是春藤育婴堂的捐款人之一,前几天春藤育婴堂的募捐大会他也去了。他和陆有良虽不是推心置腹的好友,但也算有些私交。

"你们要查案,我配合,但要注意分寸,别把你老爹置于尴尬的处境。"莫向南嘱咐完莫天,放下电话,再重新拿起,按照莫天的吩咐,给陆有良打电话。莫天让他给陆有良打电话,以自己的名义为春藤育婴堂的孩子安排一次体检。莫向南这么说了,但是陆有良拒绝了他。

"莫兄,您对春藤育婴堂的捐助我一直心怀感谢。现在又特意安排体检,我也十分感动。可是,据我所知,今晚上育婴堂有一个联欢会。苏日安不是什么盛大的联欢会,只是为了娱乐孩子的身心而例行搞的活动,但是,现在他们应该已经开始准备了,不好打断。"

"很抱歉,本来是应该提前跟陆兄打招呼的。由于有这样那样的烦心事需要处理,就给忘了。"莫向南中肯的语气中带着少许急迫的意味,"但是,我这边,各家报社都已经通知了,会随体检队一起过去。"

"大动作啊。"电话那边传来陆有良的笑声,声音里带着试探,"莫兄为人做事一向低调,看来这次是,别有用心。"

莫向南也笑,然后放低了声音,换上警惕的语气:"陆兄也知道,新一届的商会主席选举忽然提前到了下个月。据我所知,其他几名候选人都已经有了动作,所以我不得不出出头。说白了,就是去走个过场,绝对不会给陆兄捅什么篓子。恳请陆兄能帮一次忙。如果没什么问题,我们就晚上六点半正式开始。"

"明白了,"陆有良回答得很干脆,"没问题。我会全力支持和配合莫兄。我这就给唐飞打电话。"

放下电话,莫向南长长地舒了口气。

30

"我来,是要给你讲个故事。"

侧厅里,只有华良和安中和两个人。两人相对而坐,中间那张桌子曾经放满了白包。衰老往往是一瞬间的事。安白平死了,也带走了原本属于安中和的一部分气息。安中和变瘦了,就像桌上那盘无人看一眼的苹果,表皮皱巴巴的。

"关于你的故事。"华良看着安中和水晶石镜片后面那双黯然无光的眼睛,"藏在壁橱里的故事。"

安中和下垂的眼角上挑起来,整个人打了个激灵。

一切都是从那个奇怪的病开始的。

如果安中和再年轻一些,或者,还在江苏吴县做厨师的话,应该很难想象,有一天自己会踏入上海,并且,稳稳当当的在上海滩立足。而让他更没有想到的是,通往上海滩的致富之路,竟然是因为一个婴儿。陆俊,是安中和拐来送给唐秋萍的,他深爱着唐秋萍,不忍见她为子嗣烦忧,而这,也恰恰害了唐秋萍。唐秋萍一辈子为这个孩子操碎了心,最后郁郁寡欢而死,直到临终前,仍在牵挂陆俊的病。

很多年以后,安中和仍然能回想起,那个堆满阳光的下午。在陆有良的陪同下,唐秋萍回到了阔别已久的吴县,她去见了安中和。这些年,安中和过得并不好,经济不宽裕,妻子又早亡,独自拉扯两个孩子。而刚刚又因为香料使用不当,差点在当厨子的饭店里闹出了人命案,被老板炒了鱿鱼。

眼前的唐秋萍,除了依然让他魂牵梦绕的容貌外,也是他此刻唯一的救命稻草。于是,安中和铤而走险,在吴县拐来了一个男婴送给唐秋萍，就是以后的陆俊。之后，他带着一双儿女，随陆有良夫妇来到了上海。

陆有良给了安中和一大笔钱，这让安中和捞到了人生中的第一桶金。有了这样一次经历，安中和仿佛找到了发财的门道，于是，他开始做起拐卖人口的生意。他甚至裹挟陆有良，让陆有良做他的靠山，否则，他就会将事情全都捅出去。后来，他们结识了宋威廉，也就是陆俊后来的家庭医生。

婴儿都是宋威廉从广慈医院偷来的，因为用死婴掉包，所以尽管期间有家庭报案，巡捕房也均在租界总华捕陆有良的授意之下，草草调查之后，便以降生即为死婴，或婴儿因病死亡结案。再后来，事情忽然被一个叫李凤的年轻母亲闹大了，又因为躲雨渔夫的意外发现而成为当年上海滩最为轰动的案件。但是陆有良仍可以掌控局面。他找好了替死鬼。这样一来，不仅可以迅速平息风波，又能让他获得表彰。

唐秋萍死后，安中和陆有良为了控制风险，不再简单的做拐卖人口的营生，而是把唐秋萍捐出来的宅邸做成育婴堂。陆有良利用手里的人脉关系，大力扶持安中和，让他跻身上海最成功的商人之列，以掩人耳目。安中和则利用春藤育婴堂，一来赚足慈善的口碑，还能正大光明利用领养的名义贩卖孩子，二来直接从育婴堂里挑选孩子，去讨好那些有隐秘怪癖的商界政界大佬。这也解释了，为什么春藤育婴堂里养育的孩子，都是那样的漂亮，比如秦少唐家的那一个男童。

安中和没有否认，干巴巴地嘴唇紧紧地闭着，脸上也没有可供华良猜测他心中所想的表情。如此过了一分钟，安中和说话了。"你的确很聪明，也很会讲故事。"因为一直沉默不语，所以他的口腔干涸，声音粗哑，仿佛一夜未睡，"秋萍并没有到吴县来找我。我只是收到了一封信，是陆有良背着她写的。为了她，我什么都可以做。"

"成功从来都是要有所牺牲的。"安中和很淡然地说，"秋萍是我最爱的人，我没能得到她，但她成就了我，我感谢她。"

华良没有回答，他忽然觉得面前这个性格如蛮牛、已经开始衰老的男人很可怜。

"还有一个问题，"他继续问，"失踪的广慈医院宋威廉，他去了哪里？是被陆有良灭口了？"

安中和深长地叹了口气，仿佛把先前的关于唐秋萍的思绪全部清空一样："你先帮我削个苹果吧。"他从口袋里摸出一把合起的水果刀，放在那几只皱了皮的苹果上。

那只苹果，华良削得很仔细，一绺长长的果皮呈螺旋状落在桌子上，不曾断过。他忽然感觉世界奇妙。现在桌子两边，坐着两个厨子。一个穿着法租界巡捕制服，另一个打扮成儒雅商人。等对方吃完这只苹果，他会继续问他宋威廉的事情，以及他自己的事情，比如他从活的婴儿颅腔中摘取脑髓做菜的场所。当然，现在把安中和带走，关进中央巡捕房的审讯室慢慢审问，在程序上也是完全可行的，但是不能这么做。因为莫天和高婕今晚上要调查春藤育婴堂，如果在这个时间点把安中和带走，唐飞那边就会收到消息，行动很可能被他强行终止。

"安老板，今天我不带走你，你可以把各种事情都处理妥善。"华良放下水果刀，将苹果递给安中和，"但是你不能有任何阻碍我们破案的行动。到了现在，您已经不具有可以阻碍我们的力量。坦白说，您家里的电话我们已经监听了，一会儿，我的手下也会奉命来贵府门口，您以及所有出这个大门的人的行踪，我们都会知道。"

安中和把苹果放到嘴边，但是他的嘴唇依然紧闭着。

忽然，安中和将苹果摔在了地上。苹果被摔得四分五裂，他那被皱纹包裹住的五官也变得四分五裂。他已经完全从先前沉重的情绪中脱离了出来，意识重新穿起铠甲。"放肆！"他朝华良大吼，"一派胡言！信口雌黄！破案要的是证据！"

随着安中和的叫骂，安白丽抱着枕头，躲在曹光辉背后，并推着曹光辉，像手握盾牌的士兵一样前行。随即，安中和又挥手将他们骂了出去，没有他的允许，不准进来。

"你知道，这是徒劳的。"华良起身往外走，他听到身后安中和粗重的喘气声犹如被扯动的风箱，"我很快会再来的。"

华良坐在车里，在安公馆门外等待。一支烟后，一辆吉普车开进了他的视野。华良发动汽车，与对方交错而过时，朝里面的两名手下挥了挥手。

31

六点十五分，华良到达了春藤育婴堂。

这时，两辆汽车已经在春藤育婴堂门口等候。一辆是白色的印着红色十字的体检车，里面装载着由莫天、高婕，以及她私人诊所里的两名护士组成的体检队。另一辆是黑色的福特车，那是莫向南的座驾，坐在驾驶位上的仍是莫向南的司机小吴。副驾驶位和后座上的人则是莫向南托关系找来的三名记者，他们分别就职于《申报》《晶报》《新闻报》。

体检车停的位置是育婴堂门岗的视觉死角，以便让华良能够顺利上车。待体检车开进春藤育婴堂时，华良已经和其他人一样，被白帽、白口罩、白袍、白手套裹住，只露着两只黑色的眼睛。

记者下车，端着相机和记事簿，跟在体检车后面步行进入，他们已经开始抓拍。门口前的空地上，孩子们排起一行行的队。透过车窗户，华良数了婴儿的数量，一共有五个，分别由五名嬷嬷抱着。其余的孩子自己排队，有六七十个，面容在暮色中模糊一团。唐飞站在队伍前面，看到体检车停下，朝这边走过来。

高婕带体检队下车，她摘下口罩，与唐飞握手，交代体检的流程。下车前她就应该看好了,昨天与她争执过的那两名看守并不在场。由于体检是陆有良安排下来的,所以唐飞没有怀疑。在记者的要求下与五人合影的时候,他的目光也没有在华良戴了口罩的脸上多做逗留。之后,他就离开现场,回了自己的办公室。

体检在体检车里进行,两名护士在车下,负责孩子的体检顺序。华良三人在车上,车内有照明设备,足以应对最基本的身体检查。先接受检查的五个婴儿身体状况都很好,在后来检查的十几个五岁以上的孩子中,五个有营养不良的问题,四个身上有被鞭打的痕迹。另外,每一个孩子身上都有着一个眼睛形的文身,或者在后颈,或者在背部,但是形状统一。

华良长舒一口气,望向车外,以平复情绪,同时想从那些模糊的面孔中,找到那个曾与阿生一起在亭中画画、右眼下面长着一颗垂泪痣的孩子。每上来一个孩子,他都会先看他的脸,但都不是他。他的眼睛里带着凶狠的原因,华良现在明白了,那是出于保护而产生的攻击性。望向车外的时间里,他忽然觉察到不对劲儿。

体检车外,多了一名穿白袍的护士。

那名护士与另外两名护士隔着一些距离,背对华良,身材细瘦,但各个关节和动作中又透露出独属于男子的冷硬棱角。华良下了车。

华良拍拍对方的背,对方就跟随他绕到了车体的背侧。

"你来干什么?"

"你做你的事，我做我的事。"阿通摘下口罩，依然带着恶狠狠的神情。

"说说你的成果。"华良摘下口罩，给阿通递了根烟，阿通叼住凑到华良打开的打火机前，愤愤地吸了一口。他那神情，仿佛随时会将烟卷一口一口吃下肚。

"我查到了这里孩子的去向，很多都卖了，甚至……"阿通咬着牙，腮帮子一抖一抖的，"秦少唐那种货色你也见了。有的女孩甚至被卖到了南洋做妓女！"

"卖了很多？"

"兴许比你在这儿见过的孩子都要多！"阿通语气里带着讽刺，"昨天，秦少唐把那只犀牛皮密码箱送给了唐飞。唐飞说了一句话，他说，转了一圈，又回来了，看来它就该是我的。"

"唐飞的意思是，那只密码箱，秦少唐买来之后就送给了他？"

"我只是想说，"阿通用手指点了两下华良的胸膛，"那个唐飞跟贩婴案脱不了干系。你这种废物会放过他，但是我不会。"

"你已经不是巡捕了。"

"但这是我查得最认真的一次！"

昏暗中，阿通的五官充满棱角地扭曲着。两个烟头忽明忽灭。后来，华良扔掉了烟："我要再查查这里。"

华良快步绕到了育婴堂的后院，阿通在他身后跟随。一棵棵向日葵茁壮地竖立，盛大地开放，风吹过去，互相招摇摩擦,发出沙沙的声音,像无数人连在一起的哀叹。两人同时望向向日葵地后面那个长方形的木板仓库。仓库此时被暮色染成黑色,仿佛一口巨型的棺材。

"想不想去看看?"华良开口的同时,阿通就已经钻进了向日葵丛。

他们现在还不知道,里面有一个十二三岁的男孩正在承受毒打。厚实的木板阻隔了皮鞭的声音和尖厉的怒骂。孩子跪在地上,背部已经被皮鞭抽得血肉模糊,衣服一缕一缕粘在上面。握皮鞭的是张嬷嬷,她脸上的皮肉随着动作剧烈抽动。她已经这样毫不停歇地打了半个钟头,这是对对方协助阿生逃出育婴堂的惩罚。

她其实有些累了,肩膀酸痛,握鞭子的手也开始疼,但是背对着她的那个孩子依然一声不吭。他不求饶,她就不能停。跳动的烛火中,孩子的脸也在一下下地抽动,但是眼睛一动不动,犹如捶进去的两根漆黑的钉子。在他的右眼下面,有华良要寻找和确认的东西———一颗垂泪痣。

"华探长!"唐飞的声音和手电筒的光一起从身后斜斜地打过来,照亮了华良对着向日葵地的侧脸。"您真是无孔不入啊。"顿了一下,唐飞补充道,"跟蛆一样!"

"我是苍蝇,摆脱不掉。"华良朝唐飞转过身,笑道,"但也从来不叮无缝的蛋。"

听到声音,阿通重新折回,蹲在距离华良一米远的向日葵的茎叶之下。华良的右手小幅度地抖动,将打火机扔给他,然后挥了几下。接着,阿通便像训练有素、得到指令的猎犬一样，消失在了向日葵茂密茎叶的深处。

32

"听说秦少唐送了你一件贵重的礼物。"华良说。

"那已经不再是证物了，不是吗？"随即，唐飞的声音变得低沉，仿佛露出牙齿的狼，"今天是孩子们体检的时间，不要捣乱。一切为了孩子。"

"当然。"经过唐飞身边的时候，华良对着他的眼睛，轻声说了一句，"如果你有事，我绝不会放过你。"

华良朝前走去，没有回头，也没有停留。他将听诊器摘下，又摘下白帽，脱下白袍，扔在地上，走出后院。走到门口前的时候，他停下来，掏出烟，叼在嘴边，没有点。此时天已经完全黑了，唯一的亮光来自门岗内的电灯和体检车里的照明灯。

三分钟以后，华良扔掉烟，开始往后院冲。

如果说他之前踏入春藤育婴堂后院的行为是违法和不被允许的，此刻则截然不同，他现在的行为是被要求的。来自后院惊慌的喊叫和被热气顶起来的火星一起往天上升。华良原路返回，跑进那片向日葵的时候，华良听到了来自一群孩子的哭喊。

仓库顶正在燃烧，火不大，烟多。阿通正站在上面烧装在一个铁皮桶里的干草,不时扯着嗓子大喊救火。"停下!"华良冲阿通喊。阿通将那只铁皮筒一脚踹开,火焰在空中划出弧线,变成零碎火苗落在地上。

华良掏出枪,对着仓库门锁开了一枪后,将门一脚踹开。他冲进去,冲进那如同结成块体的混浊空气里。

一盏烛火在摇曳,光线如同深红色的水波波动,明与暗交替更迭。出现在华良视野里的首先是那个面容狰狞的嬷嬷,她攥着皮鞭,而她身前跪着的正是他寻找的那个孩子。嬷嬷身后,还有最起码三十个孩子。他们大多赤裸着上身,像受惊的鸡群一样挤靠在一起,恐惧的眼睛透露出明显的虚弱。

"要是你的脑子还在,就知道现在应该赶紧滚蛋!"阿通冲进来,对夹着肩膀浑身打哆嗦的嬷嬷说。嬷嬷逃晃出去,转眼又跑回门口。在她的身后,是刚走回办公室又因呼喊赶来的唐飞,以及几个拎着水桶的壮汉。

"华探长,火在哪里。"唐飞冷笑了一声。

"现在看来,在你身上。"华良说。

唐飞摘下眼镜,闭上眼揉捏鼻梁:"孩子们在这里的原因只有一个。他们都得了痢疾,必须要隔离。"

"不用多说,我也不给你上铐了。"华良将那个浑身鞭痕的孩子抱起,"就跟着走吧。"

将那个孩子抱上体检车,交给高婕以后,华良带着唐飞先行回巡捕房。仓库里那些孩子也将由体检车分几次带进医院,进行详细的检查和治疗。随高婕和莫天进入仓库的那三名记者真正来了兴致，镁光灯的光亮在黑暗潮湿的空间里闪个不停。相机里转动的胶卷将会在今夜全部洗出来，并代替之前事务性的工作结果，登上三家报社的头条，在明天一早涌向上海的每一条街道。

路上，唐飞一直试探性地跟华良搭话，华良都不理会。到了审讯室再说，华良想，环境的改变可能会让他吐露几句真话。下车后，华良让唐飞走在前面。唐飞懒散的步伐中带着抗拒，这是华良愿意看到的。巡捕房大厅灯火通明，华良隔着唐飞的肩膀看过去，可以看见里面站着的八九个人影。巡捕排成两组，站得笔直。站在巡捕前面那个高大宽阔的身影无疑是格雷。格雷吸了口雪茄，然后冲两人一摆手，他身后的巡捕便朝唐飞拥了过来。铐子上得很利落，唐飞的双手被扳向身后，像失去了翅膀的鸟。

"他只是个定金。明天，我会再带个人回来。"华良对格雷说。格雷看着华良抽了口烟，没说话，以冰冷的眼神审视他。在那八名巡捕撞过唐飞的肩膀，又朝自己拥过来的时候，华良明白了那眼神的意义。

一定是出事了。在他未所触及的某个时空里，有什么人走到了他的掌控之外，引发了棘手的事情。

巡捕的手使足了力，将他的双腕扣进手铐——和半分钟之前他们对待唐飞没有任何异处。接着，他们又从他腰间将手铐、手枪和雕刻刀掏出，一并收缴。

"两个钟头之前，安中和死在了自己家中。就在你离开后五分钟，他的家人发现他已经死了。"格雷从大厅走下台阶,走进华良面前的黑暗之中,"更为具体地说,死在和你密会的侧厅里,捅死他的那把刀上有你的指纹。"

华良恍惚了一下,眼前的黑夜像被折叠了一般,变得更加浓重。与贩婴案有关的道道河流相汇所冲击出的岛屿在一瞬间瓦解。唐飞回过头,冲华良笑了下。华良清楚,这样一来,除了那两排整齐的牙,唐飞嘴里再也撬不出什么来了。

33

夜风穿过无人的街道,捕捉其他方向的风。两者厮打,发出吼叫,带起尘沙,飞进阿通的眼睛。

时至午夜,阿通坐在住所巷口唯一还在的云吞摊前,吃小贩做的最后一碗云吞。小摊没有牙签,他就用火柴替代,取出一根夹在嘴角,剩下的全都掰断,摊在小桌上。风吹过来,火柴屑飞了满桌子。眼睛进了沙,他骂着开始揉,眼泪越揉越多,后来他干脆捂起脸哭出了声。

唐飞已经进了巡捕房,也算那个叫华良的小子没食言。他知道那小子一直很尽力。但是大多数事情都和念书不同,不是尽力就会有结果。唐飞是否招供,安中和和陆有良那俩老家伙能否得到应有的惩罚,还不得而知。温暖的食物会让人想到家,阿通现在想家了。姐姐就是他的家,但是她已经于八年前去世了。因为丢失了孩子，所以心神恍惚，她掉进了苏州河。阿通的哭声引起了小贩的注意，小贩看着他，朝他走两步，又停下，不知道该不该过去，只是看着。两人都没有发现，五个黑影正握着五道锐利的寒光逼近。

阿通听到小贩的惊叫抬起头的时候，已经晚了。五个壮汉围着他，五把钢刀指着他，那是他不长翅膀就脱离不了的困境。

从壮汉身后走出来的是九爷。

"最近你很不老实。"九爷大半张脸都藏在那件黑斗篷的罩帽里，像一个徘徊于街头的鬼，"所以，你会和安四桥一样，变成一摊肉泥。"

话音刚落，壮汉们就向阿通冲了过来，丝毫不给他留开口的时间。

枪声响了，在冷寂的街道上散播余音，让五名壮汉停下了步。接着又是一声尖厉的声音，那是橡胶轮胎赫然停止旋转，猛烈摩擦地面的声音。

从车上下来的是五名巡捕，为首的头戴一顶礼帽，叼着烟斗，一晃一晃地走过来。

"老头，"莫天摇着手里的枪，跟九爷打招呼，"多谢你替中央巡捕房把这名重案嫌疑人抓住。"

"小兄弟，这孙子撬了我的生意，等同于撬了你们格雷处长的生意。"九爷的视线在莫天的眼睛和手枪之间游移，"既然都是自家人，就让我来替兄弟们处理他，如何？"

"放屁！你这是公然给我们处长泼脏水！"莫天继续朝前走，九爷身后那五名壮汉像与他同极的磁石一样无声地后退，逐渐远离阿通。

"那，既然是重案嫌疑人，就把他看好了。"九爷依然咬着牙，但也开始后退，"上海滩的夜路可不安全。"

"铐上！"莫天招呼身后的巡捕，"收队。"

"你个狗日的，连句谢谢都没有！"在车里，莫天抽了下阿通的后脑勺。阿通很不屑地哼了一声，眼睛依然望着车窗外流动的夜。

"你知道为什么是九爷来杀我吗？"阿通的语气冷冰冰的，"因为他是陆有良的人。他还是杀害安四桥那个烟鬼的凶手，关于这一点，你们那个废物探长应该心知肚明。如果把那个畜生绳之以法，而不是找个替死鬼，就不会发生刚才的事。"

一个钟头以前，高婕跟随莫天回了巡捕房，但是华良并没有在办公室等他们。值班警员告诉他们，华良已经被关进了临时拘留处。两人到那儿的时候，华良正站在铁柱后面。他先问了那些孩子的身体情况，高婕告诉他，全都住院了。他们得的并非什么痢疾，都是长期的体罚，身心摧残，导致的各种并发症。莫天瞪向华良的身后："畜生，除非你变成一坨屎泡进马桶里，否则你别想出去！"

唐飞压着双臂，很惬意地躺在铺了稻草的石床上，侧过脸冲莫天冷笑了一下，继续看布满蜘蛛网的石头屋顶，说："我相信你们华探长是个好人，但是他一样出不去。"

接下来，华良分别低声对两人安排了任务。他让高婕潜进安公馆的侧厅，去获取安中和被杀现场的所有信息。莫天则立即去阿通的住处，带上人，带上枪，去保护他。安中和很可能死于陆有良之手，因为他是安中和被刺身亡这一事件的唯一受益人。现在，安中和的嘴闭上了，他自己被关在临时拘留处，陆有良只要再把正在查案的阿通灭口，他便可太平。所以，陆有良很可能也会对他下手。

高婕和莫天疾步走出临时拘留处，在走廊，高婕将诊所的钥匙给了莫天。诊所里有一个小隔间，里面有一张床，那是她偶尔因为工作到凌晨而休息的地方，阿通临时住在那儿，应该会很安全。莫天将阿通从街头接走，安顿在那里，再回到临时拘留处的时候，高婕已经站在铁栏杆外面，跟华良低声说些什么。

在安中和被杀的侧厅里，有六个人的脚印。华良在脑海中铺展这六个人：安中和，到访并离开的他自己，其间听到安中和叫骂前来查看又出去的安白丽和曹光辉，两人看到安中和尸体发出的尖叫声所引来的两名守在安公馆门口的巡捕。

就是说，凶手并没有在现场留下脚印。

华良继续推演还原现场。在安公馆门口，他吸了一支烟，大约五分钟时间，两名受他在去安公馆的途中电话指派的巡捕驱车赶来。他离开五分钟后，安中和的尸体被发现。根据高婕的汇报，侧厅很整齐，没有发生过打斗的痕迹。守在门口的巡捕也没看到有人进入，那凶手只能从后门走,或者从后院爬墙。但是后门关着。院墙高婕也细致地勘验过,墙脚下没有脚印,墙上出于防盗而插满的碎玻璃也没有遭到任何毁坏。

那凶手只能是一个透明的影子。

"密室杀人啊,"莫天拍了拍自己礼帽的帽檐儿,掏出烟斗点上。"我在想,一定是曹光辉!他是陆有良安插的卧底……"

"走吧,时间到了。"值班的巡捕打断了莫天的福尔摩斯附身时间。

"高婕",华良回头看了眼,唐飞依然在望着屋顶不动。"趁他在这里,去育婴堂看看有什么线索。"

"绝对神不知鬼不晓。"高婕朝华良摆了摆手,与莫天转身离开。

门口的值班巡捕跟在两人身后,也出去了。铁门随之被推上,接着传来的是砖头大的铜锁被锁上的声音。拘留处唯一的光亮来自月亮,透过那扇书本大的窗户射进来。

华良和唐飞躺在稻草里,两人都醒着。唐飞不再跟他搭话,他好像累了,不停地揉搓眼睛。

"你怎么了?"华良问。

"没事,"唐飞的声音显示他此时并不舒服,"只是眼药忘带了。不是自己的,终究不是自己的。"

"你说什么?"

"没什么。"唐飞不再说话,放在眼睛上的手停了一会儿后,又继续揉搓。

华良看着屋顶的石头，继续回想那个无形的杀手。难道真的如莫天所说，曹光辉是陆有良安插的凶手？不对，安白丽就像一只被抛弃的小奶狗，一刻都离不开他，他没有作案的时间。那会是谁？

月亮缓慢移动，照到华良身上的光越来越少。当它摇到窗户的边角时，光线变成了一把刀刃，恰好照上他的眼睛。在绝对的黑暗完全覆盖拘留处之前的那一瞬间，他的眼睛明亮如刀。

34

九点一刻，铁门开了。光线涌进拘留处，让华良的视野明亮起来。

格雷亲自提审他，这是他第二次戴着手铐面对格雷。

"有什么，尽快交代。"格雷说，"巡捕房让人开口的方法你比谁都了解。"

"那把水果刀。"华良说。

"什么？"

"那把水果刀上既有我的指纹，也有安中和的指纹。"

"那是他的刀！"格雷有些恼怒地驱赶着眼前雪茄的烟雾，"但是有你的指纹，就能证明些什么。"

"对，"华良点着头，"水果刀上有我的指纹，能证明在安中和死前,我曾受他要求给他削过一个苹果。但是,那个苹果他根本就没吃。"

"你想说什么?"

"我想说,应该让指纹科的同事们干活细致一点,既然已经勘验了指纹,为何不勘验一下我们两人手握刀把的姿势有何不同?"华良的右手攥起来,仿佛凭空捏起一柄刀,然后猛然朝自己的腹部捅去。"看到了吗?这个时候,我的拇指最靠近刀把末端的位置。"

"你是说安中和自杀?"格雷意识到了自己的疏忽,在开口发问之前,有一会儿没说话。"一个有钱有势的成功商人为什么要自杀?"

"第一,他是个罪人。之后我会向你禀报他的罪,如果您想听的话。"华良说,"第二,他自杀,能保全其他人。他可以保全八年前死去的唐秋萍的名声,还可以保全陆有良和陆俊。"

"你在说什么?"格雷吐出一口浓重的烟,整张脸都陷在其中。

"处长,八年前的贩婴案和现在的案子,我已经捋清楚了,安中和就是主谋。当然,他现在死了,但是还有唐飞、陆有良和陆俊,如果他们三人能招供……"

"不要再提什么贩婴案!"格雷打断华良,用粗大的手指戳着他的胸膛,环顾四周后小声说:"我让你假扮那家伙,不是让你过破案的瘾。你存在的唯一意义是给我解决麻烦。"格雷的脸变得狰狞起来,"早已盖棺定论的事情,再提,就是给我制造麻烦。八年前的案子和那个烟鬼的案子都已经结束了!"

华良不再开口。格雷掏出雪茄剪,将雪茄一剪为二,"谁给我制造麻烦,我就除掉谁。"格雷呼出几口粗重的气,整理了下制服,站起身,"指纹会再安排查一次。"他头也不回地说。

华良被带回拘留处,铁门哐啷一声关上。他倚在石壁上,看着书本大的窗户,等待。高婕是下午三点钟左右来的,满眼血丝说明她整夜未睡。高婕谨慎而发亮的神情说明了她有所收获,首先,高婕已经化验出,当年安中和在老家差点把人毒死的香料,就是贩婴案中自制迷药的原料。更重要的是,她还发现了一个账本,贩卖婴儿的账本!账本是在安中和家壁橱发现的,藏匿的地方很巧妙,镶嵌在唐秋萍的灵位里。安中和到底是留了一手。

铁门打开的时候大概五点钟,窗外的光线已经变成了黄色。接着,巡捕又打开了那扇铁柱焊成的小门,打开了华良的手铐,说:"华探长,您受委屈了,您的囚禁解除了。"做完这些,巡捕仍然没有走,他还打开了唐飞的手铐。

"为什么要给他打开?"

"有人给他交了保释金。"巡捕说,"我们都是按照处长的意思来。"

唐飞颇为惬意地揉搓着手腕,朝向华良的仍是那张面具般的笑脸,尽管他的双眼红得像石榴籽。

在走廊的尽头，站着一个五官清秀的二十岁左右的男子。他的脸有些黄，西装和衬衣有些肥，那是给唐飞交保释金的人。华良见过他，在募捐大会上，他就是陆俊。华良又看到了他那一口甘蔗屑牙齿，于是，他上前对陆俊说："你知道自己的身世吗？"

陆俊出奇冷静的说："我就是陆有良的儿子。"

华良看着两人一前一后快速离开捕房大楼，坐进那辆黑色雪佛兰轿车的后座，消失在公路的拐角。在华良的感官所不能触及的雪佛兰轿车里，陆俊从口袋里掏出一瓶眼药给唐飞。唐飞仰起头滴了，转动着眼睛，等药水完全浸润。

"陆俊……"唐飞看着陆俊，似乎想说些什么。

"我希望。"陆俊打断了唐飞，"所有的人，都只知道我，是陆有良的儿子，永远都是。"

唐飞把脸竖直，看着前挡风玻璃外面的道路，目光深远。

华良敲开了格雷办公室的门，他想最后再争取一下，否则，他没办法向很多人交代。李凤、阿通、木匠夫妻、贩婴案档案中其他三十三个受害家庭、那些没有资格选择人生的孩子、春藤育婴堂那些受虐待的孩子，包括他自己。如果贩婴案就这样不了了之，他将永远被困在八年前的阴影里。

"你来得正好。"格雷从他那张宽阔的写字台后面站起身，把手里的文件伸向华良。

华良接过去，低头看了，那是他的停职通知书。

"这是公董局警务处经过讨论后的一致结果。"格雷的声音中依然压抑着上午的恼怒。

"处长，这是您自己的决定吧。"

格雷双手按在桌子上，上半身向华良探去："我说了，谁也别想给我找麻烦。"

"陆有良找过您吧？"华良平静地问。

"你有什么资格问我这个问题！"格雷的双手一拍桌子，像随时都会冲出去的狮子，"你没有枪，没有手铐，没有证件，没有制服，你就还是和平饭店那个整天削萝卜的厨子！"

走出格雷办公室以后，华良本想去办公室跟莫天打个招呼，但走到一半，又转回了身。没这个必要，他不喜欢那种场景，而且他的停职通知在下班前自然会公布。

走出公董局大门以后，他忽然觉得自己无处可去。天还没黑，无法去春藤育婴堂查他要找的某个场所。高婕那里不能去，因为阿通在那儿，他不知道该对阿通说什么。于是他去了四明医院，去看那些正在接受治疗的孩子们。路过一家店铺时，他买了锯条和手电筒。

为了便于观察治疗，院方将那几十个孩子统一安置在医院最大的一间病房里，床与床之间，只留下一个人走路的空间。华良没有进去，从窗外看他们。在明亮的灯光里，他们都穿着医院统一配发的干净的竖条纹病号服，脸上的污迹没有了，头发蓬松的状态说明它们同样经过了温水细致的清洗。吊瓶刚打完,他们用手摁住压在针眼上的棉团,在床与床之间蹦跳嬉闹。那个眼下有垂泪痣的孩子则趴在床上画画儿,他的四周,散落着五颜六色的蜡笔和几幅已经画完的画儿。如果不考虑昨天或其他,单看眼前,他们就和所有快乐的孩子一样。他们理应如此。一阵热流忽然从胸膛顶上华良的眼眶。

这时,两个身穿灰色布衫的伙计抬着一副食盒走来,并在病房门前停下了步子。在那副涂成黑色的大型樟木食盒上,用毛笔写着饭店的名字——荣顺馆。

"谁吩咐你们来的?"华良走过去。

"是莫少爷。"伙计回答他,"从昨天晚上开始送的,这是第四次。"

华良一层层掀开食盒,香气蒸腾。糟钵头、椒盐排骨、酱肉豆腐、油爆河虾,都是荣顺馆的招牌菜,一层只放一个菜,每一个菜都装了四大盘,足够孩子们吃。最下面一层是一大木盆米饭,只多不少。

那个奇葩心还挺细。华良嘀咕着,转身离开。

出来时天已黑透。在医院门口,华良上了一辆黄包车。高婕所查到的那个场所有必要去勘验和确认。

华良从育婴堂的后院石墙翻过去,站立不动。后院静得像一个结果。没有人影,只有风声和那片晃动的向日葵。整栋办公楼的窗户都黑漆漆的,包括唐飞那一间。华良迈步走向那片向日葵。

仓库门重新上了锁,华良用店铺买来的锯条锯断锁舌,轻推开门，又轻合上。瘀滞的空气里依然留存着血和类似马棚的味道，华良将仓库尽头那几堆干柴挪开，用手电筒照明，找到了那扇只能让他弯腰进入的小门。

通过小门，华良进入的是一个宽不过两米的密闭空间。昨天夜里，高婕所看的灶台、药锅、草药、木柴已经全被清理了，看来唐飞被保释出巡捕房以后，就处理了这里。但是活儿做得不够干净，他手下那些干杂物的伙计并不具有和他同样细腻的心思。空气中依然留有淡淡的草药、草木灰和血的味道，看来清理完之后，他们并没有留出时间来散味就把门匆匆关上了。仓库的木顶上可以看到被烟熏出的黑色污迹。这团污迹所对应的位置几个钟头前应该还放着灶台。此外，华良还找到了喷溅状的血点。那些血点在靠近地面位置的木板上，上面有砂纸摩擦过的痕迹，但有一些印记没能去除。如果这里真的是安中和的隐秘厨房，那么那些血就是婴儿的血。安中和用斧头剁开婴儿颅骨的画面在华良脑海里不受他控制地反复呈现。安中和应该和他现在一样，蹲在地上，将婴儿放到地上的砧板上，用手压住婴儿的脸，使其头不能移动。婴儿肯定会哭，会手脚乱动，但是安中和还是将菜刀或斧头挥了下去。

这个画面一旦展开，就挥之不去，在华良走出隔间，闭上门，将木柴放回原处，离开仓库，离开春藤育婴堂，甚至在他回到自己住所，脱下沾染上仓库味道的衣服和鞋子，并洗完澡之后，仍旧在那里。华良躺在床上，灯关了，画面在黑暗中像电影一样重复闪现。安中和取完脑髓以后，守候在一旁的安四桥会将婴儿的尸体用油纸小心包好，裹进那个有着烦琐密码的犀牛皮箱，然后将尸体隐秘地处理掉。如果不是犯了烟瘾，安四桥会把尸体弄到哪里去？会怎样处理？这一次，安中和究竟取了多少脑髓？

华良闭上了眼。黑夜很快会过去，时间一刻不停。明天又会发生什么？会更好，还是更糟？这个时候他还不知道，五个钟头以后，他将被一通急促的电话叫醒。

35

电话铃声响的时候，华良感觉上一秒钟自己才闭眼。那是半夜浅淡的睡眠，他全身的肌肉依然保持着紧绷。放在客厅的电话一响，他就跳下床，光脚跑出卧室。在这一瞬间里，他的身体快过意识。

"出事了。"电话那边是高婕，"阿通被人抓走了！"

华良看了一眼墙上的挂钟，八点一刻，是高婕平日到达诊所的时间。

"被什么人？"华良问。

"不知道，我来的时候人就不见了。"高婕说，"诊所的门没被撬，但是阿通休息的那个房间的窗户破了。"

"窗台上有几个人的脚印？"华良问。

"还没看。"然后听筒里传来电话搁到桌上的声音和匆匆远去的脚步声。脚步声在一分钟之后折回,华良听到高婕叹了一口气,"看来他是自己走的。"

"应该是在昨天夜里,窗台上被踩坏的爬山虎藤蔓已经蔫了。门从外面反锁,所以他踹开了那扇打不开的窗户。"

"你昨晚和他说了什么?"华良继续问。

"昨晚莫天来过诊所,你住处的电话没人接,所以他以为你在我这里。从我们俩的谈话中,阿通知道了你被停职的事。他表现得很失望很暴躁。"

把电话扣上,又立即拿起,华良把电话打到了莫家。莫天接的,他正要出门上班。"别去了,直接来接我。"华良穿好衣服就冲出门,跑下楼,跑进充满阳光和未知的新的一天。

昨天夜里,有三件事发生,就像三眼泉水突然从地面冒出,并向前流淌成溪流。阿通踹碎窗户,跳上街道,消失于某一个方向;陆有良将唐飞解雇,认命陆俊为春藤育婴堂的新堂长,并且决定将春藤育婴堂改建,增添设备,改善环境,他已经联系好了各大报纸的头牌记者,于今天召开发布会,这是消除春藤育婴堂丑闻的唯一方法;安公馆的门被敲响了,穿着睡衣的曹光辉在五分钟后回到卧室,他告诉安白丽,刚才来的是律师。存款和房子的事情他都会处理好。在明天,他们将离开上海,把安中和的骨灰送回江苏吴县,并且不再回上海。

莫天的摩托车还没停下,华良就跳进了挎斗里。"掉头,去阿通家!"

开门的依然是房东武婆婆，打开门后，她就跑进阳光里，不理会两人的问话，拿起长枪，继续操练。

阿通的门开着，但是人并不在里面。桌上剩的一碗云吞汤并没变质，说明他回来过。那他去了哪里？春藤育婴堂还是其他地方？华良来到院子里，继续问武婆婆。武婆婆嘴里模仿着刀剑碰撞和长枪挥舞的声音，操练不停。华良看着武婆婆，眼睛里忽然有一道寒光掠过。

武婆婆长枪上锋利的黑铁枪头不见了。

此刻，曹光辉正和安白丽一起收拾东西。用人都已经领了工钱离开，除了安中和的骨灰、少量现金、必要的衣服、火车上的一顿简餐之外，他们什么都不打算带走了。这时，从屋外传来了很响很急促的敲门声。

曹光辉直起身："我去看看。"他放下包袱，走了出去。安白丽穿着前几天曹光辉刚从旗袍行取回来的旗袍，抱着枕头，从卧室的窗户看曹光辉走向院门的背影。只要曹光辉没有走出自己的视野，她就会很踏实。然后她走到床前，放下怀里的猫头枕头，继续收拾。

曹光辉打开门，看见的是一个细瘦的叼着牙签的男子。男子看了他一眼，从怀里掏出了一把磨得锋利异常的铁枪头。

36

春藤育婴堂里,一场盛大的发布会正在进行。

一切都按照陆有良的安排进行得井井有条。从天亮开始搭台,两个钟头之内布置完毕。八点半,记者、上海滩各界精英、成功人士、专门找来活跃气氛的托儿和受门口礼炮声吸引而进来的路人陆续坐到台下。现在是九点半,陆有良站在台上,看着下面一百多张脸和从各处亮起的镁光灯,开始了他的演讲。

第一项是鞠躬道歉。由于他用人不善,所以造成了儿童被锁仓库事件。育婴堂原堂长唐飞的处理方式是绝对错误的,应该在第一时间联系医院,找上海最好的专家来查明孩子们得的是否是疟疾,第一时间对症治疗,而不是隔离。陆有良掏出手帕,擦了擦真的有些湿润的眼。"春藤育婴堂绝对不容许有丝毫工作失误的人继续留在这里!"陆有良说完,坐在台下第一排的唐飞便站起身,像一把折尺一样,冲镁光灯久久地鞠躬。

如雷的掌声中,陆有良介绍了新的堂长。新的堂长是他的儿子——陆俊。为了表明陆俊的富有爱心,陆有良称其为"这是一个知道了鸡蛋会孵出小鸡以后,就再也不肯吃鸡蛋的年轻人"。他说:"望大家给他一些时间和监督,让他成长为对社会有用的栋梁。"

坐在唐飞身边的陆俊站起身,朝镁光灯挥手,露出那口布满缺口的黄牙。

接下来的流程,是请租界公董局警务处处长格雷上台演讲。格雷的演讲非常重要,只有如此,陆有良的谎话才能成真。所以在介绍格雷上台之前,陆有良先特意给出了十秒钟的留白,以提升台下看客的兴趣。然后他清了清嗓子,眼神转向台下的格雷。接受到了他信号的格雷抖了几下肩膀,挺直腰,双手开始整理袖口。

枪声在这时忽然炸响。

枪响引发的结果映在台下一百多人的眼睛和十几台相机胶卷里。哄乱之前是静寂,人们被短暂地困在那一瞬间的画面里:陆有良的眉心出现了一个小指肚大小的血点,后脑勺的血则往四周炸开。陆有良失去焦点的眼睛大睁着,仿佛忽然醉了酒,抖晃几下后,趴到了地上。他后脑勺的一大块头皮不见了,白色的烟从那个拳头大的洞里散出来。人们在这时开始跑。他们大叫着,推挤着,被椅子绊倒的人又将别人绊倒,逃跑现场和群殴现场没多大差别。

陆俊想往台上爬,双手刚攀住台子,就被唐飞拽了下来。因为唐飞已经在人群中看见了杀手。杀手戴着一顶破鸭舌帽,嘴里咬着牙签,站在椅子上,用黑色的左轮手枪指向陆俊。唐飞认得,那是阿通。

阿通的第二枪射进了台子的边缘,陆俊先前攀住的位置。陆俊和唐飞钻进人流以后,阿通又朝陆有良的尸体开了两枪。此时,陆俊的脸和他的牙一样黄,相比枪响之前,他的颧骨仿佛变得更为突出了。他像安白丽依赖曹光辉一样依赖唐飞,紧贴着对方,希望能钻进对方的口袋,不被子弹发现。

推挤中,陆俊迅速朝后看了一眼。枪手正跳下椅子。他和枪手之间,隔着大约十米的人墙,这让他稍微松了口气,枪手想要靠近并射中他仿佛也没那么容易。

但是,刚回过头,他就被一只手钳住了脖子,对方另一只手里握着一把铁枪头。扣住陆俊的是曹光辉,而唐飞之所以往那个方向跑,恰恰就是因为他看见了曹光辉。唐飞想,三个人在一块,兴许会有些胜算,但是现在曹光辉从怀里掏出了铁枪头,像屠宰一只羊一样,捏住了陆俊的脖子。

唐飞本能地挤到了陆俊身前,而曹光辉并没有因为对象的改变而放弃动作。铁枪扎进肚子的感觉唐飞第一次领教,就像是挨了一记冰凉的铁锤。凉气从肚子猛然上涌,仿佛形成一道栅栏,中断了他吸气的过程。然后,他整个人就随着那个血洞垮塌,身子已经不由他自己做主,而是随着曹光辉不停的捅刺猛烈地抖。对于曹光辉的动作,唐飞无法理解。他的意识随血液流淌出来,剩余的只能用来感受诧异和体验那股冰凉。他大睁着眼睛,看着曹光辉,直到曹光辉将他推在地上。

在唐飞逐渐模糊的仰视的视野里,曹光辉继续他的捅刺。在唐飞的印象中,曹光辉是个打扮体面的下人般的存在，他总是站在安中和的身后，看安中和的眼睛和手势，虽然能干，然而总是缺乏主见。但是此刻的曹光辉高大蛮横，被纷飞、下坠的血点围绕。他的腿长而粗壮，握利器的手不断朝向陆俊的肚子，即使陆俊已经软得像由橡皮糖捏成的假人，随他摇晃，也没有要停下的意思。唐飞不知道他那化解不开的愤怒从何而来。

37

下班以后，华良和莫天去接孩子们出院。

高婕已经在医院门口等待。她旁边是一辆卡车，车门上写着"法租界公立育婴堂"。车斗里，是包在纸包里的几十件新衣服。三天前，公立育婴堂的工作人员来到医院，给孩子们量了尺码。

办理出院手续的时候，华良拍了拍莫天的肩膀，说："神探，育婴堂的事情，你付出比我多很多。"

"这是我爹的钱，不用白不用。"莫天站在结算窗口，头也不回地说。

一个小时后，孩子们生龙活虎地爬上了那辆卡车。对于他们来说，卡车是一个大型的玩具，是比滑梯和跷跷板更有乐趣的东西。卡车一启动，他们便开始大叫，扶着栏杆东张西望，仿佛路两边的事物因为流动而变得不再一样。

华良的车跟在卡车后面，孩子们不停地朝车里的三人招手、尖叫、大笑。华良透过前挡风玻璃找小明，小明站在卡车斗的一角，看着两边的柳树，不说话。华良希望他只是在看柳树在微风里摇摆的枝条。

"我有一个朋友，她曾经是我的患者，为人和善。她丈夫我也见过，在贸易公司做会计，是个正派人。但是两人一直没有孩子。"高婕坐在后座，说，"小明现在的心理状况，恐怕更需要一个温暖的家。"

现在，小明已经跟华良说些话了。在昨天，华良把他叫到病房外走廊尽头处的窗边，问了阿生的事。小明说，如果不偷把他放进酱菜缸，阿生便出不去育婴堂，他出不去育婴堂，就活不成。然后，小明就哭了。一开始落下的眼泪只有一滴，硕大，混浊，它不应该属于一个孩子。走廊里很安静，眼泪砸到地上的声音华良听得很清楚。然后眼泪才连续成线，小明哭出了声。华良没有哄他，站在旁边静静地等待，像一棵大树等待一株幼苗。哭不是坏事，可以让积压在胸膛里的岩石一般的情绪渐渐松动，继而塌溃。对于一个十几岁的孩子来说，死亡不是他能够承受的东西。这一点，华良比很多人都清楚。

"实际上，我已经跟我那个朋友说了，她和丈夫都愿意收养他。明天，他们会去公立育婴堂看他。"高婕说。

莫天问："你那位朋友得的什么病？"

"放心，只是小腿骨折。"高婕说，"两年前就已经痊愈了。要是百米赛跑，神探你可不是她的对手。"

华良问:"安白丽怎么样了?"

"不太好。"高婕抿了下嘴,"不过开始吃药了,护士会确保她把药吃下去。"

一时,华良心里有些不舒服,仿佛有个叉子在心里搅动。五天以前,他把安白丽送到了高婕的诊所。华良从春藤育婴堂赶到安公馆的时候,安白丽正攥着一把剪刀,瘫坐在卧室的床上。床上散乱着一些衣物,她的身旁,是那个总被她抱在怀里的猫头枕头。枕头已经被剪烂了,淡蓝色的薰衣草花从相互交错的口子里露出来。被剪烂的还有一张相片,碎片和一本笔记本扔在地上。

"曹光辉,让我来接你。"华良试探性地说。

"我从来都不是她的女人。"安白丽面无表情,像一副躯壳在自言自语。

华良捡起笔记本翻看,里面贴满了剪报,全是八年前关于吸髓案的报道。华良又用去五分钟的时间将那些照片的碎片拼凑完整。里面有一对男女,他们并肩站在花园里,身后是盛开的一朵朵蔷薇花。女人面容清秀安详,腹部隆起。曹光辉穿着白衬衫,搂着她的肩膀。

"他去哪儿了?"安白丽问,"他还带我回家吗?"

华良没说话,脑子里全是曹光辉和阿通的画面,所以他使劲憋住气,让胃里像蛇一样上蹿的酸水下去。画面里,曹光辉满身是血,盘腿坐在陆有良演讲的台子上抽烟,烟灰长长地撅着。他旁边是同样盘腿抽烟的阿通,阿通的脸上不再有狰狞,嘴角甚至带着些许满足的微笑,平静得像性爱过后的短暂时分。陆有良、陆俊和唐飞的尸体摆在他们身后。三具尸体的头顶都沿着眉骨齐齐地少了一块，颅腔里的脑髓血呼啦地扔在台子下面，沾满了土。这是他和莫天赶到春藤育婴堂时的场景。

赶到春藤育婴堂的时候，人群正在向外跑。华良不清楚春藤育婴堂为何有这么多人，还有不少胸前挂着相机的记者。之所以来春藤育婴堂，是因为他只是猜测阿通有可能来这里对唐飞下手。他和莫天朝人群涌来的方向奔跑，跑到了春藤育婴堂的后院，然后看见了横七竖八的椅子和木台上坐着抽烟的阿通与曹光辉。

看到华良后，格雷拿着手枪从向日葵地里钻了出来。格雷全身都在颤抖，华良便给他点了支往日从来不抽的大前门。"你马上复职，"格雷猛抽一口，烟就烧了一半，"把这两个野兽带回去！在这里毙了也行！"格雷把枪塞到华良手里，就跑着离开了后院。

"所以，你们俩是老相识。"华良站在台下，盯住曹光辉，"那你又是谁？"

"他是我姐夫。"阿通说。

华良说："阿通，你说过，你是掮客，牵线搭桥不杀人。"

"如果你兑现了承诺的话。"阿通从口袋掏出烟盒，拿出最后两支烟，分给曹光辉一支。烟抽完后，两人站了起来。"看来那个九爷没机会杀了，"阿通说，"我们跟你走。"

"华探长，"曹光辉忽然哭了，"请帮我去看看白丽，她还在家等我。"

38

最近，老余的话忽然多了起来。

老余那堆话的主题只有一个，就是他八年来很不愿意提及的贩婴案。他一次次批判着陆有良在这个案件上的独断蛮横，意在说明案子存在那么多疑点，可和他这个原本精明能干的巡捕没有任何关系。"他要是不滥加阻挠，抓住真凶对我来说不是问题。"他夹着烟卷的食指和中指颇为兴奋地摇晃，间或看一眼门口，"你们看，从这个角度讲，他还毁了我的仕途。"

当然，这些话不能让格雷听到，否则他就要滚蛋。二十天前发生在春藤育婴堂的杀人事件，格雷依然拒绝与贩婴案发生一丝联系，巡捕房往法院和各大报刊递送的结果也为"婴儿意外致死案"。

"陆有良还干过些什么？"下班以后，华良将老余带到了酒馆。

"贪污受贿，胡吃海塞，"老余大口嚼着猪头肉，"虽然对他老婆是不错，但花天酒地也少不了。当官的都一个臭德行。"

"说与贩婴案有关的。"

"有!"老余翻着白眼想了会儿,说。"你知道八年前失踪的那个叫宋威廉的医生吧,那其实是陆有良的家庭医生,他们是在唐秋萍给陆俊看病时认识的,两个人很快就勾结在了一起。"

"案发后,宋威廉去了哪?"老余说完几分钟之后,华良才开口。在这几分钟里,他在尝试着想象宋威廉坐在印有牡丹花图案的深红色窗帘边的心境。

"那我可不知道,那个姓陆的手段多得很。不过,我听说宋威廉曾在黑市出现过,要高价换眼角膜,他的眼睛好像失明了。但之后,就再也没有他的消息了。"老余拿起杯子,满足地嘬了一口酒。在他放下杯,继续低头唠叨陆有良的恶迹时,华良已经离开桌子,去柜台抄起了电话。

"我想问问,接受过眼角膜移植的人,会不会有什么后遗症?"

"有可能有,也有可能没有。"电话那边,高婕回答得很干脆。对于医学问题的解答,她仿佛从来不需要思考的时间。

"会有什么样的后遗症?"华良追问。

"如果是成功的移植的话,排异反应会比较小。后遗症的话,就是眼睛容易干涩、红肿,偶尔间歇性视力模糊。"

深红色的窗帘仍在华良脑海里飘荡。唐飞用着唐秋萍的姓氏,揉着眼睛说"不是自己的,终究不是自己的。"

"怎么了?"高婕在那边问。

"我想,我找到宋威廉了。"华良长长地舒了一口气,

"他换了一张脸。"

第二天早上,华良绕道从春藤育婴堂前经过,他将在下午去马斯南路监狱见李凤,告诉她宋威廉的下落。华良看到十几个扛着锄头的工人正在往里走。他决定进去看看。

春藤育婴堂的改建工作已经进行了半个月,由政府出资改建,将来也由政府派人管理。房屋的改建已经基本完成。外部重新刷漆,内部装修,更换、添置设施。现在进行的是后院的改建。他看过图纸,后院会改为孩子们的运动场。建设完毕以后,将重新招收孤儿。出于心理方面的考虑,曾在这里生活过的孩子将不再回到这里。

华良走到后院时,工人们开始用锄头铲向日葵。那个长方形的仓库已经拆了,一块木头也没剩下,华良的视野因而开阔了许多。他没急着走,他站在向日葵淡淡的甜味里,晒着太阳看工人们干活。向日葵已经成熟,工人干一会儿,就从花盘上摘几粒瓜子吃。

五分钟后,华良听到了来自向日葵地里的慌乱的尖叫。

39

华良发动汽车,在路口掉头,急速旋转的轮胎摩擦地面，发出了尖厉的声音。他改道去了马斯南路监狱。

和进监狱前相比，李凤反倒胖了一点，心情仿佛也不错。坐下后，她跟华良说的第一句话是，"还有一百一十八个钟头。"

"什么？"

"枪决。"李凤指指墙上的挂钟。"现在是十点。枪决是在五天后的早上八点。谢谢你来，送行。"她笑了笑，仿佛为找到了一个合适的词汇而欣喜。

"对不起。"华良说，"有些事情不是我能控制的。"

"当然，"李凤说，"一直如此。"

华良低下了头，"他俩，杀了陆有良、陆俊和唐飞。三天以前已经……"华良用空白代替枪决，"因为手法非常残忍，所以需要马上出一个结果。"

"他俩真的砍掉了他们一半脑袋？"

看到华良点头，李凤的神情显得很满足。

"在法律不能伸张正义的时候，我们会亲自出手。这是我们早已决定的事。"

"但是，有些事我还是想问。"华良说。

"所以，你是来提审的？"

华良没有否认。

李凤笑了一下，她其实早就知道了结局。

"自从开设了春藤育婴堂，安中和也不再铤而走险偷拐婴儿，这些年一直风平浪静，那么，安四桥为什么要大半夜提着婴儿的尸体满街乱走？"华良说完，目光紧紧迎合着李凤,两人沉默了很久。

"你的判断很对。"李凤说,"从一开始,你走进的就是我们设好的局,神探华良!"

40

一个多月前的一个深夜,阿通与曹光辉在李凤那座位于安公馆附近的破旧房子中,制订了一个和华良有关的计划。

在看到那份《晶报》之前,三人也各有分工。阿通负责盯春藤育婴堂,并计划伺机刺杀陆有良。李凤和曹光辉则在安公馆,相互配合,他们要让安中和在死前先感受子女丧失的痛苦。在盯春藤育婴堂的这段时间里,阿通发现了育婴堂贩卖儿童的勾当,"九霄云外"烟馆就是这一不法勾当的中转站。他亲眼看着秦少唐带着一只精致的方形皮箱走进烟馆,然后牵着一个男童的手走出来。随后,春藤育婴堂的堂长唐飞带着箱子上了他自己的汽车。两个月前,阿通又发现安中和开始在深夜频繁出入春藤育婴堂,频率固定为两到三天一次。尽管育婴堂不时有新的婴儿送进来,婴儿的面貌也无法确认,因而不能确定婴儿的数量在减少,但是阿通认为,几年里与春藤育婴堂的联系仅为募捐的安中和,突然开始频繁出入育婴堂,这无疑是他又开始对婴儿下手的有力证据。

由此,一个完美的复仇计划开始在他的心中萌芽。

半个月以后,李凤看到了当天的《晶报》。那是一个清晨,李凤在安公馆的餐厅擦拭桌子。报纸就放在桌子上,头版新闻标题是《神探华良再显神勇　嗜血狂魔束手就擒》。文章的正中,分别印着那个叫贾林的连环杀人凶手和法租界中央巡捕房探长华良的照片。李凤的眼睛触碰到华良那张脸时,就再也没离开。

她当然不相信这个世界上能有一个人长得和徐三慢如此相似。

或许是因为好奇,那天做完工以后,李凤去了中央巡捕房。没有进去,她躲在巡捕房公路对面的一棵柳树下,就像她曾在安公馆外窥视宋威廉。

六点钟的时候,华良出来了。他开着一辆吉普车,穿着和照片上一样的制服。那一刻,李凤相信了,世界上是存在一模一样的脸的。如果不是看到那位探长忽然抬起手的话,她将继续相信下去,然后转身离开,并把这件神奇的事情忘掉。

在人流中缓慢行驶的探长华良抬起左手,往嘴里送了一大口葱油饼。

吉普车拐出路口前,李凤坐上了一辆黄包车。路上拥堵,吉普车一直开得很慢,李凤得以跟到了宁海路上那栋公寓。华良一上楼,李凤便跟上去。她与华良之间,还隔着一个提菜篮上楼的老人,所以并没有引起华良的注意。

在0226号房门外，李凤站住不动。后来，里面传来了不间断的马蹄声。李凤确定了，在里面手握双刀切菜的探长就是徐三慢，因为那是大概只有厨子才会用的切菜方式。

此后的三夜，曹光辉和阿通都在李凤的住处通宵交谈。他们在第三夜制订出了那个计划。

那是一个非常全面的计划，如果华良沿着他们提供的线索查案，不仅能破获八年前的吸髓案，打断安中和当下的第二次行凶，还能发现春藤育婴堂贩卖人口的勾当。如果巡捕房能够严格执法，那么安中和、陆有良、唐飞、九爷谁都跑不了。如果巡捕房依然徇私枉法，他们也会给予这些畜生应有的惩罚。

阿通在深夜溜进了唐飞在春藤育婴堂的办公室，窃取了那只放在古董架上的犀牛皮密码箱。皮箱盖扣着，但是密码锁上的五个滚轮都停留在正确的位置，这省去了他们很多时间。接下来，阿通去了"九霄云外"烟馆。他告诉九爷，安四桥那个烟鬼现在开始在外头私自卖大烟了，他的货经过了改良，卖的价格比"九霄云外"烟馆的更高，而且现在已经吸引的那批买主全是他从"九霄云外"烟馆勾走的。

安四桥是在此后的第二天夜里被九爷门前那两个大汉砍死的。他刚走到门口，那两个大汉就亮出了身后的斩马刀。一分钟后，安四桥在逃跑的途中停止了呼吸。两个大汉带着从他身上搜出的那包烟膏一走进烟馆，阿通就从路边的阴影里闪了出来。他戴了手套的手里提着犀牛皮密码箱。他蹲下身,握住安四桥尚带着体温的手,放到了密码箱的提手上。回到住处以后,阿通将用油纸包裹住的婴儿尸体锁进了密码箱,等华良来找他。

从这个密码箱上,华良将看到贩婴案凶手再次作案。他还会因为安四桥的身份去安公馆调查,与安中和交汇,并在他阿通的指引下,发现春藤育婴堂贩卖儿童的勾当。对于那个内向英俊的年轻探长的智力和秉性,阿通毫无信任,但是李凤充满信心,相信他会沿着那些线索,抵达他们几人尚没有到达的案件终点。接下来,阿通渐渐相信了李凤对华良的判断,但是她忽视了他只是中央巡捕房探长的事实,而巡捕房上面还有公董局。

"所以,汇祥茶馆的掌柜和伙计撒了谎。"华良徐缓地吐出一口烟,这个细节是他来时的路上已经料到的,"那晚,安四桥根本没有去茶馆,阿通自然也没在茶馆等他。他们为什么要帮你们撒谎?"

"掌柜只是在帮自己而已。"李凤浅浅地笑了下,"他,属于我们。"

"属于,你们?"华良愣了下,"他也是受害者的家属?"

"还有那对木匠夫妻。"李凤的语气中带着掌控大局的镇定感,"不过你别想再找到他们。茶馆掌柜也好,木匠夫妻也罢,他们现在都已经不在上海了。"

"犀牛皮密码箱里的那个婴儿,他,也属于你们?"说完,华良的眼睛中就充满了诧异,因为他忽然想到了什么。

李凤的眼圈红了,眼眶里浸出眼泪。她盯着华良,嘴角颤抖了几下才说出话来。

"他属于安白丽。"李凤擦了把泪,"他是安白丽和曹光辉的孩子。"

41

"并不是非得如此,但那是曹光辉执拗的决定。他说服了我们。"

李凤将鼻腔里的泪水擦除,开口打破了结了冰的空气。

沉默了一会儿,李凤忽然开始大笑,眼泪顺着皱纹流进她的嘴里。

"安白丽生下来的并不是死婴。安中和那个老畜生绝对想不到,他会中自己当年运用娴熟的'调包计'。"

"所以,"空气仿佛越来越稀薄,华良用力吸了两口,"为安白丽接生的医生也是你们的人?"

"对,她是当年某个受害者的姐姐。"李凤抬起头,又冲华良笑了下。华良从没见过那么空洞的笑。"从医院偷个婴儿,太简单了,真的,太简单了。在医院门口等待她抱着婴儿出来的时间里,不知怎么的,我甚至有点儿希望她行动失败。但是并没有。"

"那个用来调包的死婴又是谁的?"

"谁知道呢,医院的太平间里,每天都有无人认领的尸体,既有难产大出血的女人,又有从没睁过眼的婴儿。"李凤淡淡地说,她低着头,翻来覆去看自己的双手,"本来是想着从太平间拿一具死婴就好,道具而已。刚才也说过了,并不是非得如此。但曹光辉说,不仅是为了计划,他也在为自己和安白丽之间设一个永恒性的界限。他说他不能容忍自己对仇人的女儿产生感情。"

"我抱着他上了黄包车。他在我怀里乱动,哭一会儿,安静一会儿。"李凤双手做出抱婴儿的姿态,眼神恍惚,"他安静的时候,我就觉得他是属于我的。我把他带到了我那个破院子。"

"曹光辉,"华良咬了下嘴唇,"动的手?"

"我。"李凤忽然把右手攥起,"他拿出了从安中和那里偷来的自制迷药,后来我抢了过来。尽管实质上没什么区别,但是最后的最后,我还是不能让他来。"

华良又抽了一根烟,他觉得自己此刻站在一个很深很深的井底。那个井属于李凤、阿通和曹光辉,他有些恍惚,不能完全相信他们会走得如此之远。但是李凤随即就把井盖上了盖子,她说,斧头还在,就埋在她院子里那几棵麦冬下面。说完,她就陷进了极度疲惫般的沉默中。

"宋威廉我已经找到了。"抽完一支烟后,华良说。

"在哪里?"李凤呆滞的神情忽然紧张起来。

"在春藤育婴堂。他就是春藤育婴堂的堂长,唐飞。他做了整容手术,死在曹光辉手下。"

李凤先是一怔,然后又发出一阵在华良听来相当陌生的大笑。平息下来在五分钟之后,她问了秦少唐和九爷。

"秦少唐死了。"华良说。五天前,仆人发现他蜷着身子死在床上。那只临清狮子猫趴在床边的窗台上,定定地看着他的尸体。

"他买去的那个孩子呢?"李凤问。

"暂时在公立育婴堂,那里有很多他熟悉的伙伴。育婴堂会为他们寻找合适的领养家庭,同时我也会进行监督。九爷……"华良顿了会儿,压抑住自己的无奈和无力感,"但是春藤育婴堂不在了,他也无法继续参与贩卖人口的勾当。"

"但是仍旧有很多孩子被卖到了各处,他有罪!"李凤望着面前的空气,仿佛在想那些孩子究竟在哪里,又各自在经历什么。

"对不起。"华良看着李凤的眼睛,说,"当年,我……"

"不怪你。"李凤说,"宋威廉没找到,我会不由自主地把怨恨指向你。我控制不了我的情绪。给你那个平安符是计划以外的事情。别怪我。"

华良看着面前的李凤,他觉得,他们俩像是从同一座山峦落下,又顺着不同河流远去的两颗石头,再相见,都已经改变了形状。

"三慢,"李凤说,"谢谢你。"她朝华良笑了下,那是完全放松下来的笑。

然后华良看到李凤直起身,伸展了一下腰,歪过头看墙上的钟表。这是她当年在药店柜台后面常有的动作。之后,她会走出柜台,锁门,跟站在一旁等待了许久的那个叫徐三慢的小厨子去散步,总是随便聊些什么就能很开心。想到这儿,李凤的眼睛里仿佛又充满了当年那条道路上的夕阳。

"还有一百一十六个钟头。"她笑着对华良说。

凶　蝶

1

　　当你们读到这些文字时,我已身处异界。我曾竭力想成为这片浮华之地的一部分,然后拿出最大的善意和光彩装点它。但生活和期待总是相违背。生活深如泥沼,每往前走一步,我就被那些黑暗和肮脏吞噬一尺。股股恶力将我所认为的生命的意义撕扯踩踏,直到让我完全失去活着的理由……

　　如今,我已挣脱牢笼,化身蝴蝶,在阴阳两界间无阻地穿行。我重新获得了存在的使命,就是将恶人引领到他们该去的潮冷地带,还阳间美好与平和。

2

　　阴阳两界相隔一层水。那层水无比宽阔,横向上没有尽头。现在,莫天正在感受它的冰冷。就像流星坠地,意识到的时候，莫天已从黑色的夜空极速坠入水中。没有一点儿水花被击起，水仿佛是一个巨大柔软的透明块体，并不具有液体的实质。但是莫天一进入其中，那个块体就活起来，开始蠕动，将他包裹、挤压、向下拖拽。

莫天从来不知道水还可以那样寒冷。那不是光着身子在北极的冰河里与白熊并肩游泳式的寒冷，这远不够极致。任何事物的任何特性发展到极致，都会具有吞噬一切的能力。在莫天落水的一瞬间，他就成为了寒冷的一部分，毫无出路。

他只能在水的推挤和拖拽中下坠，搞不清速度是快是慢。视野里都是黑色，看不见盘古的斧头。他想喊叫，但作为寒水的一部分，他已不再具有口腔。心脏引起共振，水的推挤和拖拽都带着他慌乱的颤动。莫天恍惚觉得，水是母体，自己是胎儿。他正沿着产道下坠，去哪儿，无从知晓。这时，他听到了声音。

"去你该去的地方。"一个声音说。

莫天不由得惶恐，包裹住他的水颤动得更为剧烈。

那是一个女人的声音，就在莫天耳畔，伴随着的还有风的声音，一下一下，仿佛昆虫拍打翅膀。与此同时，束缚住他的力量开始变小了，发生改变的还有视野里的黑暗。黑暗正在淡去，就像从黑夜到黎明的转变。当他真切感受到风吹拂皮肤的时候，先前的水已经变为头顶的天空。而他正赤身裸体飘浮在半空中。

仍旧是黑夜，但是他可以看见事物了。地面上插满了火把,一圈又一圈,组成一个个同心圆,像是正在扩散的水纹,或箭矢飞向的标靶。莫天数了,一共有十八个圆圈。他开始下落,像朝着一环一环的靶子飞去的箭矢,当看清楚那些火把以后,莫天的心被猛地揪了起来。

那些组成圆环的不是真正的火把,而是厉鬼。厉鬼身披火焰,皮肤紫青,头大过肩膀,像他家门前的石狮子,獠牙咧在脸外面。厉鬼手里攥着各种凶器,燃烧的皮鞭,铁黑的狼牙棒,或者长枪,像岗哨一样站立不动。被铁链捆住,跪爬在圆环之间的,是无数和他一样赤身裸体的人。那些人无一不瘦骨嶙峋,被一些身形稍小、身上没有火焰的鬼围住。跪在最外面那一圈层的人正在被那些小鬼拔舌头。待舌头被拔出半尺长以后,他们再被拖入另一个圈层。而那个圈层的鬼手握滴血的剪刀,对他们的舌头充满兴趣。顺着火光往里看,莫天还看到了由一把把尖刃组成的挂满扭动人体的树、人像倒饺子一样呼啦呼啦被扔进去的巨大油锅、浑身火焰踩踏着人体来回疯跑的牛群……在最后一个圆环中,一个人被倒钉在涂满血的木板上,厉鬼用铁锯从下到上将他一锯两半。

火焰的热气顶着凄厉的惨叫和血腥冲到莫天脸上,让他全身颤抖,仿佛一下子又回到了先前的寒冷之中。他正在降落的地方,是地狱。他挥动四肢,但是没有任何一个东西可供他踩踏或抓爬,他下落的态势自然无法遏止。

"这就是你该到的地方。"

那个轻柔的声音再次在莫天耳边响起,这次莫天看到了,是一只蝴蝶,就落在他肩膀上。

蝴蝶和他想象的一模一样,左边翅膀上是白色的骷髅花纹,右边翅膀上是一张红润美丽的女人的侧脸。

那是阴阳蝶。

好像怕莫天看不清,蝴蝶飞到他面前,然后一抖,忽然变大,那一对翅膀可以将他包裹成一只严丝合缝的茧。那只带有骷髅的翅膀朝他一挥,一阵狂风便猛击过来。

于是,在空中徒劳摇动四肢的莫天便完全失重,朝着被团团火焰包裹的地狱迅速坠去。他的喊叫与地上的喊叫已经混为一体。

3

莫天喊叫着坐起来时,已经满头大汗。他用力抹脸,转头来回看了几遍,卧室才慢慢恢复熟悉感。他拿起腿上的《申报》,用手背拍打了几下:"册那,真刺激!"

从黎明时分到刚才,《申报》的小说版面一直盖着莫天的脸。正在连载的小说叫《阴阳蝶》,作者是一个叫苗小青的家伙。莫天开始感谢这个毫无名气的家伙,多亏了这伙计,他才能有一个如此刺激的梦。他就喜欢找刺激。

《阴阳蝶》是一个关于复仇的故事,内容诡异,充满悬疑性,以第一人称叙述的主人公是一只在阴阳两界来回穿行的蝴蝶。蝴蝶由一个女演员的魂魄形成,她曾经生活的城市叫"欲"。在莫天的梦境中,那层隔在阴阳两界间的水,那只一边翅膀上印着骷髅一边翅膀上印着美女的阴阳蝶,还有围拢成一个个火焰圆环的十八层地狱,都出自小说的内容。其中,作者对地狱的景象着墨最多,每一层都做了十分详细的叙述,仿佛作者真的见过地狱,真的是那只穿行于两界间的阴阳蝶,而且真的对世间恶人充满了憎恨。在末尾,"我"杀了生前的第一个"仇人"。"我"的仇人在黎明时分被"我"的灵魂化身的蝴蝶群追得狂奔,最终死于破晓前的河边。在梦里,莫天感受到的恐惧,就是"仇人"被阴阳蝶送到拔舌地狱之前所感受到的。

这时,床边的电话响了。铃音清脆,带着和周遭世界一样陌生的硬朗感。

打这个电话的人,只能是华良,因为这是他前不久专门给自己拉的"侦探专线",只有华良知道这个号码。

"你直接去东圃戏班。"华良说,"我在后门等你。"

"虽说今天是我们的休息日,但是如果你是要带我看戏,我宁愿在家看报纸。"

"东圃戏班的副班主金表蔡死了。"

莫天握着听筒,但是再没有声音传过来,华良显然已经撂了电话。华良走出了巡捕房的办公室。从早上到现在,华良一直在办公室里待着,独自一人守着桌上沉默的电话,像一只极富忍耐力的猎豹守候在野兽的洞穴旁。在没有案件的时间里,这是唯一能让他感到踏实的方式。风云涌动的上海滩,从没有真正安宁过。

当莫天把摩托车停在东圃戏院后门前的时候,华良已经到了,倚着吉普车在下午四点钟的太阳里抽烟。他指了指几乎扣住莫天半张脸的风镜和牛皮头盔说:"神探,这里离你家就两里地。"

"你不懂,"莫天重新握住摩托车把,凝视着前方,做出俯冲的姿态,"姿态应该忠于内心,我的内心永远向着远方,总有一天我会环游世界"。

"高婕没来,"见莫天四处乱瞅,又隔着车玻璃朝里看,华良应道,"她跑得比你远,现在应该正走在云南的山间。"

"早知道让她给我抓个蛊师回来探讨蛊术。"莫天摇晃着身子朝戏院后门走去,有些泄气,有些慵懒,但当他推开门时,华良清楚地看到,他的身子猛然直了起来。

莫天的视野里,围拢了一堆人。人堆中间,是一场正在进行的法事。

4

此刻,东圃戏班的戏场里座无虚席,人声鼎沸。他们在想象和欢笑中等待那场马上到来的幻境。后院里围拢一起的人们组成了截然不同的氛围,他们说话极为小声,神情中带着惶恐,仿佛空气中飘动着一个透明的鬼魂。

华良的焦点定在了人群中间那个女人身上。她穿着一身红绸长衣，长发顺直地垂到腰部，像一尾飘逸的红金鱼。脸擦了重粉，嘴唇火烈，眉毛一直画到太阳穴，像带着一副遮住表情的面具。正用手捂着嘴凑到她左耳边跟她说话的是一个秃头的中年胖子。胖子留着八字胡，打了发蜡的头发像被绷直了的布，紧贴着头皮拽向脑后。他青蛙一样的鼓眼睛不时转动一下，正试图在不安中确定些什么。华良认得这个胖子，来这里看过戏的人都认得他。他叫金声，是东圃戏院的班主。每次演出之前，他都要先上台讲演一番，两眼瞪大，手舞足蹈，言语夸张，朝着耸人听闻的程度进发。

此刻的金声更像只受了惊的老鼠，他退进人群，一张摆满贡品和香烛的长桌闪现出来。听他说话的女人忽然朝华良转过脸，视线越过层层叠叠的肩膀，带着冰冷的斥力，命中华良的眼睛。在她转过来的左脸颊上，游着一尾红金鱼。

金声的全部注意力都在她身上，现在，朝华良和莫天迎过来的是戏班的管家老丁。半个钟头以前，老丁拨通了华良桌上的电话。"副班主的尸体在杂物间。"老丁指指那个窗户破了洞的屋子，低声对华良讲。

"你在怕什么？"华良盯着老丁的眼睛。老丁的眼睛和那扇窗户一样破碎，除了对死亡本能的忐忑，里面还包含着另一种更为急切的畏惧。老丁长满白色胡茬的嘴唇哆嗦了几下，没有一个字冒出来。

"你们戏班还排了女关公的戏?"莫天盯着红衣女子脸上那条红金鱼,冷笑了一声。

"那是班主特意请来的巫女,为副班主做做法事。"老丁小声纠正他,神色不安。"那吕布是不是该找个男娃娃来演?"莫天仿佛没听见老丁的话,目视前方,挂着冷笑。他的瞳孔里映着一个红色的旋涡,那是红衣女子开始舞动的身影。她舞着一柄桃木剑,不时从木桌上的碗里抓一把米扬向天空。莫天倏然蹿起了火,不断用手点着老丁垮塌下去的胸膛,"三民主义提倡国人要讲科学,什么年代了还找巫女?既然找了巫女还让我们过来干什么"!

听到莫天的叫嚷,红衣巫女收剑转身,再次看向华良和莫天,面色冷漠如前,完全没有情绪涌动的痕迹。

"既然请了我,又为何要叫巡捕?"她朝金声转过脸,用的是质问的语气。

"只是走个过场,走个过场。"金声哈腰应和,然后朝华良和莫天潦草地俯俯身子,算是打了招呼。

"册那,真像个等着领工钱的长工!"莫天咬着牙骂,华良拽住他紧硬起来不住抖晃的手臂,关注着人群中的两人。金声关切地询问,巫女冰冷地回答。

"鬼节将至,百鬼夜行。怕是有怨灵缠上了你。"

巫女直勾勾地盯着金声,让他不由得打了个冷战,回头看了眼身后。

"什么怨灵?"金声惶恐地问,"谁的怨灵?"

"怨灵就是怨灵,是没有形体的存在,是一股飘动的空气。怨灵的来去从来都不是没有理由。现在,有个怨灵缠上了你,至于是谁,又是出于什么原因,你应该比我更清楚。"

话音刚落,巫女就扬起了手臂,完全不给金声躲避的时间。在那个短暂的刹那里,华良握紧了口袋里雕刻刀的刀柄。同时,血一样的红色占据了金声的视野,柔软的丝绸擦着他面前的空气,发出呼啦的风声。此外,还有另一个声音被包裹其中,那个声音在金声的眉间化作痒痒的触觉。金声抬手去摸,摸到的是自己的血。

"看吧,"莫天用臂肘捅捅华良,"二郎神也出场了,这到底是出什么戏。"

"把手拿开。"巫女再次提起木剑,命令双手捂住伤口的金声。木剑沿着它在空气中划下的轨道第二次落下,金声闭眼咧嘴,挤出一脸难以忍受的皱纹。但是这一次,剑尖只是在血口上轻轻点了一下,然后就划向了木桌。

木桌上放着一个半尺长的木偶人,巫女将剑尖上的血涂在了木偶人的眉间。接着,木偶人被飞转的剑尖挑起,抛到空中。碗里的米也随即被扬起,巫女一甩红袖,空中倏然生出火来。人群外扩,米粒、木偶噼啪作响,带着火苗落到地上。

"怨灵不是风寒,没有药到病除这一说。"在木偶人燃烧的时间里,巫女收剑,回到金声身边,"至于它会不会再回来,取决于你曾经犯下的罪孽的轻重。"

华良朝金声和巫女走过去,因为两人说话的声音忽然低了下去,眼神仿佛在交流秘密。直觉告诉他,这个秘密很可能与金表蔡的死有关。老丁向金声介绍了华良,金声跟他握了手,寒暄两句便又转向巫女。华良清楚,金声还有话要对她讲,而且很介意他听到,所以金声把巫女领到了几米之外。

观众高起来的呐喊声从戏场那几扇后窗涌出来,他们已经没有耐心再等待,随着一个领头者大喊,覆盖住后院的人声。华良盯住金声的嘴唇。他曾出于兴趣练习过唇语,固然不能取代耳朵,但是从中提取几个有用的词汇也并非不可能。然而忽然小跑过去的小伙计终结了那场尚未开始的对话,他告诉金声,演出时间已经过了十五分钟,观众不干了。

"等我,最多十分钟。"这是华良读到的金声的唯一一句话。金声一步三回头,巫女站在原地,没有答应,也没有否认。她的神情依然冷冷的,像《良友》杂志里的一张电影插图。

"华探长,您也去看看吧,是从国外来的魔术使团,只在上海待一天。"老丁从口袋里掏出一张票,"专门给您留的。"戏场里传来了雷鸣般的掌声,华良清楚,那是因为金声站上了舞台。

"我还是看金表蔡的尸体吧。"华良摇了摇手,老丁手里的票就被莫天抢了过去。来都来了,这种热闹他可不能错过。

金表蔡躺在杂物间的一扇门板上,湿透的前身和皮鞋上的泥沙是他在河边趴倒过的证据。他的两条裤腿挽到膝盖,由于泡了水,他左手腕上那只光灿灿的金表已经不走了,偌大的表盘现在看上去有些滑稽,像孩子手中用来炫耀的玩具。酒精穿过他死去的皮肤,将味道散播在杂物间浮满灰尘的空气中。他在老丁的叙述中复活,重演了人生中最后一夜的经历。

昨夜,金表蔡去了四马路的726弄。在那条不足百步的石库门弄堂里,挤着一百多家妓院。金表蔡进的那一家叫"风月楼",选了一个叫香月的妓女。

早上五点,金表蔡醒了酒,他穿好衣服,将醒来又翻身睡去的香月抛弃在床上。那个时节,天将将放亮,金表蔡穿过几道冷寂的街道,继续走,走到城郊那条无名的小河边,那里是他生命的终点。老丁和金声找到他的时候,是中午十二点一刻。

"你们怎么知道他会去郊外那条无名的小河边?"华良检查着金表蔡的尸体,问老丁。除去小腿上几处被石子或者茅草划伤的几处小伤口之外,金表蔡身上再没有任何伤口,像一个没有谜底的谜语。

"因为班主曾和副班主一起去过726弄。第二天早上,副班主带班主去了那条小河,他说他最喜欢在清晨倾听河流的声音。"

在老丁叙述的时间里,金声的声音一直在喇叭里播放,激昂得让华良脑海中自动浮现出他振臂高呼的身影。他说,一场梦一般的幻境马上就要开始了。一定不要闭上你的眼睛,一定不要忘记呼吸,不要怀疑,你看到的就是真实。然后,他的声音就被赫然响起的铺天盖地的欢呼声淹没。魔术开始了,华良想。是什么精彩的"幻境"让观众们如此惊讶?

此刻,华良无法看见,也猜测不到,一大群蝴蝶魔法般出现在戏场里。它们像缤纷的水流,呼啦呼啦从观众席的上方涌过。

"为什么要做法事?而且好像是非做不可,比让我们巡捕调查更加重要?"华良继续问。老丁松垮的脸皮陡然紧了一下,他直勾勾地望着金表蔡的尸体,又像是望着别的什么。他说:"因为蝴蝶。"

"蝴蝶?"

蝴蝶群正不断变幻着形状,朝舞台飞去。观众们全都仰着脸,嘴巴大张,哇哇乱叫。没人在意金声的表情,他的头皮像被一只无形的手揪住,猛地向后扯动了一下。接着,蝴蝶就形成旋涡,裹住了他,这个画面把台下的掌声和赞叹声再次拉高。金声开始在舞台上来回跑,蝴蝶群跟着他跑,像月亮一样甩不掉。他全身都已落满蝴蝶,像一棵修剪成人形的鲜艳的植物。他扔掉话筒,双手抓脸,拍打全身。一把蝴蝶被抓下来,便会有另一批立即飞上去,一层层抹去他的五官。观众们哄笑不止,穿插在壮观景象里的滑稽戏总是更有幽默感。

除去华良,没有人在意他慌乱的求救声。

华良突然启动,跑出了他的思索。他从后门冲进戏场时,穿着燕尾服或者皮裙的魔术演员们正挤在舞台两侧的小门处猫着腰看。金声的呼喊听不见了,潮水般的笑声也已消失,此刻,幕布那边只有慌乱的尖叫和跑动的声音。

当挣脱了吊环的幕布被华良扯落时,莫天正好跳上舞台。全身被蝴蝶裹满的金声无力地跪在舞台上,肩膀摇晃了几下后,重重地扑倒在地。

蝴蝶像被砍倒的大树上的浓密叶子一样,随着金声的扑倒,纷纷扬扬飞起,又纷纷扬扬回落在他身上。

蝴蝶一层贴着一层,在金声身上贪婪地爬动。从翅膀上脱落的磷粉飘满空气,形成薄薄的雾气。雾气之中,金声趴在地上不停地抽搐。

莫天蹲下身,想拂去金声脸上的蝴蝶,但是华良一脚踹开了他。华良脱下制服外套,缠住右手,同时用眼神指给莫天看。一口一口的白沫正从金声嘴里吐出来,沿着层层膜翅间的细缝向外渗透。这些不知从何而来的花纹诡异的蝴蝶,很有可能含有剧毒。

老丁也跑了过来,接着双腿一软瘫在台上。"报应,报应。"他像暴雨中的泥人,捏出的五官不停下坠,混为一摊。

夕阳中,华良的汽车和莫天的摩托同时发动,在路口处拐上不同的方向。莫天的摩托车副座上,斜仰着金表蔡的尸体。华良汽车的后座上,蜷缩着不时抽动一下的金声。华良把金声送去了附近的四明医院。一个钟头之后,他又将金声拉回了中央巡捕房。这时,金声已经成了一具尸体。

法医老余将他推进解剖室，与金表蔡的尸体并列摆放。

金表蔡和金声的尸检结果出来的时候是凌晨一点，在此之前的六个多钟头里，华良和莫天回了一趟东圃戏院。在那里，华良知晓了一个五年前死去的女人。

一个跟蝴蝶有关的女人。

5

华良和莫天回到东圃戏院的时候，那张摆放着祭品的木桌仍摆在院子里，风一吹，烛火摇摆，仿佛怨灵经过的痕迹。

"怨灵是一股飘动的空气。"一个红色的影子仿佛随风而来，停留在华良耳边低语。华良忽然意识到，自己听到金声的求救声跑出杂物间时，后院里就只剩下面前这个木桌和被烧坏的木偶人，而那个被金声恳求留下来的巫女，已经不知所终。华良当然不相信她可以看见"怨灵"，她那双冷漠犀利仿佛能穿透一切的眼神是装出来的，这种谎言属于"职业属性"的范畴，无可厚非，但是，华良隐隐地感觉，在她的背后，仿佛还藏着别的什么。

住在戏场里的十来个演员没有回各自的宿舍，而是围坐在老丁的宿舍里，面色紧绷。在华良和莫天走进去之前，也并没有人开口，氛围诡异，与其说是讨论，更像是挨在一起共同等待某种结果发生。华良让老丁把白天没说完的话说完,那个被蝴蝶打断的,又关于蝴蝶的话题。

听到"蝴蝶"两个字,演员们就耸起了肩膀。他们互相对望,从十多双眼睛里蔓延出来的恐惧连成一片。

"我们在河边找到副班主的时候,他的身边有十来只死去的蝴蝶。"老丁隔了一会儿才开口,看得出他更希望这个话题永远中断在四点钟的杂物间,"那些蝴蝶与今天下午袭击班主的蝴蝶一模一样,两侧花纹并不对称,左边的花纹是白色的,右边的花纹却是黑色。"

"为什么看到蝴蝶,金声就决定要做一场法事?"华良继续问。

老丁张了张嘴,思量过后终于决定低下头去,不再吭声。

"因为蝴蝶是鬼魂来过的痕迹。"一个大眼睛的姑娘突然朝华良抬起了头,明显的眼袋和泪沟说明她刚刚哭过,"江梅树回来报仇了。"

"不要对华探长说这些怪力乱神子虚乌有的东西!"老丁瞪了眼那个姑娘,姑娘便闭了嘴。但是她的话已经撬开了一扇门,从中吹出来的风也已经融进华良所处的空间,成为这个世界的一部分。

莫天倒忽然来了劲儿,兴致勃勃的,他表示江梅树他知道,电影圈的事儿他都熟。在他语气和形体均浮夸的叙述中,那个在五年前迅速走红,又迅速香消玉殒的女演员是一个具有传奇色彩的存在,破旧的东圃戏院显然只能充当被她永远遗弃的挂在树梢上的茧。她的美丽应该就应该被印上荧幕,被全上海被全国被全世界的人,以及将来的人所看到。她的神奇之处在于对蝴蝶具有莫名的吸引力,她只要在春夏的野外或花园随风起舞,蝴蝶就会从各处飞来,围绕着她旋转。

"她是怎么死的?"华良问。电灯的光晕里,仿佛有一群蝴蝶出现又消失。

"跳楼自杀。"莫天说,"围绕着她的绯闻和蝴蝶一样多。"

华良迅速将几件事情整合在一起。金表蔡在今天早上死去,当金声在河边找到他的时候,看到了尸体旁边那些蝴蝶。蝴蝶让金声想起了曾在东圃戏院待过后来跳楼自杀的江梅树。而他之所以会想到江梅树,是因为江梅树是一个可以招引蝴蝶的女人。金声认为,金表蔡有可能是江梅树的鬼魂杀死的,所以他找来了女巫驱邪。然而,就在法事做完后的短短十分钟之内,那些不知从何而来的蝴蝶就又找上了金声,并使之丧命。所以,须要搞清的是,金声为何会如此惧怕,他和金表蔡曾经是否对江梅树做过些什么。华良问了老丁,老丁回答了他,金表蔡、金声与江梅树之间没有过节儿。

老丁大概在撒谎,他的回答过于利落、干脆,就像在抢答,这大概是为了避免其他人再开口。一个人如果铁定不想开口,再耗下去也难有结果,于是华良转而问了那个巫女。

对于那个巫女,老丁知道的只有她的姓名和国籍。她叫有希子,从日本来,是金声通过朋友联系的她。听金声说,有希子来上海半年多了,不少有钱人都找过她。

"从日本来的?"莫天接过了老丁的话,"交给我吧,我会找到她。"说完,莫天便不再吭声。他的眉头锁着,像陷入了某种思索。

凌晨一点钟,老余将金声和金表蔡的验尸结果交给了华良。

"都死于心脏麻痹?"

"金表蔡死亡时间在早上的六点到八点之间。人这个东西,比看上去脆弱得多,不比蚂蚁更强大。"老余轻拍了下太阳穴,"只要心脏停止供血超过五分钟,大脑就会死亡。"

"是中毒?"华良问。

"是。"法医说,"那蝴蝶含有剧毒。"在查出两人都死于心脏麻痹之后,老余就做了一个实验。他将华良带回来的几只死蝴蝶浸泡进水中,然后将水注入白鼠体内,一支烟没抽完,白鼠就停止了抽搐。

头顶电灯的灯光打进华良的眼睛,让他一时有些看不清医生的脸。那些刺眼的光芒再次在他的视野中制造出一团团黑斑,像蝴蝶一样飞来飞去。那些带着剧毒的蝴蝶飞进戏场,越过一百多人的头顶,朝金声直奔而去,致其死亡,其余人却安然无恙。这个细节十分蹊跷。

难不成真的有鬼?华良凝视着窗外死寂的黑夜,冷笑了一下,这当然是不可能的事。

走出巡捕房大楼的时候,莫天跟随华良回了他的住处。他说他饿了,他要吃红烧肉。

吃完红烧肉,三点一刻,离天亮还有三个钟头。莫天坐在沙发上,倚着靠背,半个钟头没有说话。烟丝吸完了,他干叼着逐渐冷却下来的烟斗。"两个世界在重叠。"他说。

"什么?"

华良一问,莫天就跳了起来,戴上礼帽缓缓踱步,留给华良一个书籍封面一般的睿智的侧影。"我说,我已经找到了凶手。凶手就是两个世界的连接点。"

"两个世界的连接点?"

"对,虚构世界和真实世界的连接点。作家!"莫天回过身,朝华良打了个响指,那个清脆的声音在寂静的夜晚显得有些突兀,像一块浮在河面上的冰,久不散去。

三个钟头后,窗外的麻雀开始鸣叫。莫天跑下了楼,回来时,他手里拿着一份《申报》。"自己看!"啪的一声,莫天把报纸拍在华良的胸膛上。

阴阳蝶之二

…………

我带走的第二个恶人叫金大海。

那是一个脑袋像尿壶一样丑陋的人。

在河边,他发现了我的踪迹。那些追随我的蝴蝶就是我的脚印和指纹。所以他找来了女巫。那个女巫有些本事,可以看出空气因为我的存在而产生的扭曲,但也仅此而已。她知道自己并不能阻止我,她阻止不了任何魂魄。她的法事只是虚有其表,只是骗取酬劳的方式……

他在舞台上振臂高呼,连鼻孔都不停颤抖的样子实在令人作呕。我从空气的另一侧来到你们这边,第二次化身为蝴蝶群落,带着仇恨、厌恶和使命感飞向他。我把他从头到脚覆盖住,把他从这个世界抹除。

…………

华良的视线随着文章迅速流转,他感觉自己的思维正随着一对不停扇动的翅膀前行。

在天尚未亮的时间里,莫天跟他讲述了小说《阴阳蝶》中描绘出的地狱景象,以及由怨灵化身成的"阴阳蝶"杀人的情节。阴阳蝶杀死的人叫蔡轩章,他死在无人的河边。金表蔡的死与这个情节完全吻合,他尸体旁边散落着的几只蝴蝶就像随尸体一起从小说来到现实世界的标点符号。现在,华良所看的第二章回中,金大海的死又与金声的死吻合。

金声死在昨天下午,而与金声的死情节吻合的《阴阳蝶》第二章内容在现在才发表,可以排除凶手是通过报纸看到小说再模仿小说情节杀人的情形。但是模仿杀人的可能性仍然存在,因为有的人仍然可以在报纸出街以前知晓报纸的内容,编辑、印刷工人,甚至作者家中的仆人,都可以。

如果不是模仿杀人,那凶手会是谁?

华良的视线落在一个位置,久久不动。

那个位置就是莫天所说的两个世界的连接点。

"作者　苗小青"。

如果凶手真的是这个叫苗小青的作者,他的动机是什么?他是谁?用自己创作的小说中的情节去杀人,是不是太明目张胆了……无数疑问犹如石子投下来,在新的一天里激起阵阵涟漪。

6

华良站在一栋别墅前,想着那个叫苗小青的作家。阳光被别墅挡住,秋天得以在风中现身,在他的后脖颈上留下些许寒气。

两个钟头之前,他和莫天离开了住所。莫天去调五年前江梅树自杀案的卷宗,他则去了《申报》报社,向小说版块的责任编辑询问《阴阳蝶》的作者苗小青的个人情况。

编辑与苗小青的联系始于一年半以前。一年半以前,苗小青往报社寄了他的第一篇小说,之后又陆续寄过四篇,但是都没有达到发表的要求。收到《阴阳蝶》第一章的稿子是在两个礼拜以前,第二天,报社便将决定发表的答复信寄了出去。昨天,小说的第一章正式刊登,反响热烈,中午时分，便有读者陆续赶到报社，询问作者和余下内容的情况。小说的第二章内容也是这个时候寄到报社的。把稿件交给刻版印刷部门是在昨天晚上，而这个时候，金声已经死了。

"除你以外，谁还看到过稿子？"

"主编。"编辑回答。

"昨天下午，四点到六点之间，你在什么地方？"华良继续问。

"四点半开始的编辑会议，一直开到六点半。"编辑说，"这是每天的例会，报社的所有编辑都参加了，就在一楼的会议室，由主编主持。"

责任编辑没有撒谎，在与他的谈话结束后，华良又单独询问了另外几名编辑，印证了这一点。

"那是一个有天赋的作者，我一直很确定他能写出优秀的作品。"责任编辑拍了拍写字台上那一摞信封，那些都是报社收到的读者来信，"尽管他之前几部作品都没有达到发表的要求，但作品里存在的缺陷都属于技术层面。凡是技术层面的东西，都是最简单的东西，因为都可以靠学习来掌握。感受力却是学不来的，而对所有门类的创作者来说，这又是最重要的东西。感受力决定了作品的深度，决定了创作者能走到哪一步。一提起小说创作，大家最爱用的一个词是'想象力'，然而并不是每个人都明白，想象力只是感受力的表象。"

"除去苗小青拥有好的感受力以外，你还了解他些什么?"

除去拥有好的感受力以外,华良面前这栋别墅就是责任编辑了解到的苗小青的唯一情况。苗小青在两个礼拜前寄到报社的稿件中夹了一张纸条,上面写着这个地址。编辑从未与苗小青有过电话交谈,尽管他在答复信中留了自己办公桌上的电话号码,但是苗小青并没有打给他,苗小青也没有给他留下任何号码。所以,关于苗小青的情况,编辑只知道他的名字和住址。而这个名字,也有可能只是一个笔名。

"在我们报纸上,用真名字发表文章的作者大概不到两成。"编辑递给华良一张纸条,上面是苗小青用黑色钢笔写下的地址,字体俊秀而有力,写出这种字体的人,既可以是男人,也可以是女人。

杀害金表蔡和金声的凶手,此时正像鬼魂一样蛰伏暗处,无影无踪。他可能是与江梅树有关的人,也可能不是。在金表蔡与金声是否与江梅树有过节儿这一点上,老丁显然撒了谎。如果金表蔡与金声对江梅树自杀事件起到了某种推动作用,那么凶手杀害两人,并采取"蝴蝶"这一隐喻性极为明显的方式的原因,有两种可能。

第一种可能,凶手是在为江梅树报仇。如果是这样,那么凶手很可能是与江梅树关系亲密的人,也有可能是她的某个性格偏执变态的影迷。如果凶手是后者,那将十分难查。

第二种可能,凶手知晓三人之间的恩怨,他这么做,仅仅是在利用这一点来散布迷烟,目的是伪装身份,逃脱追查。

《阴阳蝶》的作者苗小青是否是杀害金表蔡和金声的凶手并不能确定,华良只能确定他与凶手之间,一定存在着某种联系。因为《阴阳蝶》的第二章是昨天中午寄到报社今天刊登的,而金声却死于昨天傍晚,第一章内容寄到报社的时间更是比金表蔡死的时间要早。看过稿件的责任编辑和主编都没有作案时间,所以,凶手在稿件寄往报社以前,就清楚小说的内容。这是一场有预谋的具有强烈形式感的连环杀人案。

现在,华良手里拿着那张《申报》编辑给的纸条,站在纸条上写的地址前。然而他所面对的那栋别墅是一个已经废弃的场所。上了锁的铁栏杆门上漆皮斑驳,露出一块块红褐色的铁锈。院子里有一棵高大的法桐树,一个池塘。那个椭圆形小池塘里装满的不是水,而是法桐树的枯叶。几根高矮不一的生锈的铁管从池塘中央伸出来,脏兮兮地指着天。池塘有水的时候,铁管里应该喷出过好看的图形。西式造型的房子也变成了相机里的影像,黯淡无光,而且每一扇窗户都不是完整的,至少带着一个石块留下的洞。这个院子,看样子至少有三年没有住过人了。

华良身边那个邮筒也同样是破旧的,里面塞满了信件。收信人都是苗小青,邮票戳上标记的日期全是昨天或今天。信的内容也大致相同,全是对《阴阳蝶》的褒奖和对情节走向的猜测与问询。想必这些寄信的读者和自己一样,向报社问了作者的地址。

一夜没睡,华良感到脑袋里像有一对蝴蝶翅膀,一下一下扇出呼呼的风声,两个太阳穴随着这声音向外鼓动。然后,他听到摩托车嘶吼的引擎声迅速由远及近。

"你怎么知道我在这儿?"华良问。

"你怎么知道这就是江梅树跳楼自杀的地点?"莫天一脸惊讶,从挎斗里掏出一个牛皮纸档案袋,哗啦哗啦地甩,"这是我刚从贝当路巡捕房调出来的卷宗。"

阴影中,华良再次回望别墅,寻找二楼的窗台。然后他就看到了那扇完全没有玻璃阻挡的窗框。风从窗框里吹出来,带着法桐树叶苦涩潮冷的气息,击打他全身。华良感到头皮一阵发凉,像刀片从中飞过。

7

华良坐在摩托车的挎斗里,将雕刻刀插进档案的一角,迎风读完了那几页纸。

关于江梅树的死因,卷宗第一页就有明确的定性,为"长期抑郁导致的自杀"。在五年前的农历七月十五日凌晨一点,已经入睡的江梅树忽然起床,打开卧室的窗户,毫无预兆地一跃而下。着地后,江梅树双腿骨折,全身多处擦伤,档案中夹带的几张照片拍得很清楚。致命伤在颈部,江梅树的颈动脉被比她稍早一点坠地的窗户玻璃割断,她因失血过多死亡。

卷宗的第二页和第三页,是在场者杨兆凤和沈秀的口供。

杨兆凤是死者江梅树的未婚夫。据他的讲述,当夜江梅树情绪平稳,与他一起就寝。午夜,杨兆凤被响动惊醒时,江梅树已不在床上。风吹上他的脸,他看到空荡荡的窗框随风摇动。在那一刻,他明白了那声惊醒自己的沉闷声响的含义。他跑下楼时,江梅树已经停止了呼吸。血液沿着她脖子上的伤口和嘴里流出来,像关不掉的水龙头。

> 非常意外。尽管她的状态时有起伏,但是总的来说,她在向好转的方向发展。那让我相信,她总有一天会彻底地康复。那晚,她还给我做了红烧狮子头。我现在感觉非常痛苦,因为现在想来,她其实一直处在黑暗中,我却完全没有帮助到她。那晚,如果我随手拿起床头柜上那本书,就会看到她留下的遗书,这样她就不会出事。我每天晚上都会做梦,就算不做梦,闭上眼也能看到她坐在窗台上,像猫一样久久地看着外面,眼睛里空空荡荡。然后,她就站了起来。
>
> ——杨兆凤口供节选

作为江梅树的侍女,沈秀负责她的衣食起居。那晚,她给杨兆凤和江梅树铺好床的时间大概是十点半。在她的视野里,江梅树同样没有表露出任何异样。

  小姐一直对我特别好。我和小姐有着相同的身世,我们都是孤儿。绝大多数人都不能体会孤儿的心境,我们就像野草一样兀自生长,不知道自己从何而来。小姐让我感到了温暖,她说过,就算我们是两棵草,根连在一起也是一个家。我原以为我能在她身边永远待着,就这样过完一生。

——沈秀口供节选

  档案的最后一页是一张信纸,上面是用蓝黑色钢笔写下的字迹。那是江梅树的遗书。遗书的内容只有一段话:口诛笔伐,三人成虎,这些已无法忍受。放弃也许是更好的开始。

  现在,华良和莫天去的地方是永强电影公司。永强电影公司是在江梅树自杀案中出现的一个地址,那是江梅树曾经所属的单位。苗小青没有找到,那先去永强电影公司,兴许会问到些什么,比如那些导致江梅树抑郁的绯闻是真是假,如果那绯闻是被什么人所制造,是不是金表蔡和金声。若凶手是在为江梅树报仇,那么还须要查到除去这两人以外,谁还在江梅树决心赴死的念头上添加了砝码。如果还有人,凶手就可能再次作案。

对莫天来说，永强电影公司并不是陌生的地方。公司的老板叫黄大前，是莫氏银行的重要客户，也是莫向南多年的朋友。小时候，莫天对这个烟不离手、满口黄牙的胖子充满了厌恶，因为每次黄大前去找莫向南喝酒的时候，他总要把莫天抱起来，用他的络腮胡子扎莫天的脸。所以在莫天此刻的脸被风的曲线鞭打，皮肤上盘踞不散的却是被丝瓜瓤擦脸般的触觉。

莫天推开黄大前的办公室的时候，黄大前正在沙发上睡觉。他窝在沙发上的样子像极了一根短粗的红薯。他的络腮胡子依然很茂盛地生长着，把衬衫顶成圆弧的肚子随着他的鼾声上下起伏。沙发边的茶几上，放着一份《申报》，报纸上压着半瓶威士忌和一个烟灰缸。烟灰缸里杵满了烟头，让华良想起《三国演义》中插满箭矢的草船。

认出把自己拍醒的人是莫天以后，黄大前那双布满红色蛛网的眼睛就亮了起来，不断拍打莫天的脊背，招呼两人喝酒、抽烟。华良礼貌地推掉了黄大前端过来的那杯酒，直接说明了来意。黄大前端着杯子的手晃了一下，他的眼睛也晃了一下，就像杯中的酒。

"江梅树本应该有很好的前途。"黄大前坐回了沙发，过了一会儿才开口，仿佛找回老板评价下属的语气须要花一些时间，"她是个有天赋的好演员。我在这个行业待了将近二十年，是不是那块料，一眼便知。出事前，她刚签了一部电影，和她搭戏的是胡蝶，她演女二号。只要这部电影上映，她和以往就真的截然不同了，就像破茧成蝶。"

"但是她在破开的茧壳里向外瞅了瞅截然不同的世界,就永远地闭上了眼。"

说话的人站在门口,他是忽然出现的。华良回身望去,看到的是一个年纪与他相仿的男子。他身上的灰色西装十分笔挺合身,人长得算不上英俊,但是五官端正,透露出干净和向上的气息,相比之下,黄大前像是一双塞在皮靴里等待换洗的袜子。

"两位好,"男子朝华良和莫天点了下头,"我叫杨兆凤。"

8

杨兆凤接过黄大前递来的酒杯,喝了一口,嘴里发出带着凛冽意味的声音。他的酒量并不好,一口下去,脸就红了。杨兆凤是永强电影公司的一名导演,更为准确地说,是永强电影公司的一个重要支柱。黄大前在躺上沙发之前,给杨兆凤打去了电话,让他一个钟头之后过来。眼下,由他执导的一部新电影将要开拍,诸多事情都须要商议。

华良和莫天分别坐在沙发两侧的独位上,华良向杨兆凤询问江梅树与东圃戏院的正副班主金声、金表蔡的关系,江梅树与两人之间是否存在特别大的恩怨,杨兆凤低着头没吭声,盯着杯中深红色的酒,筋在腮帮子下面绷紧,一抖,又一抖。

"有人说,是江梅树的鬼魂来阳间找他们来报仇。"华良看着杨兆凤淡淡地说,杨兆凤的神情告诉他,这个说法并非胡扯。

"你们巡捕房也信这个?"杨兆凤咧开嘴,笑容中表露出不满的棱角,"即使世间真的有鬼魂存在,阿梅也不会向仇人索命,因为她心里根本就没有仇人。我很了解她,她身世悲苦,所以更懂得世间冷暖。对于一切恶,她都去接纳,直到自己承受不了,选择离开。"杨兆凤仰起头喝干了杯中的酒,"但是我会把那两个老东西当作仇人,是他们把她逼上了绝路。有句话不对,但是我必须要讲,这两个畜生死了,我觉得是罪有应得。"

"他们把她逼上绝路?"华良问,"什么意思?"

"阿梅成名后,东圃戏院那个班主曾来找过她,让她帮忙宣传戏班,但是她并没有答应。金声和金表蔡就开始报复她,聘请小报记者撰写文章,辱骂她忘恩负义,编造她在东圃戏院做演员期间与各种有钱的男人偷情,简直是胡扯!"

"江梅树为什么要拒绝金声的请求?"华良继续问。

"是我要求的,可以这样说。"黄大前沉吟了一下,"在公共场合,演员该说什么,不该说什么,公司都有严格的规定。卖力宣传一个破戏班,对一个当红演员来说,太失身份。她应该跟她过去的生活一刀两断。"

"单单这两个人所制造的绯闻,就让她陷进了无比痛苦的境地，并最终让她做出了那个决定？"华良看着杨兆凤，"还有没有别的事情，或者别的人中伤她？"

黄大前放下手中的酒，也关切地朝杨兆凤望过去。

但是杨兆凤给出的是否定的回答。"没有。"他低着头，仿佛压抑着某种情绪，"如果有，就是她的父母。他们过世得太早了，没在她心中留下足够支撑她继续走下去的爱和温暖。在她心中，那是永远的空白，谁都无法弥补。"

"沈秀现在在哪儿？"华良继续问，"如果你知道她现在的地址，请给我。还有你的。接下来，如果有必要，可能还会找你了解情况。"

杨兆凤从口袋里掏出钢笔和随身记事簿，写下两个地址。"第一个地址就是沈秀的，那是五年前我给她租下来的。阿梅对她很好，她应该也希望我这么做。但是之后，就逐渐失去了联系，所以，我并不知道她现在是否还在那里。"杨兆凤把纸从记事簿上撕下来交给华良，"第二个地址是我的住所。如果公司和住所都找不到我，那我应该在片场。"

说完，杨兆凤继续抽烟。烟雾缓缓腾上屋顶，像女子卷曲的长发在水中散开。黄大前摇动着杯里的红酒，仿佛被一种情绪或回忆困住，想起来才抿一口。

华良起身抽出了压在酒瓶和烟灰缸下面的《申报》，翻到小说连载的版面，摊在黄大前和杨兆凤面前。"这部小说很有意思，作者叫苗小青，不知道两位是否认识。"华良盯着杨兆凤的眼睛。

"华探长介绍的一定错不了，一定拜读，倘若有必要甚至可以找机会和这位作者认识下。"华良的话像个码头，让黄大前得以从漂泊许久的情绪海洋中脱身，他表现得很兴奋，拿起报纸，用指尖敲打着，"电影公司就缺好故事。对吧，杨导演？"

杨兆凤没说话，他更像是没听见，脸对着面前的墙壁，一口一口地抽烟，让烟雾把自己笼罩。

"如果您能联系到作者，请务必告诉我。"华良对黄大前说。

"一定！"黄大前回答得很干脆。

临走前，华良朝莫天瞟了一眼，原本冲着华良练习喷射烟圈的莫天便朝黄大前转过了身。

"黄叔叔，您认识一个从日本来的叫有希子的巫女吗？"

"知道，"黄大前放下报纸，利落地回答，"听朋友说过。叫不叫有希子不清楚，但知道有这么个人，巫女，从日本来。怎么，小侄子，你要算姻缘？我们电影公司的女演员随便你挑！"

"家里最近生意不太好，我爹想找她做场法事。"莫天流露出为难的神情，"他让我联系有希子，但我哪知道她在哪儿。"

"这事儿简单，我帮你办。"黄大前拍了下莫天的肩膀。

上午十点钟的太阳已经变得灼烈，蝉在各处无休止地鸣叫，形成了一道无形的声音帷幕。因为一夜未睡，阳光和蝉鸣让华良有些恍惚，地面则变得柔软，仿佛随时会垮塌下去的沙滩。当他看到几只颜色缤纷的蝴蝶在花坛里飞的时候，感觉自己正身处别人的梦中。他要在这个被某人所掌控的世界里寻找一把钥匙。只有找到它，才能走出这个梦，见到那个设置梦境的人。

但是现在，他离那把钥匙还很遥远。他已获取的信息只有三个影子，已经在五年前去世的江梅树，尚没有暴露行踪的苗小青，刚从杨兆凤那里获取到地址的沈秀。接下来要做的，是尽力在这三个影子上开凿道路。此外，还有一个人，就是有希子。她像金鱼一样游到这个梦里，又忽然游走了，不见踪影，尽管她与这个案件有关的嫌疑只是出自华良的直觉，没有证据相佐，但是如果可以，华良希望她能游在自己的手掌里，至少是视线之内。

江梅树的自杀案存在着一些疑点。金声和金表蔡的诬陷导致江梅树最终自杀这个说法，未免加重了金声和金表蔡所起到的作用。这大概是杨兆凤下意识的偏激想法，但也仍有另一种可能性，并且不容忽视——杨兆凤是故意为之。华良停住了脚步，杨兆凤那张被烟雾笼罩的悲伤的脸在他脑海中清晰地回现。

如果后一种猜测是真实的，那杨兆凤很可能就是杀害金声和金表蔡的凶手。故意加重金声和金表蔡对江梅树的自杀所起到的推动作用，用意无非是掩盖其他人的责任。而其他人，作为凶手的杨兆凤肯定不会向他透露，因为他们是杨兆凤下一步的行凶目标，透露意味着目标会受到保护。尽管没有切实证据，但是为了以防万一，有必要派两名手下对杨兆凤进行监视。

华良转回脸去,望向永强电影公司的办公楼。他很想再看一看杨兆凤那张脸。但是他只能看到一排排正反射着太阳光的窗玻璃。此时此刻,华良完全没有发现,有一双眼睛正在某扇窗户玻璃后面注视着他。那双眼睛里充满了血丝和疑惑,血丝和疑惑之下,还涌动着一些碎玻璃一样尖锐的愤怒。

这双眼睛属于黄大前。

在华良和莫天离开办公室以后,黄大前的眼睛随着《阴阳蝶》的段落迅速流转,这篇小说让黄大前感到惊诧,所以他迅速做了一个决定。他吩咐站在他身后的杨兆凤,赶紧写一篇通知发到各大报刊去,他要在明晚举行一场电影文学沙龙。

"这个叫苗小青的一定要给我请到场!"他近乎吼叫地对杨兆凤说,同时用烟卷不停地捅着报纸。很快,报纸就被捅得冒起烟来,"苗小青"变成了黑乎乎的洞。

9

华良和莫天照着杨兆凤给的地址走入了一个破旧的弄堂。两人不断拨动伸出窗外的长竹竿上的湿衣服,一层一层来到弄堂深处。接着,一道门就阻断了两人的脚步。

莫天拍了五分钟的门,手脚并用,结果开门的是隔壁一个头发枯黄的女人。"别拍了,她经常不在家。"

"你认识住在里面的人?"华良问。

"不认识。没一个邻居认识她,我们也不愿意认识她。"女人满脸不悦。

"那个人在这里住了多久了?"

"五年!整天神出鬼没,偶尔遇见连个招呼都不打。"

华良心中稍稍安定了一下,看来住在里面的人仍然是沈秀。

"神出鬼没?她是做什么的?"莫天问。

"不晓得!看那个骚样子,兴许是个妓女!"

说完,女人就带着对沈秀的反感把门重重地关了回去。

于是,两人又拨动那一层层湿答答的衣服,向外走。在巷子口,莫天打了一个漫长的哈欠,于是华良给他点了一支烟。抽完烟后,华良掏出口袋里杨兆凤给出的地址递给莫天,说:"你回家睡觉,睡觉前给张勇打个电话,让他和赵小七日夜监视杨兆凤。"

"你也怀疑他是凶手?"莫天问。

"至少有这个嫌疑。"

"什么嫌疑,分明就是!"莫天不屑地嘟囔,"为了给故去的女友报仇,动机十足!华良,大胆一点儿,不要因为暂时没有证据就一筹莫展,踟蹰不前,我们还有经验,还有直觉!我们办过的案子里,哪个衣冠楚楚的不是禽兽?照我看,直接绑回巡捕房,一上电椅全招!"

"那个不属于你神探的作风。"华良转身,向自己的吉普车走去。

"你去哪儿?"莫天朝他喊。

"我要去两个地方。"

华良去的第一个地方是东圃戏院。他先去了戏场,没进去,站在门外向里瞟,老丁正带着演员们排戏。确定昨夜那个泪沟明显的大眼睛姑娘没在之后,他就绕到了后门。在后院里,华良看到了她。她正在更换木桌上的香烛。

"你应该有话要对我说。"

"这里不方便。"她瞅了一眼四周,"换个地方。"

华良将这个叫东珠的姑娘开车载到了东圃戏院两里外的一条马路边。路边长满了法桐树,浓密的枝叶随风摇动,仿佛灵魂经过的轨迹。

关于金声和金表蔡对江梅树的迫害,除去雇用小报记者诬陷的事情之外,东珠还告诉华良,两人曾数次勒索江梅树的钱,而每一次他们也都得逞了。在东珠的叙述里,江梅树是一个热心善良的好姑娘,但是或许是因为孤儿的经历,她身上缺乏一种反抗力,太过于逆来顺受,把所有伤害都当成是应该承受的东西。这和杨兆凤的叙述完全一致。说完,东珠问华良要了一根烟,三两口把自己陷进烟雾中。"还有一点,我不说你绝对不会知道。"东珠在烟雾中盯着华良,又像是盯着别的什么,"金表蔡是江梅树的舅舅。"

"亲舅舅?"

"亲舅舅。"东珠点点头,将烟头愤愤地扔出车窗外,随即又向外吐了一口痰。

"梅姐十岁那年,金表蔡把她从苏州老家接到了上海。这可能也是她一再妥协退让的原因之一,即使金表蔡对她从来不像一个舅舅,但是她却把他当作唯一一个亲人。"

看了一会儿路边摇晃的法桐树之后,华良回过头,问东珠是否有江梅树的照片。关于江梅树,他脑子里只有她躺在自己血里的形象,脖子上的伤口向外翻着,像第二张嘴唇。

东珠从钱夹中拿出一张三寸的照片给他。那是一张东圃戏院五个女演员的合影,拍摄在她做电影演员之前,站在最左边那个就是江梅树。

照片里的江梅树留着半长的头发,圆脸,鼻子挺翘,笑得很甜,仿佛从心里透着亮。相比之下,包含东珠在内的四名演员的表情就显得木讷。

华良将这张脸取代悬浮在脑海中的那几张法医拍摄于自杀现场的照片,送下东珠后,他把车开到了江梅树曾经的住所前。

江梅树自杀案以及她生前的住所地不属于中央巡捕房的管辖范围,这让华良多了两个钟头的睡眠。他把车停在那个生锈的邮筒旁边,一闭上眼,睡眠就像温水一样包裹了他。

醒来是因为他梦到了江梅树。在法桐树叶哗啦哗啦的声响里,江梅树站在先前那条马路上,双手背在身后,朝他甜甜地笑,像一个朝气蓬勃的女学生。这让梦中的华良感觉自己是一名摄影师,然后,他就真的举起了手中的相机。相比记录下江梅树的样子,他更想知道她在想什么,为什么要结束自己如此美好的生命。但是取景器里的江梅树一句话也不说,始终只是对他笑。忽然,她开始燃烧。火花五彩缤纷地从她身体内部向外涌动,变成无数只蝴蝶,哗啦哗啦像旋涡一样,和清爽如水流的笑声一起朝他飞来。

华良睁开眼时,窗外已经漆黑一片。他深呼了几口气,提起手电筒,将锯条和一截铁丝装进口袋。

在铁门前,华良打亮手电,用嘴含住,掏出铁丝,捅向被黄色光圈罩住的那把锈迹斑斑的铜锁。如果锁芯内部也生锈,就须要用到锯条,但是锁毫不费力地弹开了,声音脆得让人意外。

这栋别墅和那把锁一样,表面破败,内里整洁,甚至连电都还通着。华良拉下门口的灯绳,电灯就稳稳地亮了起来。插着碎玻璃的窗台上,只有一层纤薄的灰尘。沙发、茶几、座椅,以及墙上挂满的江梅树的大幅相框也都很干净。五天前的夜里,曾下过一场雨,没有雷声,但雨点不小,风也够大,但是窗台内沿和地板上并没有留下雨点的痕迹。这说明,最近五天之内,某个人曾到过这里,而且细心地打扫了这里。

住所一共有两间卧室。其中一间大一些,放着一张红木双人床和大衣柜,柜子里挂着十几件布料考究的女士衣服,那应该是江梅树的卧室。床头柜上放着一个台灯,伞形灯罩上毫无灰尘。另外一间应该属于仆人沈秀，也同样是干净整洁照常居住的样子。

华良返回客厅，来回踱步，这里会是谁在秘密打扫？是江梅树曾经的仆人沈秀，还是她的昔日恋人杨兆凤？客厅的墙上挂着很多江梅树的照片，华良的目光最终锁定在墙上那面最大的相框上，那是杨兆凤和江梅树的合影。江梅树挽着杨兆凤的手臂，两人的表情都是温暖的，和阳光相融。

离开前，华良再次来到江梅树的卧室，站在那扇空空的窗框前，向下望去。被折叠的时空里，江梅树透明的身影和他重叠。然后，她跳进了漆黑的深夜。

一个疑问毫无预兆地从华良的背后升起来：江梅树是要死，还是要逃？

10

早上，莫天走进办公室的时候，身上和头发上都在反光。莫天对着窗玻璃扫了下身上的黑色皮风衣，又摸了摸油光水滑的头发，他的右手里还提着一个衣袋。

"下班换上！"莫天将衣袋搁到华良办公桌那堆旧报纸上，"进口的纯羊毛料子，我一回都没穿过。"

华良将衣袋打开，装在里面的是一套夏令西装。

"今晚上我们去参加永强电影公司的电影文学沙龙。"莫天坐到华良的办公桌上，用烟斗轻轻敲打桌面，字字顿开地说，"好几位当红作家、编剧、演员都会去，包括苗小青。另外，黄叔叔已经联系上了有希子，她也会去那里。"

"你的黄叔叔办事挺利索。"华良将衣袋放到脚下，翻开旧报纸。那些报纸是手下刚为他搜集到的，每一份报纸都是五年前的，上面都有江梅树的绯闻报道。

"还阔气，"莫天十分得意，"百乐门舞厅已经包下来了。今晚上的沙龙可不是几个人聚在一起喝喝葡萄酒随意胡扯那种玩意儿，还有各界名流做观众，记者也会在。"

"还风流。"华良拍了拍他面前的一份报纸，说。那张报纸上印着一张照片，黄大前赤裸着上身站在地上，冲镜头大吼。他所在的地方是一个卧室，他的身后是一张床。床上一个女人用棉被捂住了头，一缕弯弯曲曲的长发从中露出来。床边的小柜子上放了一盏台灯，灯罩是伞形的。

那个用棉被捂住头的女人，当然就是江梅树。

在余下的报纸里，还有十几篇报道是关于黄大前和江梅树的地下情的。相比于金声、金表蔡雇人写的那些诬陷、控诉她"忘恩负义"和"水性杨花"的文章，这些披露地下情的文章显然更具有杀伤力，这是前者的实证，并且能把所有不实的诬陷都变作真实——舆论从来就是如此盲目，容不得一点瑕疵。但是因为事情牵扯到黄大前，所以杨兆凤对此只字未提。

"那杨兆凤可以啊，当代韩信！"莫天拍着桌上的报纸，

"他受的可是，可是胯下之辱！"

"兴许杨兆凤和江梅树在一起，是事情出了以后。"在意外的情绪中，华良无心接莫天的玩笑。

"那也是胸襟宽阔，能在前女友的地下情人面前毕恭毕敬，装孙子，得多憋屈！"莫天敲打着烟斗笑了会儿，然后忽然认真，"蔫人出豹子，这种人要是一旦爆发，可是比谁都疯狂。黄叔这个人我了解，好酒好色，他对江梅树绝对不是什么真感情。在江梅树自杀这件事上，他也负有责任。"

最后一句，莫天倒是说得有些道理。华良从烟盒里抖出一根烟点上。如果杨兆凤是凶手，如果他还有下一个目标，那这个目标很可能就是黄大前。

在七点钟的暮色中，手下张勇从英租界给华良打来了电话。他和赵小七已经在英租界的一家赌场外守候了一天，除去用餐的短暂时间，杨兆凤一直带领剧组在里面实景拍戏。

"现在还没收场吗？"华良问。

"收了。"张勇说，"但是拍摄工作并没有结束，现在剧组准备去附近的公园拍下一场戏。"

"知道了。"华良放下了电话。如此看来，杨兆凤并不打算参加今晚上的沙龙。尽管如此，他还是叫了另外两名手下与他和莫天一同前往。黄大前说不定就是凶手的下一个目标，不能大意。即使今晚过去，那两名手下也要暗中跟随保护黄大前。

四人来到百乐门舞厅的时间是晚上八点钟，电影文学沙龙将在半个钟头以后开始。两名穿制服的手下没有进去，他们守候在门前的暗影中。进门后，华良就看见黄大前端着高脚杯在各个桌子间游走，用托盘端着葡萄酒瓶的服务生跟随其后。除去服务生，舞厅里大概有五十人，华良一一审视。多半是和黄大前岁数相仿的中年人，有几个装扮靓丽的脸熟的年轻演员，几个端着照相机的记者，还有几个学生，想必是随那些中年人来的家属。接着，华良看到了有希子。有希子依然穿着那身红色的纱衣，头发盘成髻，粉白的脸颊上画着一尾红金鱼，嘴唇火烈。与有希子同桌的是个脸熟的年轻女演员，朝她伸着自己的手掌，像摊在赌桌上的扑克牌。

华良望向有希子的同时，有希子也从那名演员的掌纹上抬起了脸，仿佛她真的能接收到眼神无形的能量，那或许属于空气的一种波动。她朝华良略微点了下头，脸上没有任何可以解读的表情。

接着，华良和莫天便坐到了那张桌子的两个空位上。在莫天掏出钢笔和小本儿，朝那几名演员索要签名的时间里，华良让有希子帮他算一下自己的命理。

"你的生日是多少？"这是有希子与华良说的第一句话，语气冰凉，像金鱼吸入又吐出去的水，"公历。"

"十二月二十三。"华良盯着有希子的眼睛，两人眼神相对，仿佛意念正在另一个维度较量，"你的中国话很好。"

有希子盯着华良的眼睛，没有接话。

"出生年岁和时辰呢？"华良问，"不需要？"

"那是你们中国的周易。"有希子不再说话，嘴唇紧闭，定定地盯着华良的脸，又像是盯着空气中别的什么，仿佛她可以看到华良从婴儿走到现在，又从今天走向那个他自己都无法知晓的未来和终点。

"你有着常人无可企及的聪颖和谨慎，同时又极度专注，忍耐力也十分惊人。就像一个最顶尖的猎人，可以在雪山之巅静候一头雪豹。"有希子的声音和她的表情一样，不具有可以借之解读的情绪，唯一的作用就是传达，"但是任何事情都是两面的，所谓物极必反，过慧易折，忍耐同时又意味着固执。你会因此大成，也会因此大败。"

"我已经赢过雪豹几次了。"华良平静地说。

"世界大得很，总会遇到比你更强大的对手，不是吗？"

"这是某种威胁？"华良淡淡地笑着。

"我不是你的敌人。"有希子说，"我只是飞在雪山之上的一双眼睛，看着你们搏斗。我想善意地警告你，此时此刻，你的身后已然有鬼魂跟随。"

"可是一直以来，我只相信我自己的眼睛。"

有希子缓慢地眨了下眼睛，仿佛在说她的传达已经结束，信与不信并不是她须要解决的问题。

"你们俩打什么哑谜！"莫天把本子往桌上一放，很有兴致地让有希子给他算一算。他要算的是姻缘，他说他近日总感觉爱情在靠近。他闭起眼睛聆听，"那轻盈的脚步声正在向我靠近哪！"但是有希子拒绝了他："时机不在了。"

"时机？什么时机！"

莫天紧问不放，有希子站起了身，莫天也站起了身。如果不是黄大前忽然看到他走过来跟他喝酒，并且开酒的时候手掌被意外碎裂的酒瓶划伤的话，他一定要追到窗边，直到把她问得原形毕露。"这是个骗子。"莫天边说边拿出手帕要给黄大前包扎，黄大前摆了摆手，示意不用，或者让他小声点，笑笑："你爹信，我不信。"

这时，站在门口的服务生过来，跟黄大前低声说了几句，黄大前便匆匆走向了门口。华良也站起身，朝门口望去。门口有一个刚到的年轻女人，他注意到了。此刻，那个女人正在签名簿上写字。她身材细瘦，穿了一件露背的紫色晚礼服，高跟鞋是白色的，鞋跟细得像烟卷。黄大前与她握手的时候，华良清楚地看到，他的眼睛在她的胸部多停留了一会儿。

"这才叫女人啊，和她一比，高婕就是个男人，若是把她的脸蒙住，我都分不清她前后。"莫天用肩膀撞撞华良，眼睛依然停留在往里走的女子身上，"我觉得，我听到的脚步声，兴许就是她的高跟鞋发出来的。"

女子没有接黄大前递过去的酒，她随黄大前直接走上了会谈区，在沙发上坐了下来。

她就是苗小青。沙龙开始后，黄大前第一个介绍的就是她。

在随后开始的对谈中，莫天全程对苗小青保持着痴滞的神情,注视着她的一颦一笑。至于另外几位编剧、作家和演员,都被他眼里的雾气所遮盖,至于苗小青具体说了什么,他倒是一概听不见。

沙龙结束的时候,莫天从观众席站起身,问了苗小青一个问题:"你下过地狱吗?"

"什么?"苗小青看向莫天的时候,并没有像莫天所期待的那样,眼睛会因为他而忽然亮起来,她似乎只是把脸转向他,眼睛里甚至都没有焦点。

"我是说,我是说,你对地狱的描述太细致了,就像真的去过一样。"

"只是想象而已。"苗小青的笑充满了礼貌性,而礼貌是真切的距离,莫天感受到了。她说:"我是作家,靠撒谎为生。"

苗小青在众人的哄笑声中提前离场,朝门口走去。乐队在这时开始演奏,嘉宾和观众在黄大前的引领之下走进舞池,那些流淌着酒精的躯体开始在球灯的旋转下扭动。苗小青离开这喧嚣,她的高跟鞋的细跟敲击着反射着灯光的大理石地面,发出清脆的声音。这个声音伴她走进黑夜,穿越一小截路灯的光线,踏上一条空无一人的街道。在那个距离她的住处只有一里地的黑暗冷寂的街道上,四个跟随着她的黑色鬼魂忽然加快了脚步。关于这一点,苗小青并不如华良清楚。

在苗小青走出百乐门舞厅的时候,华良就看到了。那四个黑影都是黄大前的手下,苗小青一出百乐门,坐在沙发上的黄大前就朝等在暗影中的他们使了个眼色。接着，他们就悄无声息地跟了出去。

"我出去一下。"华良冲莫天的耳朵轻声说。

"我也去。"

"你留在这儿盯着她。"

莫天顺着华良的眼神朝右瞟了一眼，有希子和他隔着三个位子，依然面无表情，无法获知那意味着专注认真还是毫无兴趣。

华良弯身走出观众席，走出舞厅，守在门口的两个手下想要跟随，被他拒绝了。"守在这里。如果中间有人要进去，一定要先进行严格的搜查。"走了一步，华良再次停下嘱咐，"把门关上，不要让任何东西飞进去。"

华良加快脚步，直到那四个黑影从黑色的夜幕中剪纸般剥离出来。在踏上一条有路灯的道路时，他的怀疑变成了确定，苗小青就走在四个黑影的前方。但她毫无觉察，依然步态轻松地走着，不时甩动手包，用近似醉酒者的步态愉悦自己。转过路口之后，路灯就没有了，在那里，苗小青忽然听到了皮鞋底蹬踏柏油路面的声音。声音急促又纷乱，嗒嗒嗒嗒，迅速朝她靠近。待她回过头去，四个黑影已经跑到了眼前，其中一个朝她的脖子伸过手来。她不由得缩起肩膀，闭上眼尖叫了一声。再睁眼，那只手臂已经不见了，脚底下躺着一个人。另外一个男子正在和三人搏斗。

那三人从腰间掏出了匕首，像恶狼一样朝那个高大的男子身上扑。男子拔出枪,朝天开了一枪。三人顿了下,但并没有就此退去,随即又继续向男子出击。因为他们很清楚,对方大概不会开枪,苗小青隔得如此之近,倘若开了枪,子弹也很可能穿透某个身体将她误伤。

华良用枪托将其中一人撂蒙在地,但是他顾不上身后,先前被他踹倒的那两个家伙猛冲过来,扣住了他的腰。华良再次把两人击倒在地时,前面那俩家伙对他的攻击也没有停止。没有风声,也没看清,刀刃就插进了他的左臂。华良想让苗小青跑,但是一个拳头击到他下巴上,把他困在了空白之中。

空白的世界里只剩下有希子的影子。她趴在华良的耳边,重复着她说过的话:"你的身后,已然有鬼魂跟随。"

意识回来的时候,一个男子正跨在他身上掐他的脖子,试图将他再次打进空白之地。隔着此人的肩膀,华良看见苗小青跑了过来。她从其身后揪住了那人的头发,接着,她就将高跟鞋跟插进了他的眼睛里。

华良将那人蹬开,把苗小青拽向一边,同时击中了另一个人的腿。两人开始在黑夜里跑,起先是华良拉着苗小青跑,后来是苗小青拉着他跑,相比华良,她显然对这片区域熟悉得多。她拉着华良在一条条巷子间进进出出,脚底板踩踏着路面,啪嗒啪嗒,仿佛很快乐。身后的皮鞋声一直冲撞着空旷的黑夜,引起一片又一片的狗吠。左臂上像被嵌着一副野狗的牙,华良一甩动,疼痛就往更深处钻。伤口以下的袖管已经全被血濡湿了,血从袖口滴在地上,连成一道线,如果现在是白天,身后的追赶不会那样乱无方向。苗小青在一个巷子里停下了脚步,她掏出钥匙把门锁捅开的时候,华良意识到了自己身在何处。风吹上华良的背,汗水变得凉飕飕的。

苗小青把华良拽了进去,猛然关上门,推上门闩。两人筋疲力尽,并肩抵在门板上,用干涸的口腔和暴烈运作的心肺呼吸。渐渐地,皮鞋声听不见了,狗叫声也低下去。"真刺激!"苗小青开始笑,不停地笑,声音越来越大,完全无法遏止。

华良从衬衣上撕了布条,用牙咬住一端,把伤口系紧。他点了根烟,抽两口,撇过脸,对着近在咫尺的苗小青。"这个地方,白天的时候我来过。"

"真刺激!"苗小青像没听见华良的话,继续笑着,"第一次被人追杀,真刺激!下本书我就要写进去!"她夺过华良手里的烟,吸了口,手指带着颤抖,把一口灼热的呼吸吐在华良脸上。

"你笑什么?"华良问。苗小青依旧不答话,看着华良的眼睛,朝他脸颊上吐热气。毫无预兆地,她搂起华良的脖子,开始吻他的嘴。那是充满侵略性的吻,相比吻,更像是释放性和占有性的撕咬。此刻的苗小青就像一只蜘蛛,急切地从捕获的猎物身上吸取所有的血液,直到华良将她推出去。

"别这么严肃,华探长。我们死里逃生,应该庆祝的。你不觉得我比酒更好吗?"

"我说,这个巷子,白天的时候我来过。"华良在黑暗中审视着苗小青的脸,"你倚着的这扇门,被我敲过,沈秀。"

"这个名字值得你如此郑重地说出来吗?被别人起的名字只是个记号,只有自己起的名字才能代表你自己。"苗小青把左手搭在华良肩膀上,"对我来讲,我是苗小青,不是沈秀。华探长,你应该也给自己起一个名字,一个可以让自己看见自己的名字。"

华良抖落苗小青的手:"对我来说,相比看见我自己,了解你更为重要。"

"你太严肃了,严肃了就听不到自己的心跳了,那生命还有何意义?"苗小青轻轻叹了口气,"放松点,我就让你了解我,我还可以和你谈谈恋爱。是个男人就爱我,刚才那个黄老板就对我很感兴趣。"

"他更感兴趣的是让你消失。"华良盯着黑夜中苗小青发亮的眼睛,"我想,作为江梅树曾经的情人,他被你的恐怖小说吓到了。"

苗小青再次大笑起来。等她的笑声和远处的犬吠渐渐低下去以后,她的沉默变得和夜一样彻底。她倚着门板,陷在回忆或某种情绪中。后来,是她先开的口。

"我知道你要问我些什么。你想问,我为什么要把江梅树生前的地址作为我的地址交给报社。原因很简单,第一,那曾经就是我的家。第二,更为重要的是,很多读者都会猜到,《阴阳蝶》是以五年前江梅树的自杀案为原型写的,如果他们去报社问了我的地址，那他们来到江梅树那座废弃的住所时，一定会非常惊讶。这种互动十分有意思，能让虚构的世界和他们的真实生活产生连接，能大大地提升小说的悬疑性和恐怖效果。你还想问，为何我会提前知道金声和金表蔡会死，我是不是和凶手有什么关联，甚至是我是否就是那个凶手。你靠近些，我告诉你。"

华良右手捂着受伤的左臂，没有朝苗小青靠过去，只是定定地看着她。苗小青却对他制造出的这种距离感视而不见，她的嘴贴上了华良的右耳，声音仿佛来自遥远幽暗的地带。

"我确实和凶手存在着联结，梦境就是我们中间的媒介。在金表蔡和金声死之前，江梅树就托梦告诉了我。"

"和你那些忠实的读者相比，我的脑袋缺乏领会玄界奥妙的能力。"华良面色不改地看着苗小青。

"那我说几句你听得懂的。不要再继续调查了，省下时间和精力和我恋爱吧。再怎么绞尽脑汁都是徒劳，因为凶手是江梅树的鬼魂。华探长，鬼魂是一阵风，你永远不能提着一口袋风交差。"

苗小青笑着张开嘴唇，在她咬住华良的耳垂前，华良将她推了出去："你确实是个骗子。"这引发了苗小青又一轮的大笑。

"在沙龙的观众席里，有一个红衣巫女，你应该注意到了吧。她叫有希子。她能看见我看不到的东西。你也能。所以我想，你们兴许会聊得来。"华良抱起手臂，"对了，你的小说里也提到了一个做法事的巫女,看上去巧得很。"

"那倒像是个有趣的姑娘。"苗小青眼睛一亮,显得很感兴趣,"如果有机会再见面,我倒愿意和她聊一聊。"

接下来,华良更换的话题是江梅树的住所。那里非常整洁,一定有人以三天到五天的间隔去定期打扫。"那个打扫的人,是你吧?"

苗小青摇了摇头,她的笑容像花瓣,一瓣瓣抖落下去。没有了表情,她的容貌仿佛也发生了变化。"没有她,就不会有此刻的我。"苗小青沿着门板往下滑,坐到了地上,"葬礼那天,一大群蝴蝶在她的墓地上方徘徊不去。你没见过那场面,自然不会相信。那既是蝴蝶,也是她远去的思绪。你知道死亡是什么吗?就是无论走到哪里,翻遍天地,都找不见那个人了。"

"关于江梅树在东圃戏院时期的事情,你知道些什么?"华良问。

苗小青从口袋里摸出了一张照片。"拿去吧。"她说,"我只知道这个。"

在打火机跳跃的火焰里,华良审视照片里的人。那是江梅树和一个十二三岁的男孩的合影,两人身边是一台摄影机,应该是在片场拍的。江梅树烫着头发,戴着一顶有纱檐的帽子,口红涂得很重。她的左手搭在男孩肩膀上,两人都笑得很开心。男孩也戴着一顶帽子,是一顶前进帽,不过相对于他的脑袋,那顶打着补丁的帽子大了很多,遮住了他的整张额头。

"这个男孩叫小弟,几乎天天去片场找她。我也见过他。"苗小青倚着门板抽烟,看着天上近乎圆形的月亮,"后来梅姐告诉我,他是东圃戏院的。梅姐死后,我就再也没见过他。"

华良在心里盘算,这个小弟现在十八九岁,是个大人了,杀人的能力已完全具备。他回想今晚出现在百乐门舞厅里的人,符合这个年纪的男子应该有五个。

"如果没有鬼魂,那部小说你打算怎么写?"华良问。他将照片收进西服里袋,与另外一张照片放在一起。两张照片,江梅树都在笑,仿佛她每时每刻都在笑一样。

"我是灵异作家,不会写现实主义作品。"苗小青抬起脸看着他,笑了笑,"这个你在行,恐怕你的脑子一直在写。在你的小说里,任何喜欢江梅树的人都有可能是杀害金表蔡和金声的凶手。金表蔡和金声毁了她,是间接的行凶者。至于谁在为她报仇,沈秀、杨兆凤、照片里的小弟,或者她的某个影迷,都是你要考虑的。而作为提前知道结果的作家苗小青,和这个凶手有着密切的关联,对吧?"

"我看,你接下来的小说还是在巡捕房的拘留处写吧。"华良扔掉烟头,用鞋跟踩灭,"那里安静,我会送你足够的墨水和蜡烛。作为作家苗小青,你所写的小说和连环杀人案有着密切的关联,而作为沈秀,你又有杀害金表蔡和金声的动机,所以,你要跟我走。"

"你可以带走我,"苗小青没有任何慌张,她此时的笑容带着些许挑衅的意味,"但是最好在你听完我昨晚做的梦之后,再做决定。"

一股冰凉爬上了华良的背,然后像蛇一样盘踞不动。在世界的某一个位置,仿佛有什么正在失落而去,就像岩石无声地陷进深渊。

11

今夜,我再次穿过两界之间那层水,带走第三个恶人。

频繁地穿行让我的能量消耗诸多。今夜之后,我将在阴界休整。当然,我还会再来,恶人没有除尽,故事就不会结束。

我化作一阵风,携带着沙尘,涌入蕴荡着欢声笑语的混浊酒气之中。我来到的地方叫怆蓝舞厅,我喜欢这个舞厅的名字,同时蕴含着激情和哀伤。我以空气的形体在空气中穿行,像蛇一样游过那些晃动的身体。有一半是女人,她们都很年轻,衣服发亮,身体也发亮。她们的胸脯雪白如停歇在鸿德堂教堂前的鸽子。我曾经和她们一样,拥有这些美丽,也拥有她们的愚蠢和软弱。那些不断扭着屁股喝酒的男人们就是她们出现在这里的原因。或者,她们相信了他们的承诺,或者,她们惧怕这些,总之不外乎这两点。但是我没有时间也没有兴趣给她们讲述人生,时候到了,她们自然会懂。

我迅速穿过舞池,朝着我的目标游去,我已经看见了他。他正仰着头,喝一个年轻女演员喂给他的酒。我也喂过他很多次酒,第一次是只能如此,因为被他坐在屁股底下的合同还需要他来签字。第二天,他就让人开车把我送到了片场。后来就习以为常了。我觉得他有句话说得很对,任何事情都要付出代价。现在,我想把这句话说给他听,但是他的耳膜无法接收我没有声音的语言。我只是让悬在他头顶上方的那盏灯泡唑唑地闪烁,试图让他知道,我来了。如果他开始逃跑,兴许我会在今晚放过他,因为我并不急于一时。但是他对此毫无意识,他和猪一样,只能感知到欲望。

他知道我来到他身边的时候,就是他要走的时候。这时,我已经幻化成蝴蝶旋涡,裹住了他。在一瞬间,我就将他丑陋的灵魂带走,只剩下那副更加丑陋的皮囊独自抽搐。

....

华良把报纸放回桌子,眼睛仍在文字间停留。他的桌上,还放着一摞五年前的旧报纸和杂志。无数虚拟的蝴蝶包裹着他,将他带回昨夜的百乐门舞厅。

那群蝴蝶是华良跑回舞厅前的三分钟里忽然涌进舞厅的。他的两名手下一直守着门,没让一只苍蝇飞进去,他们却没有发现，一扇窗户不知何时被悄无声息地打开了。

华良冲进去时，舞厅里已是一片慌乱。舞池里站满了人，除去莫天和另外两名手下，全都是围观者，没有人敢上前。莫天攥着他的皮大衣，卖力驱赶把黄大前包裹得严丝合缝的蝴蝶，灯光里浮满了从蝴蝶翅膀上脱落下来的灰尘一样的粉末。没错，依然是左右翅膀花纹并不对称的阴阳蝶。

黄大前正躺在舞池中央抽搐，他的周边，是被击打下来的蝴蝶。它们仍拍打着残翅，向黄大前身上扑，像不知退却地踩着战友的尸体朝阵地一次次发动攻击的士兵。

在华良和莫天把黄大前抬起来之前，黄大前就已经断了气。他的头向下歪着，脸像被猪肝雕出来的一样。华良对着人群喊了一声："你跟我走。"有希子便迈步走了出来。同时被他从人群中叫出来的带回巡捕房的，还有那五个十七八岁的男生。

望着被汽车灯光照亮的崎岖不平的路面，华良充满了自责，苗小青的笑声一直在颠簸中追随着他，就像空中的月亮一样甩不掉。她说，昨夜，江梅树又托梦给我了。

"关于黄大前？"华良立即问。

"你比我想象的更聪明。"即使在黑夜里，苗小青也可以十分清楚地看到华良忽然变大的瞳孔，所以这个灵异小说作家很满意。"梅姐是被去东圃戏院看戏的杨先生看中的，但是黄大前才是那个最终的决定者。"苗小青继续说，"现在，我给你讲讲他和梅姐的故事。梅姐长得那么好看，黄大前当然第一时间就签了她,这是他为了霸占她走的第一步。"

在不多的积蓄很快花完之后,江梅树回了两次东圃戏院,向金表蔡借钱,准确地说,是向他索要这些年金表蔡拖欠她的薪资。这个时候的江梅树非常愿意重新回到戏院,继续做那个无名的小演员。如若能那样,她会把之前在身体里像闪电一样强烈冲撞的短暂惊喜忘掉,日复一日在那个戏厅里演那些已经演过无数遍的在她看来愚蠢至极的戏而不再带有厌恶。大多数人的生活不都是平淡的嘛,她肯定也能从平淡中找到乐趣。

她相信自己会拥有平凡的心态,但是她签下的那份长达五年的合约已经将她身后的门关死。世界已经变得不同了,不再有她的位置,唯一的位置就是半张双人床。那个床放在黄大前为她买下的一栋十分别致的洋房里,另外半张属于黄大前。只须要随便走进路边的某个咖啡厅,打一个电话,黄大前就会换上睡衣躺到那张床上等她,她的困境也会烟消云散,路边有的是咖啡厅。第二次跟金表蔡借钱未果后,她在回去的路上从衣兜里掏出了那把钥匙。

黄大前没有食言,江梅树开始拍摄电影。黄大前对她不错,起码比金表蔡和金声对她好得多。她慢慢陷进情欲的泥沼中去。一方面,她很清楚黄大前是有老婆的人,他会给她一个房子,两个也行,只要她开口,但是她永远不会得到一个家。他不是演员,但是比她更懂得戏假情真,出了那个洋房,他便只是她的老板。她很想结束这件事情。

但是另一方面,她又真真切切地需要他的温暖,从没有人给过她这样的温暖。所以她一直拖着,期待有谁能将她带走,直到拖到事情曝光,然后陷进痛苦中,一点点丧失活力。

"事情是怎样曝光的?"华良问。

"这属于小说的下一个章节。"苗小青说,"你现在须要考虑的是,你是带我回巡捕房徒劳地问话,还是赶紧回百乐门舞厅。你是个聪明人,既然已经想到了黄大前会是梅姐怨灵的下一个复仇目标,所以除了那个穿皮衣的废物之外,舞厅里肯定还有你另外的手下,以保证黄大前的安全。但是我想说的是,即使你安排一百个手下在那里,也没有用。没有人能把透明的鬼魂拦在门外,包括你,亲爱的。"苗小青又凑到了华良耳边,"所以,你应该选择留下来。"

苗小青的笑声从他拉开门开始向外跑时开始,直到现在还在华良耳边。莫天已经按照他的吩咐去了她的住所。已经连续死了三个人,苗小青绝不可能仅仅是个身处世外的灵异作家。而坐在他身边这个叫有希子的日本巫女,面无表情,一言不发,呈现出不应该有的沉着。

黄大前同样死于阴阳蝶的剧毒所引起的心脏麻痹,尽管没有太大的必要,但法医还是做了鉴定。在等结果的时间里,华良在审讯室审问有希子。那五个十七八岁的少年已经被释放了,他们都是高中生,都是黄大前朋友的孩子,从没有在东圃戏院学戏的经历,没有一个是小弟。

"你应该像那五个孩子一样,问我些什么。"华良盯着有希子的眼睛,"比如,我为何要把你带回来。"

"不用问。我昨天去过死者金声所在的东圃戏院,刚才黄先生死的时候我又在现场,所以你觉得我跟这个案件有关联。"在华良提问之前,她像道姑一样闭眼端坐。话说完后,她又恢复了那样的姿态。"可是,我昨天去东圃戏院,是因为金班主请了我。我今晚出现在百乐门,也是因为受到邀请。而且,我之所以受邀,其实是因为你想见我,而不是你的跟班要找我做法事,不是吗?"

"你能看到我身上有鬼魂跟随,却没看到鬼魂同样跟随了黄大前?"

"我看到了。沙龙一开始,鬼魂就出现在了他身后。鬼魂是跟那个年轻的女作家一起来的。"

"什么样的鬼?"

"鬼没有样子,我看到的只是空气的扭曲。"

"那你为什么不阻止?"

"因为太迟了。"有希子说,"就像你在路边看两辆汽车,你明知道它们会撞,却只能继续看着,等待结果发生。"

"你认不认识一个叫沈秀的人?"华良忽然改变了话题。

"不认识。"有希子的眼睛依旧闭着,直到她听到华良背后的门被打开。

开门的是莫天,他没有进来,朝华良挥了下手。华良从他满脸的焦躁看得出来,出事了。

12

"苗小青不见了。"华良一出来，莫天就把门关上，"门关着，我用我自己发明的飞天索爬墙进去的，人也不在屋里。"

华良瞅了眼莫天手里那捆一头带着铁爪的麻绳，没说话，向外走去。

"你去哪儿？"

"回去睡觉。"华良没有回头，"你不是想算命吗，算完就放她走。"

华良回了住处，但是一夜未眠，一遍遍回想这几天他遇到的死人和活人，以及他们之间的关联，仿佛不是他在想，而是这些信息主动浮现，信息很短，所以很快就走到尽头，然后重新再来，无法停止。

先死的金表蔡，接下来是金声，今晚，黄大前又死去。他们全都中了阴阳蝶身上的毒，都死于心脏麻痹。这三个人都与五年前死去的刚刚在电影圈崭露头角的电影明星江梅树有关联。更准确地说，他们都间接促成了她最终的自杀。这印证了他之前的猜测，凶手是在为江梅树报仇，而非以江梅树与金表蔡、金声之间的恩怨作为伪装。杨兆凤是凶手的嫌疑应该可以排除，事发的时候，他正在外拍戏。

现在，凶手和鬼魂一样，正处在他眼睛所看不见的地带，周身围拢着他的凶器——一群花纹罕见的蝴蝶。

有一点华良无法明白。那群蝴蝶涌入百乐门舞厅的时候，直冲黄大前而去，就像真的被鬼魂带领一样。之前金声的死也是如此。但是现场死的人只有金声和黄大前。这究竟是为什么？

夜是一道奔腾的河，一直裹挟着华良，去往世界尽头。眼皮遮挡下的视野比夜更黑，一无所有，同时又蕴含一切，让华良感到焦躁不安。渐渐地，它的颜色开始变浅，直至成为温热的血红色。太阳正穿过窗户，照着他的脸。

去巡捕房的路上，华良停下汽车，从街边的报童那儿买了一份《申报》。"永强电影公司老板黄大前昨夜离奇死亡！《阴阳蝶》诡异同步更新！"报童把报纸从车窗递给他，又重复着他的广告词跑远了。

走进办公室以后，华良在自己的办公桌边，站着读完了《阴阳蝶》的第三章。虚拟的蝴蝶群落一直围着他旋转，他想，苗小青现在一定在什么地方无休止地笑着。

半个钟头以后，莫天和其他下属陆陆续续来到了办公室。华良看了看表，八点一刻，他拿起了电话听筒。

电话拨了三遍才通。接电话的是他之前在《申报》报社见的那个小说连载版面的编辑，华良向他询问今天发的稿件是什么时候收到的，编辑说是昨天晚上七点钟邮递员送过来的。在刻版工人加点工作的同时，他按照华良之前的吩咐给他打过两通电话，先打到办公室，又打到家里，但是都没有人接。华良叹了口气,那个时间,他正和莫天在去往百乐门舞厅的路上。

"作者有没有发新的稿件过来?"华良继续问。

"您的电话是我今早上收到的第七通电话,您也是第七个人问我这个问题。另外六个人都是读者,他们希望明天能阅读到小说的新内容。黄老板的事我们报纸也在第一时间进行了报道,两版内容结合着阅读,确实让人感到匪夷所思。如果这两件事之间确实存在着联系,新的稿件又能帮助您破案的话,我们很愿意提供,但是,我们现在还没有收到作者的稿件,而且,上次也已经说过了,我们没有作者的联系方式。"

"干脆让报社取消连载《阴阳蝶》,这邪门的案件兴许会终止。"莫天在一旁搭话。

"没有用。"华良撂下电话,"即使《申报》配合不再连载让报纸销量大增的《阴阳蝶》,也依然会有其他报纸十分愿意继续刊登,换一个新平台对这部拥有众多读者的小说来说并不算困难。而且,纵然小说被中断连载,如果杀人计划尚未结束,也必定会有人死去。走吧,跟我出去。"

两人去了东圃戏院找老丁。华良掏出昨晚苗小青给他的照片让老丁看,问他认不认识照片里江梅树手臂搭着的那个孩子。老丁拿着照片凑近了看,又拿远一些,向后伸着脖子看,摇了摇头。

"他以前经常去电影剧组看江梅树拍戏。"华良补充道。

"我想起来是谁了。"老丁一拍脑门,"是小弟嘛。"

"他现在人在哪儿?"莫天问。

"早就跑了,没影儿好几年了。"老丁把照片还给华良,"一天天的,像个野狗一样。"

"这个孩子也是演员?"华良给老丁递了根烟,老丁弓着身子把嘴凑到华良擦燃的打火机上,嘬了一口。

"嗯,那孩子没啥演戏天分,又不用心,每天练功都偷懒。"老丁用手很不屑地挥了几下自己吐出来的烟雾,"也就打打杂挣几个铜板。"

"他和江梅树关系很好?"华良问。

"江梅树对他倒是很不错,给他买书,买衣服。那孩子每天就跟她屁股后边跑,只听她的话。"

"他为什么离开了戏院?"

"他就不是演戏那块料。江梅树拍电影之后,就没人管得住他了,跟条疯狗一样天天往外跑。"老丁嘴半张着,怔了会儿,白色的烟雾在他嘴里逗留,像一团微型的云。"如果我没记错的话,江梅树死后不久,那孩子有次出去,就再也没回来。"

"他以前也是住在戏院里?"

"对。"老丁利落地点了点头,这让华良有些沮丧。

"但他也有别的住处,他的父母好像在大闸路那边的大杂院里住。"老丁说,"但是我记不清了,那段时间戏班里像他那么大的孩子不少。不过就算我没记错,恐怕也不好找,你知道住在里面的都是些什么人。"

华良很清楚老丁所说的那个大杂院是个什么状况。那个犹如两个长方形呈 L 形摆在一起的四层楼房更像是一个外来人口中转站,每天都有讨生活的人住进来,也有人再也生活不下去离开去往其他的地方。这些人不是苦力就是小商贩,没有户口,自然也查不到他们。他和莫天推开那扇用生锈的铁管焊成的大门进去时,两个光膀子的枯瘦汉子正用木车推着几麻袋小米往外走,他们将把车推到五里之外的路边,打开麻袋,就地坐下来抽卷烟,等待人来问价。

在院子淤浊的臭味里,一对中年夫妻在编草席,两个老人在给鞋子、衣服打补丁,七八个人分成两拨,用腔调不一的口音在吵架,一个光屁股男童蹲在茅房外面边方便边看他们吵。

华良找到了包租婆的时候包租婆正坐在一口大缸旁,用鞋刷洗一大盆发蔫的萝卜。大缸臭烘烘的,莫天咧着嘴往里瞅了一眼,看见了那缸黑乎乎的酱油中涌动着的白蛆。华良问她这里是不是有个叫小弟的人,包租婆抬起脸看了看华良的制服,露出很大的眼白。她继续刷了会儿萝卜,然后起身,将一盆萝卜哗啦哗啦倒进大缸。

"他死了吗?"包租婆往房中走,头也不回地问。

"他不在?"华良跟在后面,随着她走上房子狭窄的过道,又踏上黑乎乎的楼道。

"不在,册那。"包租婆语气里带着烦躁,"还有三天交房租,不知道死哪儿去了。"

"人什么时候不见的?"

包租婆掏出钥匙打开门,一脚踢开,回头看了华良一眼,意思是,自己看。

屋子里已经落了一层灰。

里面只有一张床,一对桌椅,一个衣架和一个书架,倒是收拾得很整齐。床是门板加砖头组成的,灰色的被子叠好,放在白色的床单上。桌椅上铺着一层灰和十来片皱巴巴的花瓣。桌子上放着个花瓶,里面那枝花秃了头。衣架也像落光了叶子的北方冬天的树,上面连一根腰带也没有挂。华良拿起书架上蒙了灰的书,一本本翻,没有发现任何有用的东西,甚至连笔记都没有,尽管每本书都因细致的阅读而变得比之前更厚。这让华良产生了一种恍惚的感觉,几天前还住在这里的小弟,像是一个没有脚印的鬼魂。

"你最后一次见他是什么时候?"华良问包租婆。

"记不清,大概二十天以前。他不在的时候多过在的时候。"

"带着行李?"

"什么都没带。"

"他的父母呢?"华良继续问。

"三年前在外面摆摊给人擦鞋的时候,被几个地痞捅死了。"包租婆用双手拍着胸、肚子和大腿,"全身都是血,像掉进了腌菜缸。"

华良没有再问,他从口袋里掏出记事簿和钢笔,留下了自己办公室和住所的电话,说:"如果他回来了,第一时间给我打电话。"

走出大杂院之后,莫天跨在摩托车上问华良接下来去哪儿。华良掏出江梅树和小弟的合照看了会儿,说去杨兆凤那儿问问。那时候,小弟经常去片场找江梅树,作为导演的杨兆凤必然也会认识,如果幸运,他还会知道一些小弟的事情。

华良不知道的是,就在他说话的同时,杨兆凤住所的门被敲开了。而那个敲门的人,他无论如何都想不到。

13

佟月端着茶盘的手在哆嗦,茶盘一放到桌面上,她就迅速退回沙发,身体倚向杨兆凤。这个姿势让她一时无法分辨,是自己在抖,还是自己的未婚夫在抖。

有希子坐得更像个主人,她拿起茶杯,让热气进入自己的鼻息,慢慢品了一口。"比起日本茶来,中国茶的味道更加浓郁。二位觉得呢?"

杨兆凤和佟月朝有希子连连点头。他们都喝过日本的绿茶,但是此时,不管是日本茶的味道,还是眼前那壶刚泡好的龙井的味道,都没有在脑海中显现。他们的点头仅仅是机械性的,仿佛这种应和可以让有希子高兴和满意。他们希望知道有希子心中此时的想法,但是有希子不再说话,直到把那杯茶慢慢喝净。"所以,现在两位对我的话应该完全信任了吧?"

杨兆凤和佟月再次点头,像两个顺从的孩子。现在,这个昨天下午突然闯进片场,装扮宛如演员的巫女成了不容他们任何怀疑的存在。在两人眼中,有希子的身后有一团透明的旋涡。这团旋涡是未来之门,他们看不见,有希子却可以自由地从中穿行,并对那边的内容了然于心。

有希子能清晰地看到,在昨夜的百乐门舞厅,杨兆凤和佟月将和黄大前一起,死于阴阳蝶的侵袭。她带着这个画面来到片场,并将它叙述给杨兆凤和佟月,但是杨兆凤和佟月认为她只不过是个骗子。被否定之后,有希子并没有继续游说,也丝毫没有提钱,这一点倒是让杨兆凤有些意外。然后,有希子说了最后几句话。

就是这几句话让两人忐忑不安,并驱使杨兆凤离开片场,打了那通电话。

电话是下午五点钟打给黄大前的,杨兆凤说,今晚,将加一场夜戏,很遗憾,他和佟月都无法参加那场沙龙。

"今晚你是主角,这可是宣传《上海之月》的好机会。"纵然黄大前的语气中带着不容否定的意味,但杨兆凤依然坚持着:"档期要求电影在这个月底杀青。电影中需要一个满月的场景,今晚是满月,天气也晴朗,明后天就不一定了。如果今晚不拍,兴许就失去了这个机会,这是个很大的遗憾。"

杨兆凤用真切的语气说着已经排练过多次的台词,脑海中一再浮现的是有希子阴冷的眼神和像红金鱼一样游出片场的背影。她的眼神里装满了死亡，她像辅佐死神的差使，向他和佟月下达了死亡的通知书后，就再也没回过头。她说，中元将至，百鬼夜行，有一个您的旧人将会前来复仇。至于我说的是谁，我想你比我更清楚。杀死金表蔡和金声以后，她的事情还没有做完。她会在今夜一次杀掉黄大前、你，还有你身边那个小狐狸。

昨夜十点钟，公司的工作人员将黄大前在百乐门舞厅被一群猝然出现的蝴蝶杀死的消息带到了片场。空气顿时变得冰冷了起来，和之前不再相同。回来后，杨兆凤和佟月紧搂着对方冰冷的身体，睁着眼睛等黑夜过去。树影在铺了月光的卧室的墙壁上挥舞，张牙舞爪，恐怖阴森，仿佛藏着鬼魂的身影。灯开了又关上，因为开着灯的时候窗外一片黑暗，什么都看不见，又仿佛什么都潜藏其中。

杨兆凤和佟月相互搂抱，相互埋怨。两人都既把对方当成是困境中的唯一依靠，又认作当下所处困境的制造者。所以杨兆凤抽出手，甩了佟月一耳光，说："我真想杀了你，换回阿梅的命！"

"你一直想这么做吧！你还爱她？你都把她爱死了！我也快承受不住了！赶紧杀了我！"佟月的话从颤抖的喉咙里蹿出来，扭曲得很厉害，让杨兆凤感到陌生。当下任何陌生的东西都会让他感到害怕，所以他定定地审视着佟月的脸。确定她确实是以往的佟月以后，他开始掐她的脖子，直到筋疲力尽才松手。

两人摊在床上大喘气,力气和理智回归以后,再次拥抱在一起,想着今夜过后,就重新开始,再也不要争吵。在这个泥沼之中,除去彼此,他们再没有可以拥抱的东西。杨兆凤想起从前,无数个夜晚,他和江梅树也如此抱在一起,说了无数次的重新开始。不同的是,他感觉不到被江梅树所拥有,他拥抱着的只是一副空壳。想到这里,江梅树抽搐不止的身影就在他脑海里升了起来。江梅树躺在惨白的月光里,杨兆凤确定,那一刻,他是痛苦的,他也是爱她的。如果此时江梅树的鬼魂真的飘动在窗外,他希望她能知道这一点。

"她,她现在走了吗?"杨兆凤恐惧地看了眼窗外,外面阳光大好,佟月的手紧紧地抓着杨兆凤的胳膊。

"还没有。尽管我昨晚封印住了她,但她还在。"有希子的回答冰冷又利落,"你们那个愚蠢自大的老板不听劝告,所以他死了。你们的意思呢?"

"听,听。"两人被死亡的气息紧紧包裹着,像坠入水潭中的两只羔羊。

"好,"有希子说,"至于今天,你们就按照原计划进行,该工作就出去工作。在合适的时候,我会告诉你们怎么做。"

有希子站起身,从她微微翘了一下的嘴角来看,她应该是满意的。在门口,她转过身,对两人说:"今天还会有别人来拜访贵府。"

"谁?"杨兆凤恐惧地问。

有希子没有回答，带着一团迷雾转身离开。

在华良和莫天敲门前的半个钟头里，杨兆凤和佟月坐在沙发上等待。等待电话赶紧响起，也等待着来拜访的"别人"。关于这个"别人"，两人完全摸不着头脑，于是在恐惧中升起烦乱。杨兆凤抖得越来越厉害，然后猛地从佟月怀里抽出右臂，咬着牙抽了她一巴掌。那巴掌抽在佟月的头上，包着皮的骨头相互碰撞，发出钝重的声音。

看到佟月满脸诧异完全不知为何挨打的表情，杨兆凤就又抽了她脸一巴掌。佟月捂着脸低下头，不再说话。"都是你干的好事！"杨兆凤压着嗓子吼，"你也有份儿！"佟月带着哭腔回应："你说什么！"两人再次陷入了昨夜的泥沼。见杨兆凤扬起手还要打，佟月缩紧肩膀，不吭声了。哐啷一声，她看到茶碗在地上迸裂成碎片。

她哭了会儿。像以往一样，她的哭泣没有声音，只有眼泪往下淌。她曾多次下过决心离开身边这个男人，但决心也只是心中积压的情绪的释放，她的离去只发生在想象中。一来，不管她跑到哪儿，他都会把她追回来。二来，离开他等于放弃了演员这个身份。他是电影界风头正劲的导演，前途不可估量，而她天赋一般，只有在他的调教之下，她才多少有个演员的样子，才有戏可演。四年前为了追求杨兆凤，她花了很大的工夫。杨兆凤绝不是坏人，她深知这一点。除了富有才华以外，他比一般的男子更加温柔、善良和浪漫，在这些优点显现的时候，她确定自己深爱着他。只是他心里住着一头野兽，它的来去不受他的控制,他自己也是这头野兽的受害者,也活在它的煎熬之下。

现在,杨兆凤又变回了他自己,在重新把佟月搂进怀里之前,他先咒骂着不停抽打自己的头,直到被佟月拽住。杨兆凤的指肚轻抚着佟月正在火烧火燎肿胀起来的位置,这个举动让佟月感到自己无比地温顺,所以她将头埋进杨兆凤的胸膛,把自己的全部都交给他。她听到杨兆凤在耳边轻轻地说,一切都会好的。他的声音里带着哭腔,眼泪则淌进了她的脖子。

佟月扫完地上那些碎瓷片不久,房门被敲响了。那一刻,仿佛有一股电流击中了两人的身体。

杨兆凤向到来的华良和莫天简短地介绍了自己的未婚妻佟月,并将佟月利索地打发到厨房沏茶。但是这仍然避免不了华良发现他在佟月身上留下的愤怒的痕迹。佟月脸上有哭痕和手掌印,脖子上还有几道瘀青,新扑上的粉并没有将其很好地掩盖。坐下之后,华良还瞄到了遗漏在茶几腿边的一块茶杯的残片,白色的,像颗牙齿。在他来之前,杨兆凤和他的未婚妻之间,应该发生过一次争吵。这很可能不是他们的第一次争吵,因为茶几腿上还有磕碰过的痕迹,痕迹上染着黑红色的东西,那是干掉的血。

"之前,没听你提起佟月小姐。"华良多看了一眼给他和莫天倒茶的佟月,想起了他办公桌上那一摞报刊杂志。莫天手扶着杯子,连连道谢,说他看过了她好多电影,说她本人比电影更好看。"谢谢。你们聊。"佟月妩媚地笑笑,退回卧室。由于刚才那场哭泣,她的笑有些发紧。

"这是我个人的私事,不想公开讲,而且那天说的也是阿梅的事情,两件事并没有关联。"杨兆凤脸上带着疲惫的神色,"华探长找到我的住处来,一定有重要的事情吧。"

"你应该已经知道,黄先生死了。现在已经基本确定,这是一桩有预谋的连环杀人案。"华良看着杨兆凤的眼睛,试图从里面找到些蛛丝马迹,"有人在为江梅树报仇。江梅树没几个朋友,而与她关系最密切的人,似乎只有你。"

华良看到杨兆凤眼睛里纷杂的光波如云般涌过,然后他苦笑了一下。"我没有那个魄力。骨子里,我是个懦弱的人,我并不具有毅然决然的行动力。从这个角度讲,我其实有点儿羡慕那个凶手,如果那个凶手真的存在的话。"

"如果那个凶手真的存在的话。"华良缓慢地重复着杨兆凤的话,"所以,现在,你也相信了是江梅树的鬼魂杀了他们?"

杨兆凤没接话,他咧咧嘴,在脸上破出一道口子,然后转过头看了眼窗外。

华良收回目光,从口袋里掏出了那张江梅树和阿弟的合影,递给杨兆凤,问他认不认识里面那个戴帽子的男孩子。杨兆凤看了不短时间的照片,眉间的皮肤逐渐皱起纹路,然后他摇了摇头,说:"没见过。"

"你确定?"华良问。

"确定。"杨兆凤说,"从阿梅的装扮可以看得出来,这是《浅秋》的片场,这个孩子戴的帽子也属于电影中一个马车夫的,但是我对这个孩子毫无印象。那是阿梅拍的最后一部电影,也是我独立执导的第一部电影。那时的阿梅还很开心,没有搅进流言的旋涡。"

"可是有人告诉我,这个男童几乎每天都会去片场看江梅树演戏。"

于是杨兆凤又看向男童,想了会儿,再次摇了摇头:"如果真有这么一个孩子,我不会没有印象。"

华良接过杨兆凤递回来的相片,放进口袋。关于这个东圃戏院的男孩有没有频繁去剧组找江梅树,苗小青和杨兆凤的说法截然不同。所以华良有些困惑,这两个人里,究竟谁在撒谎,撒谎者的意图又是什么?

临出门的时候,华良问起杨兆凤下午和晚上的安排,杨兆凤告诉他,下午他会去跑狗场拍一场戏。"我会去找你。"华良说。"如果你缺演员,我随时可以顶,最好是有台词,我不要片酬的。"莫天朝杨兆凤嘿嘿笑,杨兆凤也对他咧了咧嘴,像哭。

太阳被云彩挡住了,阴沉沉的,刚醒来的人会一时分不清这是上午还是下午。向汽车走去的时候,华良感到一阵急促的脚步声正在从看不见的什么地方朝自己靠近。那是凶手的脚步声,正在他的胸膛上像鼓点一样敲击。

在华良的推测中,下午,那个鬼影般的凶手有可能会在片场出现。如果凶手还有目标,那么他现在大概不会闲在某处喝茶,因为今天是鬼节,也是江梅树的忌日,凶手的连环谋杀很可能会在这一天终结,以祭奠江梅树的亡灵。而他之所以去片场,是因为那里有他的目标。杨兆凤就是凶手的下一个目标。现在，杨兆凤的身份来了个一百八十度的掉转，从案件嫌疑人成为可能的受害者。

佟月身上的伤痕、地上的碎瓷片，以及茶几腿上干掉的血迹表明杨兆凤很可能是一个有暴力倾向的人。如果他此前在与江梅树的交往过程中，也对江梅树实施过暴力，并在一定程度上导致了她的自杀，而且这一点又让凶手所知晓的话，那么杨兆凤也将会死去。如果这个猜测为真实的可能性是百分之四十的话，那么凶手去片场作案的可能性就是百分之七十，那另外的百分之三十，属于佟月。

刚才，见到佟月那张脸时，华良感到有些意外，但是他不能确定，直到杨兆凤说出她的名字。

在那些关于江梅树的流言蜚语随着报纸涌入上海的街道弄堂，像炸弹一样在各处炸响之前，喜爱江梅树的观众们正在等待她的两部电影。那两部电影分别叫《水中花》和《风云变》，都已经在报纸杂志上做了宣传。而且事情发生的时候，《水中花》已经拍摄了五天，《风云变》的拍摄准备工作也已完毕，《水中花》一结束，正式拍摄就会启动。

绯闻一起就掀起了大浪，《水中花》立即中断了拍摄，《风云变》也向永强电影公司交了违约金，终结了与江梅树的雇佣合同。佟月这个名字和她那张狐狸一样的脸在这个时候出现在了报刊上，或者是一篇介绍，紧挨着某篇江梅树与黄大前的偷情报道，或者直接掺糅在报道之中。总之，佟月成了《水中花》和《风云变》的女主角，她熠熠生辉的星途在江梅树陷入旋涡的时候开启，并一直维持至今，她无疑是江梅树绯闻事件的最大获益者。所以华良产生了一个疑问，江梅树和黄大前的事情被曝光，会不会和佟月有关系，佟月有足够的动机把江梅树搞臭。

莫天发动了摩托车，拖着一长溜灰尘和黑色的尾气离开了华良的视野。按照华良的安排，他去找最先报道江梅树和黄大前丑闻的文章，从文章的出处兴许可以获知这个消息的源头。这个源头如果真的是佟月，那么这个名字就必然会在凶手的记事簿上。凶手用钢笔依次画掉了"金表蔡""金声""黄大前"这三个名字，接下来，有可能是"杨兆凤"，也有可能是"佟月"。

事情变得越来越复杂了。华良看着道路上那一大团灰尘，眯了下眼睛。

拉开车门的时候，华良的后背上倏然蹿起一股冰凉的感觉。奉命跟踪杨兆凤的张勇和赵小七此刻应该就在杨兆凤的楼下，但是他并没有看见他们。华良关上车门，五分钟以后，他在几棵高大茂密剪成球形的冬青树后面找到了他们的尸体。两人的后颈上，都插着一根闪亮的针。

14

华良回到巡捕房的时候，高婕正坐在他的椅子上。行李箱搁在办公桌旁,布满了尘土,看来她没有回住处,直接来了这里。其实高婕已经坐在这儿一个钟头了,华良的部下们没怠慢她,茶水点心都在桌子上摆着。

"华探长,听说你最近过得很愉快,"高婕斜着脸向走过来的华良瞟去,"在一部小说里进进出出。"

"直接点儿,"华良用下巴指了指原本摞在一起,现在铺在高婕手臂下的档案,"这部小说里没有的东西,你看到了什么?"

"江梅树很可能并非自杀。"高婕把茶杯和点心移开。在过去的一个钟头里,她翻完了所有档案。她先掀起的,是江梅树的验尸报告。她指了指江梅树尸体的腰部,那里有一道很长的瘀痕。华良曾猜测,那是江梅树在跳楼的时候撞上窗台的外沿所致,但是在高婕看来,并非如此。因为如果江梅树在坠落中撞上窗台,伤应该会更重,而且会留下纵向的划痕。所以更有可能的情况是,江梅树在死前,曾被某个人重重地抵在窗边。兴许,她是被此人推下了窗户。

"如果要以跳楼的方式结束自己的生命,江梅树大概不会选择从二楼跳下去。"华良补充道。

"江梅树死前应该遭到了袭击。"高婕指着江梅树背部、腿部、胳膊上的几处瘀青,"这几处伤痕,同样不像是摔的。"

"她很可能是被杨兆凤推下去的。"

"江梅树的男朋友?"高婕低下头,从档案里找出杨兆凤的口供重新看了一遍，"为什么？"

"他大概有暴力倾向。这一点，对你来说并不难确认。"华良说，"打几个电话，给法租界区域内几家医院的同行朋友，问他们，有没有一个叫佟月的人不止一次地去看跌打伤。"

"佟月又是谁？"

"杨兆凤现在的未婚妻。"

"一会儿就打，先说说这个。"高婕又拿起了第二份档案，朝华良晃了晃，"这确实是阴阳蝶，但你的推断中还有一个错误。"

档案袋里装的，是华良带回来的几只阴阳蝶尸体的照片。在美国读书时，高婕曾在一份生物杂志上见过。阴阳蝶因为左右翅膀的花纹不对称而得名，也叫鬼蝴蝶，数量稀少，只在中国敦煌一带被发现过。杂志上那篇论文由一位生物学家撰写，他先后两次从敦煌捕捉阴阳蝶，带回美国进行饲养、繁殖和研究，但是都没有成功。

"错误在哪里？"

"法医从阴阳蝶身上提取出了剧毒，但是，"高婕的眼睛眯了一下，从中射出来的光亮如刀刃，"阴阳蝶本身并没有毒。"

"阴阳蝶身上的毒是有人放的？"

"对。所以我现在要对阴阳蝶身上的毒重新化验一遍。"高婕站起了身，朝门口走去，"老余那儿我已经说好了，就等你大探长回来批准。"

"我的两个兄弟也在那里等你,"华良咬了下嘴唇,"插在他们后颈上的针也要进行化验。"

华良坐在椅子上,他嘴里的烟一根接一根,变成时间的刻度。这时,高婕正在化验室里从阴阳蝶身上提取毒素,导入试管,做分辨实验。在她的背后,一棵高大笔直的大树渐渐生长出来。具有强烈紫外线的阳光穿过树木茂密的枝叶,照在她的后颈,带给她灼热的感觉。而莫天在一家小报馆前熄了火,他的手里卷着一份报纸。他走进报馆,将卷成筒状的报纸放在嘴上,吆喝着文章作者的名字。作者的名字叫风刀,但是站起来的是一个毫无刀锋气质的干瘦驼背的中年秃子。"你不该叫风刀,"莫天瞅着对方的头顶,"你应该叫风刀斩过天灵盖。"

风刀表情甚为不满,用手拨拉了两下秃顶周遭的长发,去掩盖缺陷。莫天将报纸拍在桌面上,质问他消息的来源。

"忘记了!"风刀用厌恶的眼神剜了莫天一眼,随即别过脸去,仿佛受了气的妓女。

"制造出这么哄动的新闻你会记一辈子的。"莫天坐上桌子,"我用一个大事件来换,行不行,保证又是个大新闻。"

"什么大事件?"风刀转回来半张脸。

莫天翘起二郎腿,点起烟斗:"莫式银行晓得吗?"

"莫向南也包二奶了?"风刀的两只眼睛已经被贪婪的光撑大了。

"莫向南的儿子晓得吗?"莫天继续问。

"听说叫莫天,或者莫地。"

"睁大你狗眼看看!"莫天一耳光抽乱风刀的头发,把自己的证件拍到报纸上,"我就是莫向南的独子,一个月以后,中秋节,我会在和平饭店结婚。到时候,我会举办一场上海滩最盛大的婚礼,你可以成为参加这场婚礼的唯一一个记者,并且允许你拍照和登报。"

"好,好!莫少爷,我一定去!明天我就发一篇稿子来预热!"风刀从证件上抬起了脸,那已经是一张满脸春光和媚笑的脸,"江梅树的事情是那个叫佟月的演员告诉我的。五年前,她来找我,说有大新闻,让我带上相机去,那真是惊心动魄!"

直到现在,风刀还对那天下午发生的事情记忆犹新,或者说,那短短的五分钟每次想起,都像相机的镁光灯一样清晰、突兀得耀眼。他随佟月进入一辆汽车,然后汽车将他载到了一处粉刷得很漂亮的两层洋房前。去吧,佟月说。风刀透过汽车窗户朝那栋房子瞅了一眼,大门开着,房门关着,红色房门外站着两个黑衣男子。院落中的喷泉很漂亮,像一树剔透闪亮的花。

风刀自己下了车,端着他的照相机走进房门前,中间腿软了一次,险些跪倒在地。两个黑衣男子盯着他,面无表情,骨骼撑着面部的皮肤,像相貌凶残的狗。风刀忽然想走了,他完全不想干了。但是这个时候,两名黑衣男子用脚踹开了房门。"赶紧!"其中一个男子整理着西装,低声命令他,在他的腰间,露出了黑色的手枪柄,"二楼!"

风刀端着相机冲进洋房，跑上楼梯，他的大脑一片空白。来到二楼时，风刀听到了男人和女人的惊慌的叫声和弹簧床被大力挤压时发出的钝重的声音。卧室的门虚掩着，被他踹开时，黄大前已经跳下床，光着身子站在窗前向外望。江梅树的头发散着，用被子围住身体。看到风刀后，黄大前又蹦回了床上。风刀开始接连按动快门。棉被呼啦掀起，在重新覆上这对男女的头之前，胶卷里已经有了影像。他听到男子在棉被中咆哮，像一匹被裹起来的狼。

风刀冲出屋子的时候，两名黑衣男子已经不在，那辆黑色福特轿车也混进了车流中，所以风刀一时失去了方向。乱跑了一阵子，他才想起自己应该回报馆，写文章，洗胶卷。

"佟月为什么知道这件事？"莫天问。

"后来我听人说，她是黄大前老婆的一个远方亲戚。"风刀挠了挠脸，"我看，这事儿应该是黄大前的老婆让她干的。"

莫天快步向门口走去，风刀忽然想起似的追问他新娘的名字。"她叫高婕，是个女医生！"莫天头也不回地嚷。

15

吴娇坐在跑狗场内圈的一把长椅上，陆明把玩着一个骰子从远处向她走来。

"我要走了。"吴娇说。

"你要去哪儿?"陆明问,"你让我来就是跟我说这些?"

"对,"吴娇抽泣了一下,"我已经一无所有了,输了爱情,也输了我自己。我要永远地离开你,永远地离开这个是非之地,重新去寻找我自己。"

"难道你也想让我一无所有?"陆明向前跨出一步,捂着胸口。

"赌局上没有赢家,爱情里也没有。"吴娇在风中流下泪,"难道你还不明白?"

"我想送你一样东西。"吴娇俯身,拖起长椅旁的行李箱。

两人的身后,是跑狗场跑道和人声鼎沸的观众席,十几只身形细长、肌肉圆实的赛犬正带着标码在跑道上狂奔。这是一场属于赌徒们的狂欢,观众席上坐着的,大都不是第一次下注,更不会是这一生唯一一次。因为他们都相信,这一生一定有一个耀眼的时刻属于自己,倘若半途而废,就只能错过。他们不会离开的,他们的视野里并没有门。

就像江梅树,华良想,她在可以掉转方向的时候选择了孤注一掷,选择了妥协,走进了黄大前为她买下的房子,换来了短暂的"闪耀时刻"。而那个躲在暗处的凶手则比她决绝得多,他从杀掉金表蔡的时候就斩断了自己的退路,他把自己的"闪耀时刻"送给了复仇。华良站在观众席下，向上望去，一张张挤靠在一起的脸看得最清楚的就是那些张大的嘴。如果今天那个凶手会对佟月下手，那么他会坐在观众席里看着吗？还有有希子，金声和黄大前的死她都在现场，此刻她会不会也在观众席？在这个案件中，她扮演的究竟是什么角色？

华良回头望了一眼，片场就与他隔着一条跑道。佟月被莫天、杨兆凤、摄影师、对手男演员和另外五名杂工围在中间。一个镜头拍完，佟月从一把长木椅上站了起来。那里本不应该有座椅，是那五名杂工刚搬过来的。因为杨兆凤拍的是两个赌徒相恋又相别的爱情故事，相比赌场，跑狗场在荧幕上显然更为壮观，而两人的离别要发生在具有赌博气质的地带，想必这是杨兆凤选择这里的原因。剧本是杨兆凤写的，这个发生在荧幕上的故事出自他的心，他又是一个怎样的赌徒？

这里，大概也是凶手喜欢的场所，这里比东圃戏院和百乐门舞厅容纳的人都多得多，如果佟月死在这里，也将更具有仪式感。所以，先前华良对片场那五名杂工和摄影师都进行了搜身，全部道具也已仔细查看过，排除他们身上和道具中携带了染了毒的"阴阳蝶"的可能性。此外，在片场周围、跑马场观众席以及门口都安排了换上便装、腰里别着手枪的巡捕，以防万一。

华良穿过赛犬留下的灰尘，朝片场走去。杨兆凤对两名演员和摄影师交代一番后，再次开机。"我想送你一样东西。"佟月俯身，拖起行李箱。

华良站在莫天身边，两人的目光都锁定在那个大行李箱上，尽管开拍之前已经对它进行了细致的检查，里面只装着几件衣物，和一枚六面都刻了六点的骰子。

佟月将行李箱横放在双腿上，打开卡扣，慢慢掀开之后，华良缓缓吐出一口气。没有任何东西飞出来。佟月拿出了那枚骰子，站起来交给陆明。

"如果你真的不想和我一起走，希望它能给你带来好运。"吴娇说。

陆明接了骰子，翻来覆去地看，然后他扔了之前手里那枚骰子，朝吴娇笑了笑："赌场里的人不会相信这只是我的幸运符，我会被打死的，但是我会一直留着它。"他提起右手里的公文包，想把骰子放进去。

不对。空气凝结成玻璃，在华良耳边破碎成锋利的刀刃。先前在检查道具的时候，这个公文包并不在其中。如果没有想错，这应该是杨兆凤来时提的包。

陆明已经打开了公文包的卡扣，他抬头望了一眼面前的佟月，双眼里噙着碎玻璃一样的泪。

华良箭步冲过去，将公文包踢飞。公文包在空中翻滚，打开，蝴蝶呼呼啦啦飞了出来。它们到处乱飞，其中一部分正在朝人群大声呼喊的看台飞去，已经来不及阻止了。

它们携带着剧毒飞向看台，在人群中起起落落，和从空中掷下的炸弹没有本质的区别。华良安插在看台上的手下已经脱下外套，朝着那些可怕的东西扑打，但是这遭到了观众们的一致反对。观众们显然对这些纹路美丽稀奇的蝴蝶分外喜欢，带着怜爱，特别是那些年轻的姑娘和随大人来的孩子们。他们将华良手下的外套全都夺过去，或扔掉，或扯成布条后再扔，然后挥舞双手捕捉那些美丽的昆虫。

华良冲到看台前，拔出枪冲天开了两枪，命令人们赶紧扔掉蝴蝶，离开现场，但是他们并不理会这个发了癔症的男人。他们双手罩在一起，仅留下一条视线可以穿越的细缝，观察它们罕见的花纹，或者撕裂蝴蝶的翅膀，让它们顺着自己的胳膊往上爬，一直爬到他们的脸上，爬到他们的头顶。

奇怪的是，华良担心的事情并没有发生，没人被蝴蝶裹得严丝合缝，更没有人中毒身亡。看台上一直是一片热闹的场景。所以，当华良戴上手套，奔上看台，从几个观众手里谨慎地将蝴蝶捉入纸袋时，观众们脸上都带着嘲讽的笑。难道这批阴阳蝶没有毒？凶手为何要虚晃一枪？他准备在何时何地动手？

华良大跨步返回片场时，佟月趴在杨兆凤怀里，两个人一起抖。华良左右环视，那个演陆明的男演员、五个杂工和摄影师都还在，尽管也同样满脸惊诧，但是没有人离开。华良问杨兆凤谁曾碰过他的公文包，没人碰过，杨兆凤说。拍摄中途呢？华良问莫天，莫天的回答和杨兆凤一样。

"为什么要让陆明带着公文包？"华良回过头，继续问杨兆凤，"第一条并不是这样。"

"因为他带着公文包更加合适。"杨兆凤说，"是剧本里疏忽了。"

"在你来片场之前，还和谁接触过？"

"您，"杨兆凤说，"还有您的助手莫少爷。"

"还有呢？"华良继续问。

"没……没有……"

"我是在救你的命。还见过谁？"

"有希子。"杨兆凤说完，就低下了头，不再看华良的眼睛。他的脸和佟月的脸挤靠在一起，像两只被母狮子发现的挤靠在洞穴中的小狼崽。华良感觉后背倏然闪出一大片空洞，风汹涌地向里灌。

"有希子为什么会见你？你找的她还是她找的你？"华良问。

"是我找的她。"杨兆凤说。

按照杨兆凤的说法，他知道有希子这个人，是因为华良和莫天去电影公司拜访了黄大前，并拜托黄大前帮忙找到有希子。那天华良和莫天离开以后，黄大前就把有希子这个人说给了他，而他希望自己的电影能够顺利拍摄，所以想请有希子做场法事。当天晚上，黄大前就给他打去了电话，说已经把他的号码给了有希子，有希子方便的时候会给他打电话。今天早上，有希子给他打去了电话，并随后去家中进行了拜访。

"所以,今天上午,有希子在你家做了一场法事?"华良问。

"没有。"杨兆凤说,"她说她会自行找一个地方来安排。"

"几点到的你家?离开的时候又是几点?"

杨兆凤想了会儿,说:"大概七点钟来的,待了一盏茶的工夫。离开时间大概是在您来拜访前的半个钟头。"

滴水不漏的回答。华良没有继续问,没有纠结杨兆凤是否在撒谎。因为相比有希子带着何种理由去登门造访,找到她显然更为重要。而就算在拜访理由上撒了谎,打过电话这个细节应该是真的,因为杨兆凤很清楚,他住所的电话号码已经给了华良,是否打过电话可以在电话局查到,真实的细节可以在一定程度上佐证他的谎话。

回到巡捕房以后,华良就派手下去了电话局,调查杨兆凤住所电话的通话情况。在上午八点的时候,确实有一个电话打进去,但是这个电话属于徐家汇路上的德森咖啡馆,并非一栋民居。有希子很小心,她没有暴露自己的住处。为保险起见,华良安排了三个手下身着便装去德森咖啡馆蹲点儿。有希子一旦出现,立马实施抓捕。

高婕的化验结果已经出来了,阴阳蝶身上以及那两根针上带着同一种剧毒,叫见血封喉。更确切地说,那是一种被称为"见血封喉"的树的树汁。前几天,高婕在云南第一回看见见血封喉,树身高大,她的视线随着树干升到天空，感觉到的是一股蓬勃的生命力。所以她一时有些恍惚，无法相信手里捏着的那瓶刚从树身上取出的白色汁液具有夺走生命的能力。

"树汁的毒性极强，只要进入血液之中，中毒者就会在几分钟之内因心脏麻痹而死。"高婕双手插在外套的口袋里，抬头看着华良，"当地的猎人都用淬了树汁的箭头来捕猎野猪。"高婕停了几秒钟，再开口，声音低沉了些，"两名巡捕死亡时间在今天上午七点到八点之间。"

这个时间与有希子去杨兆凤家的时间完全吻合。华良捏着装有阴阳蝶的纸袋，有几分钟没说话。两个画面一直在他眼前晃。第一个画面是在东圃戏院的后院，木桌上的蜡烛随风摇晃，有希子挑起木剑，在金声的眉间划了一道血口。第二个画面是在舞厅，黄大前开酒的时候，酒瓶意外地破碎，划伤了他的手。当时有希子也在舞厅里，她站在窗前，表情漠然，仿佛目空一切。或许其间她的嘴角也曾轻轻翘起过，在看到黄大前的手被玻璃划出破口的时候。一个好端端的酒瓶怎么会那么轻易地碎掉？原因只能是它在被黄大前拿起来之前，就被暗中做过了手脚。

"有没有什么东西或者气味，是阴阳蝶格外敏感的？"

"鬼梅的花蜜。"高婕说。

"鬼梅？"华良从没有听说过这个花名。

"对。"高婕回答得不假思索，仿佛凡是她阅读过的文字，都会一字不落地永存在记忆中，"一种只生长在敦煌一带的草本植物。属于一年生植物，单层红色花蕾，喜阴，只生长在偏僻的角落。鬼梅的花蜜对阴阳蝶具有莫名的诱惑力，在它开放的时节，阴阳蝶会从各处飞来，形成群落，即使相隔几里，甚至十几里，也找得到。这也是当地人管那种植物叫'鬼梅'的原因。我之前提到的那个饲养阴阳蝶的美国生物学家，就是以在鬼梅旁边蹲守的方式，捕捉到的阴阳蝶。"

金表蔡、金声、黄大前身上有没有被涂抹上鬼梅的花蜜？这一点在之前的验尸中当然没有涉及。华良转过身，朝停尸房跑去。

高婕追随着华良跑到停尸房的时候，华良已经打开了手中的纸袋。纸袋像魔术师的帽子，十几只阴阳蝶从中飞出，色彩缤纷。停尸房里有十五具尸体，但是它们的目标只有三个：金表蔡、金声、黄大前。数量的稀释让它们着落的位置非常清楚，分别是金表蔡的小腿、金声的眉间、黄大前的左手。华良清楚地看到，阴阳蝶朝那些伤口一次次吐出口器。在接下来的时间里，有希子红色飘逸的身影在华良面前来回游荡。她现在在哪儿？她究竟是谁？为何要为江梅树报仇？

奔跑声忽然出现在走廊里，橡胶皮鞋底撞在水泥地上，生硬又空洞。"莫天来了电话，出事了！"手下喘着气朝华良喊。

"出事了！"华良一接起电话，莫天就在那边叫喊，从烟斗里吸进身体的烟雾让他焦躁不安，"杨兆凤死了！"

16

杨兆凤死了。

莫天和另外几名巡捕按照华良的吩咐，把杨兆凤和佟月从片场护送回住处以后，就一直在门外守候。他们听到叫喊把门踹开时，杨兆凤正躺在地上剧烈地颤抖。一缕血从他发间流下来，漫过他的额头，再漫过他睁大的眼睛，与他嘴里吐出的白沫相溶。他使劲地呼吸，但是好像无济于事，仿佛跳到岸上的鱼徒劳地挣扎。

高婕戴了白手套的手搭上杨兆凤的颈动脉，毫无跳动的迹象，皮肤也已经凉了，整张脸都变成了紫色，那正是心肌梗死的症状。华良指指地上那个玻璃杯的碎片，高婕就用钳子捏住把它们收进了证物袋。杯子上应该有毒，见血封喉。

佟月不见了，在莫天几人围住浑身颤抖的杨兆凤时，她趁乱跑了出去。

华良盯着凌乱的桌椅和地上的杨兆凤，想象半个钟头前这里发生的事情。杨兆凤再一次殴打佟月，佟月无法继续忍受，开始还击。她抄起了茶几上的玻璃杯，砸向杨兆凤的头，于是剧毒就随着皮肤的破口进入了杨兆凤的血液。这一次的毒不在蝴蝶身上，而是在玻璃杯上。不管这只玻璃杯击打向谁的头，谁都会因此而死。就算杨兆凤没有对佟月动手，也一样会有人死去，因为他们总要喝水。这时，桌上的电话忽然响了起来。

"喂？"在华良的示意下，高婕拿起了电话。所有人盯着高婕和她手里的听筒。

"杨兆凤呢？"

"死了。"

"所以，你活了下来。"有希子冰冷的声音里仿佛带着一些祝贺意味的笑。华良不断揣摩着有希子这句话。

为了不被有希子分辨出来，高婕没有继续开口。隔了一会儿，有希子说："那你过来，按照我之前告诉你的地址。"

"记不清地址了。"高婕用慌张的语气掩盖与佟月在音色上的不同。

"胜东路二十三号。"有希子说，"不要害怕，噩梦结束了。"

听到这里，华良就快步走了出去。胜东路二十三号离这里不过十几公里，佟月现在说不定已经到了。

佟月已经开着杨兆凤的汽车来到了胜东路。她精心盘起的头发被杨兆凤撕扯得散乱，随着她的奔跑胡乱摇晃。她推开那扇钉着写有"二十三号"木牌的小门，冲进小院时，有希子正在那里浇花。院子里装满了安静祥和的空气。

"都过去了。"有希子站起身，然后佟月第一次看到了她的笑容。有希子抬头看看天，一朵灰色的云彩正在散去，半个太阳已经露了出来。

"鬼魂正在远去,不用再担惊受怕。"

"可是我确实犯了错。"佟月站在天空下,她的肩膀上落着忽明忽暗的阳光。

"有人已经替你还了,不是吗?"有希子蹲下身去,重新摆弄她的花花草草,"没事的时候多看看植物,心情会好。"之后,她又开始修整那棵被花盆所围绕着的一米多高的小树。

"你能帮我吗?"有希子回过头来,指了指树干。佟月看到树干上钉着一枚钉子,"你能帮我把这枚钉子拔出来吗?"

"恐怕不好拔,"佟月说,"嵌得太深了。"

"嵌得多深都能拔出来,只要真正想做。"有希子说,"你心中那根钉子嵌得更深,我一样拔了出来。世界需要守恒,只有守恒才能长久。所以我需要你为我做这一件小事。"

佟月感受到了有希子话语中隐藏的指责,所以她走过去,单膝跪下来。有希子站起身,接着,她就走出了院子。佟月无法看到,她的身后,有希子脸上盛开着比先前更大的笑容。那是带着泪的笑容,圆满得像挂满露水的牡丹花。

佟月不知道有希子去了哪里,也不想问,此刻她很享受一个人待在这些植物旁边,不再为看不见的身后而恐惧。她甚至忽然生出了息影的念头。她已经存了一笔款子,买一个这样的小院,再种些花,也是种愉快的生活。出名没什么好的,甚至可以说很糟糕,用刚才有希子的角度说,那是一种失衡的状态。

现在,太阳已经完全从云里出来了,之前那朵云已经散成了远处的丝丝缕缕。阳光照在每一棵植物的叶子上,闪着亮,还可以很清楚地看到下面的经络。蚂蚁沿着茎叶爬上爬下。她仿佛从没有如此细致地观察过世界,或者说,世界仿佛从没有像现在这样清晰过。

都过去了,她想,凡是过去的,都是梦境,随意抛去就是。

她开始拔钉在树干上的那颗钉子。随着手指的摇动,指肚上传来疼痛。她才注意到在那枚钉子圆顶的下部,有另一枚钉子的尖头露出来。血从伤口流出来,又很快被流淌出来的乳白色树汁覆盖。这一刻,她觉得这棵树对她充满了爱意。

华良、高婕、莫天以及另外几名巡捕跑进院子时,佟月已经死了。她躺在地上,脸呈紫色。她右手的手指肚上,有一处小破口,血并不多。她的手边,是一枚沾着乳白色树汁的钉子。

高婕抬起头,看到了那棵正在流淌白色汁液的见血封喉。

17

有希子早已不知去向，她留下的只有佟月的尸体和房屋里几件一模一样的鲜红色的丝绸长袍，仿佛是蝴蝶走后留下的空茧。

小屋的墙上贴满了江梅树的照片，都是从杂志和报纸上剪下来的。几名手下将佟月的尸体抬上车开走以后，华良三人直奔江梅树那栋住宅。天色将晚，有希子很有可能会去那里。因为今天不同以往，今天是鬼节，还是江梅树的忌日。

天色在去程中慢慢变黑，蹲在路边的人也越来越多。他们用树枝扒拉着的一层层燃烧的纸钱是唯一的光源。纸钱的灰烬镶着金边，像蝴蝶一样飞翔，竖直往天上飞，或被夜风吹拂斜着贴上前挡风玻璃，或者飞进车里，落在华良身上。

在江梅树旧宅前，华良停了车。下车的时候华良带着用来捅锁的铁丝，但是锁是开着的。

华良轻推开大门，拔出枪，把莫天和高婕挡在身后。在房门外头，三个人都下意识地提了一口气。接着，华良一脚将门踢开。

客厅被地上的火盆染成红色，那个蹲在火盆后的人影子打在墙上，摇摇晃晃，被火光映得很大。

"有希子！"华良喊了一声，枪口和手电筒的光柱同时指向了她，她的肩膀猛地在墙上抖晃了一下。

不对，那不是有希子，回过头来朝向光柱的分明是一个男子。

一抹刀光仿佛划过了华良的头皮，是小弟？

18

男子长得很高大，肩膀宽阔，他本能地向楼梯方向跑，美式工装靴发出钝重的声音。

华良手里头的光柱一直在黑暗中追随着他的背影，这让他的逃跑更像是一出舞台剧。他跑进了江梅树的卧室，华良三人追进去时，他正站在江梅树五年前坠下的那扇窗户的窗台上，月光照在他脸上，映出他倔强的骨骼。

"小弟！"华良端着枪朝他喊，"如果你真想死，唯一可行的方式是冲过来袭击我。"

"我为什么要死！"男子腔调慌张，他努力看向三人，但是手电筒的光芒形成一道帷幕，让他什么都看不清，"你又为什么要杀我？你是谁？"

"我是中央巡捕房探长华良，我只是想把你带回去问话，把你知道的事情都交代清楚，小弟。"

"你叫我什么？"

"别装啦！"莫天嘲讽他，"难不成你还叫小妹？"

"我叫杜鹏。"男子从窗台上跳了下来，风中的窗户在他身后晃来晃去，"我是阿梅的影迷。"

华良摸索墙壁，拉亮了江梅树卧室的电灯。

三缕烟雾升到一楼客厅的天花板，在那里聚拢，悬浮成一团云。灯光下的杜鹏面容清晰，这个三十岁的摄影师满脸络腮胡子，眼角上已经有了些皱纹，他不可能是小弟。说话期间，他从沙发上转过头，指了指墙壁说："这就是六年前我给她拍摄的相片，这是我唯一一次与她对视、说话，足够了。她很美是吧，电影里的她也很美，但是都没有她本人好看。她是世界上所有色彩的集合，但是胶卷却只有黑白，所以谁都拍不出她真正的美。我爱她，从她走进我的照相馆的那一刻起，一直爱到现在。"

杜鹏指的那张照片挂在江梅树与杨兆凤的合影旁边，照片里的江梅树穿着一身旗袍，头发盘着，透露出一股雍容之气。

说话的同时，伤感痛苦和温馨喜悦交替在杜鹏脸上轮转，仿佛变幻不定的云彩。他对这个卧室曾经的主人依然充满了爱恋，在华良看来，那爱恋带着畸形的色彩。这个人曾带着照相机和对江梅树的爱恋到处跟随她，在片场，在路上，甚至在这个院子的围墙之外，都对着江梅树的身影按下了快门。在杜鹏看来，这些属于江梅树的诸多瞬间都是独属于他自己的，他决定一直拍到他老去，这样，他就拥有了她的一生。

当华良提出要看那些照片时，杜鹏很高兴地答应了，因为这个举动意味着他在向别人展示自己所拥有的东西，只有自己拥有的东西才有权决定给别人看。所以他坐上了莫天的摩托车挎斗，带三人来到了他的照相馆。照相馆在培远路上，里面有一间小屋，是独属于江梅树的。开门之前，杜鹏先用手指轻敲了几下门。

四面墙壁上都贴满了江梅树的照片，有超过一半的照片是江梅树的背影和侧面，剩下的那部分正脸照都是在片场。每次剧组向记者开放，杜鹏都会带着相机混在其中，证件都是从一个做摄影记者的朋友那里借的。

华良重点看的是那些在片场拍摄的照片。挨张相片看完，他没有看见小弟，但是发觉到了另一个人。

那是一个十一二岁的女孩，在三十五张片场照片里，她一共出现了二十三次，都站在江梅树的身后。在拍摄于街道上的那些照片里，她还出现了五次，都是跟在江梅树的身后。

"她叫沈秀，是江梅树的仆人。"华良一问，杜鹏就利落地回答，他依然为自己知道这个名字，为如此熟悉江梅树而感到高兴，"听说这丫头老家是云南的，跟亲戚一起来上海做茶叶生意。后来亲戚死了，她被房东强行卖到了妓院，以补交她欠下的房租。是阿梅把她赎了出来。"

"这是苗小青小时候？"莫天从战壕风衣里取出放大镜，凑到一张张照片前，看了又看，"可真是爬虫变蝴蝶，截然不同嘛!"

"当然截然不同,"华良把手指摁上了某张照片里沈秀的左脸,"因为她根本就不是苗小青。"

"不是苗小青?"莫天的下巴掉了下去,"那她是谁?"

"有希子。"华良的手指从沈秀的左脸移开,高婕和莫天都看到了那个大概有拇指肚大小的印记。

那是一个胎记。

那也是红色的金鱼在有希子脸上游动的位置。

"你在片场有没有见过一个和沈秀年龄相仿的男孩?"华良回头问杜鹏,"他经常在片场看江梅树拍电影。"

"没有。"

不对,一定是哪里出了问题。先是杨兆凤否认了这个叫小弟的孩子的存在,现在杜鹏也进行了否认。难道苗小青向他提起这个男孩子仅仅是为了迷惑他而编造出来的?这个叫小弟的孩子根本就不存在?当然不是这样,老丁已经肯定了这个人的存在,那个大杂院里也留有他的痕迹,他的床、他的书、他曾剪下的一枝花朵都在那里,他就真真切切地生活在包租婆的世界里。那究竟是哪里出了错?

"我要去一个地方。"华良忽然意识到了什么,他转过了身,快步向外走去,"莫天你送高婕回去。"

19

包租婆趿拉着拖鞋从屋中来到华良面前的时候,华良已经在大杂院里站了十分钟。他不断地叫喊,捡起一个破铝盆拍打,对连成片的叫骂毫不理会。

华良打断了包租婆的牢骚,询问她小弟的下落。"大概死在外头了!我真倒霉!"包租婆骂着往回走,又被华良叫住了。

"小弟是男的还是女的?"

"当然是女的!"包租婆斜楞着眼,腮帮子哆嗦,"你连她是男是女都搞不清楚,还找她?"

华良没再问,因为他已经得到了答案。包租婆肥硕的身影在他的视野里越走越远,然后被一道门挡住。华良在原地站了好一会儿,叫骂声平息以后也没挪步。这就对了,小弟是个女孩,此前他一直被那个名字带偏。既然有希子是沈秀,那么苗小青应该就是小弟。她和有希子合谋了这场颇具戏剧性的杀戮。之前走进小弟清扫干净的房间时,他就该想到的。

但是苗小青已经消失了,没有留下任何痕迹,也没有人能提供任何线索。大杂院恢复了安静,月光很亮,把华良的影子拖得瘦长。

20

旅馆那通电话是早上四点打来的。天光未开,屋里还很暗。华良从床上坐起来,他的身体快过思维。

"苗小青回家了!"对方的声音很急促,带着喘息。华良听出来了,是手下赵学武,他显然是跑过来的。这几天,赵学武与另外四名巡捕一直在苗小青住处附近蹲点,轮流去停在五百米外的汽车里睡觉。这个时候的街上死一样安静,为了不打草惊蛇,赵学武没开车,跑了一公里,来到了那个旅馆。

"什么时候?"华良已经彻底清醒过来。

"四分钟以前,他们几个还在那儿守着。"

"你开间房,休息下。"华良说,"等案子结了,做莫天的中长跑教练。"

华良开车赶到苗小青的住处时,太阳刚出来。四名手下分别站在那扇门的两侧,两眼乌青,但炯炯有神。

走到院子里,华良就看见了苗小青。苗小青坐在窗户后面,在一抹生冷的金黄色阳光里,一只手挂着窗台,一边抽烟,一边望着他,像是在等他。

"你很麻利,没让我等太久。"苗小青朝华良笑笑,她的眼睛仿佛失去了焦点,眼角带着些许疲惫。

"但是我等你很久了。"华良走到窗前那抹阳光里去。

"你知道,作家创作一部心爱的作品的时候最不希望被人打扰,何况对方还是个有魅力的男人。"苗小青伸展了一下腰身,朝华良挤了挤眼睛,"我现在终于有时间和你谈谈恋爱了。"

"好,那让我先了解下你的童年。"华良说,"童年的你真的很像个男孩子。"

自此,苗小青的眼睛里开始有了焦点,她似笑非笑地凝视着华良。"小时候,我被强制安排唱小生。不过,你是怎么发现的?"

"在昨夜,我才意识到自己轻易地被一个名字骗了。你很会撒谎。"

"我说过了,作家靠撒谎为生。"

"我去过你在大杂院的房间。房间不是小说,是真实的生活,骗不了人。"华良说,"干净整洁,桌上又放着花瓶的房间,十间里有九间是女孩子的房间。当我对小弟的性别产生怀疑并且确定自己先前的错误以后,我就知道你就是小弟了。因为房间里还有一个大书架,上面摆满了文学书籍。"

苗小青很满意地点了点头,弹弹烟灰,仿佛听了一个可以写成小说的好故事。

之后,她说起了自己小时候,也说起了江梅树,语气轻淡,时断时续,仿佛随时可以被微弱的晨风吹走。

童年的苗小青,对演戏充满排斥,她只喜欢写戏。为此，江梅树给她买了很多书，或者说，几乎每个月，江梅树都会从被金声狠狠克扣过的工钱里拿出一半给她买书和文具。除去江梅树，没人知道她想当作家的念想。她绝不会告诉第二个人，因为她不希望自己心中那个圣洁的念想被别人嘲讽地对待。念想比什么都重要，容不得这个肮脏世界的一丁点玷污。她曾以为自己能靠一支笔打出一番天地，可以把自己、父母、江梅树都带出束缚，走进一个富足、自由的世界。

"那时的我无论如何都想不到，自己发表的第一篇小说，是在诠释梅姐姐的死。"

苗小青望着华良身后的天空，疲倦地笑了笑，然后低下头去，似乎要拿什么东西。对于华良那几个手下的高声命令，她毫不理会，继续朝下俯身。抬起胳膊的时候，她的手里多了一卷用麻绳捆成筒状的稿纸。

"这是《阴阳蝶》的最后一个章节。你帮我把它交给《申报》的编辑。"苗小青从窗户把稿子递给华良后，便从屋子走了出来。"我出去等你。"在华良打开绳结，迅速阅读稿件的时间里，苗小青出了门，继续走，朝着华良停在巷子口的汽车，脚步轻快，毫不迟疑。她拉开车门，坐进后座。五分钟后，华良推开了车门。

"我知道你想问什么，"苗小青说，"不过我想先告诉你，这桩案子，是我们俩共同谋划的。她犯了什么罪，我就犯了什么罪。"

"她在哪儿？"

苗小青忽然笑着哭了:"在她曾经住过的地方,那是她的家。"

21

沈秀在自己仅住过半年的卧室里睡了六个钟头。昨晚十点钟的时候,她带着一个布口袋来到了这所洋房。客厅里有脚印、烟头和尚未飘散的烟味儿,江梅树的卧室中也有脚印。她知道谁来过,事实上此前她一直在路边的黑影中等他们离开。她做的第一件事就是把屋子重新清理干净,打扫完屋子又去清扫院落。月光下,她把落叶全都归拢成堆烧掉。清理院子是她在那半年里每天要做的事,这是她的家。

之后,沈秀褪下身上的红色长袍,褪下全部衣物,走进浴缸里,洗去粉黛和灰尘,站到镜子前审视自己的脸和身体。五年过去,她已经变了样子。然后她在自己的床上睡去。这时是午夜十二点,那一天已经过去了。她非常疲惫,同时觉得非常完满,在六个钟头的睡眠中,她一个梦都没有做,实打实地睡眠。

醒来时,麻雀正在外面鸣叫,阳光清晰地穿过玻璃进入她的眼睛,让她觉得十分美好。她穿上了五年前的衣服,袖口短了,浑身都瘦,但她对此并不在意。她在意的是口袋里的东西,她摸了摸,还在。然后她走进客厅,打开了那个布口袋。

蝴蝶纷纷扬扬飞出来,就像江梅树把它们吸引来的一样。说不定,她现在就在这间屋子里,沈秀想。她看着蝶群起起落落,一时希望它们能组成江梅树的样子,就像小弟书里写的那样,但是没能如愿。她笑了笑,笑自己想法的天真,一股空洞感再次从心中升起来。在门外传来汽车急促刹停的声音时,她仓皇地掏出匕首,划破了自己的胳膊。

但是她的下一步没能完成。装着鬼梅花蜜的瓷瓶盖子还没打开,就在她手中破碎,一颗子弹穿透了它。

沈秀来不及将碎瓷拿起,华良就冲了进来。"站起来!"华良用枪指着她,枪口里冒出一缕白烟,"你不应该死在这里,沈秀。"

"我只是没有耐心继续等你。看来,你是个出色的猎人。"沈秀站起来,朝华良冷笑道,"是我看走了眼。"

"你也是个合格的巫女,"华良说,"即使不在现场,也能让杨兆凤如你所愿地死去。如果我没猜错,你应该分别和杨兆凤、佟月有过一场对话。利用他们对鬼魂的恐惧,告诉他们,只有杀死对方才能活命。所以当电话打过去的时候,你说出了那句话,'所以你活了下来'。"

"有烟吗?"沈秀笑了笑,坐到沙发上翘起了腿。

"你还杀了我的两名手下。"华良瞪着沈秀的眼睛。

"你应该明白,我不得不那么做。"

最终，华良还是掏出了烟和打火机，递给沈秀："江梅树是被杨兆凤推下楼的吧。"

"是。"

沈秀开始叙述五年前。在这个过程里，蝴蝶在两人面前迅速聚拢到地上的花蜜上，形成了三个蓬勃的球体。看着蝶群，随着沈秀的讲述，华良想象着曾经生活在这里的那一对男女的状态，以及那个夜晚的画面。

在江梅树陷进绯闻旋涡的时候，杨兆凤对她展开了热烈的追求。美丽的女人让男人喜欢，深陷于水火之中的美丽女人更能让男人义无反顾。何况，还有黄大前。为了让丑闻尽快过去，江梅树就须要有一个男朋友，黄大前十分支持杨兆凤这样做。

杨兆凤靠着他火热的勇气让江梅树做出了如他所愿的决定，他搬进了黄大前为江梅树买下的这处别墅，对江梅树关爱备至。但是他的关爱并不够持久，因为此时的江梅树像一个空壳，并没有表现出杨兆凤所期待的好转，也没有给予他他认为理所应当获得的温暖。江梅树的冰冷让倾尽所有温暖和关爱的杨兆凤感觉，她并不需要他。她最喜欢的事情是一个人待在卧室里，面对着一份份报纸和杂志，承受舆论的一次次袭击。

无论杨兆凤多少次将那些报纸撕碎、烧掉，它们依然会出现在这个房子里。杨兆凤不让沈秀去买，江梅树就自己出门。这个时期的杨兆凤已经压抑不住内心的恼怒，他恼怒的原因除去江梅树行尸走肉的状态，还有情欲中的占有。他开始想,江梅树之所以对自己毫无感情,之所以还在一遍遍咀嚼那些有关她和黄大前的文章以及那些插图,是因为她放不下黄大前。

终于,在一场毫无回应的性爱之后,杨兆凤打了她。

"那个畜生先是用最脏的词来辱骂她,比所有的文章都恶毒百倍,后来又抽她的脸,揪着她的头发往墙上撞。"

沈秀的呼吸粗重起来,她咬着牙,腮下的肌肉不断跳动。"声音非常响,但是门锁了,我进不去。我只能在门外面哭着求那个畜生,给那个畜生一遍遍磕头,但是无济于事。"

打完之后,杨兆凤也开始哭。他搂着头发蓬乱的江梅树,哭着要和她重新开始,两个人都再也不想以前的事。他无数次说过,过去的都是梦境,和从未发生过没什么不同,还说过要带她离开上海,但是他并没有做到。

杨兆凤离不开上海,他的决定只是决定,他和江梅树平淡温暖的生活也只存在于他内心虚拟的平行世界。而在这个现实世界中,他要在上海扎下根去,扬名立万,他连他深恶痛绝的黄大前都离不开。他的内心已经乱成一片,比江梅树封闭的内心更加混浊。他一次次地辱骂殴打江梅树,又一次次地在她怀里抱头痛哭,直到江梅树决定离开。

"其实阿梅姐心中是爱那个畜生的。阿梅姐是个孤儿,从没有人给过她爱。这种孤独感我最了解。"顿了一下,沈秀转过脸问华良,"你见过路上刚出满月的孤零零的小狗吗?"

华良点点头，没说话，沈秀擦了下眼泪自问自答："只要你唤它一声，它就会紧紧跟随你，甩都甩不掉，因为它需要一个家，生怕你把它丢弃。我不能否认，在那个畜生没有爆发之前，他对她特别好。其实阿梅姐是依赖他的，只是在那样糟糕的情绪状况里，她无法回应同样的温暖。我劝了她很多次，离开这里，离开他，但是她都没有答应。"

沈秀沉默了一支烟的工夫。她的眼睛在烟雾中半眯着，所处的时空是五年前的这里。"我刚才说了，我是个孤儿，所以我能理解阿梅姐内心的状况，所以我也能理解那个畜生。"

"你的意思是，"华良问，"杨兆凤也是孤儿？"

沈秀从茶几下拿起烟灰缸，把烟头摁进去，又重新点上一支烟。"他跟阿梅姐提过他的童年，说得不多。他的老家应该在湖南。未曾得到过爱的孩子，长大以后想靠付出爱的方式去获得爱，获得一个家，却没有如愿。他也和我们一样，属于最没有安全感的人，每天都害怕阿梅姐会离开他。"停顿了一会儿，沈秀淡淡的语气忽然变得冷硬，"但是他做了很过分的事，即使是现在，我也不会原谅他。"

"她点头那天，是七月十四日。我们会在七月十五，趁杨兆凤出去的时候，逃离这里。"

"那晚发生了什么？"

"还能是什么！"沈秀狠狠瞪了华良一眼，"当然是他又动手了！"

五年前七月十四日的早上，看着杨兆凤的汽车开远以后，江梅树掏出钱给沈秀，让她去码头买两张船票。江梅树终于做出了这个决定，沈秀说得没错，离开上海，重新开始，她还很年轻。

　　沈秀从口袋中掏出了那两张船票，并列摆在茶几上。那是两张从上海开往苏州的船票，苏州是江梅树的老家。发船时间是七月十五日上午九点一刻。

　　"所以说，江梅树留下的那张纸条并不是遗书。"华良继续问，"那晚，他为什么打她？他知道了你们要离开？"

　　"不是，"沈秀说，"只是因为黄大前的一声问候。"

　　"问候？"

　　"对。那天白天，黄大前去片场探过班。他把杨兆凤拉到一边，询问了他江梅树的近况。"

　　那一夜，被猜测充满胸膛无法闭眼的杨兆凤忽然从被子里跳出来，骑到江梅树身上。这时，江梅树已经睡着了。他掐着她的肩膀用力摇醒她，然后把拳头砸在她全身，掐她的脖子，再一次质问，她对黄大前是不是还心怀旧情，是否还在和黄大前秘密联络。他不仅打骂江梅树，还打骂他自己，完全陷入了癫狂之中。

22

那晚，杨兆凤完全陷入了癫狂之中。密集的捶击过后，他把江梅树踹下了床，然后掐住她的脖子，把她摁在窗台前，江梅树的脸很快变成紫红色，喉咙里咔咔作响。这时，杨兆凤终于清醒了，他才松开了掐住江梅树脖子的手。他决定好好跟江梅树谈一次，心平气和地，谈完之后，他就永远地离开这里。不能再这样消耗下去了。但是沈秀一直在卧室外捶门哭喊，这又让他不想立即停下，所以他又抽了向后仰去的江梅树一巴掌。而随着这一巴掌，他仿佛瞬间与江梅树一起跌入了一个真空的容器，耳膜鼓鼓发胀。一整扇窗玻璃不见了，江梅树也不见了，只有夜风呼呼刮着他全身。玻璃和骨骼破碎的声音先后插进他耳朵，告诉他，一切都无法挽回了。

杨兆凤踉跄着跑到院子里时，沈秀正跪在江梅树身旁哭。又往前走了两步之后，他心上晃荡着的侥幸彻底滚下山去，沉入湖底。江梅树躺在一堆碎玻璃上，脖子上还插着一块。浓稠的血浆从她嘴里往外淌，这是她身上唯一在动的部分。在沈秀的痛哭声中，杨兆凤瘫了下去，这种终结不是他心里想的那一种。

十分钟后，他像一具冷硬却空洞的盔甲一样站了起来。

他掐着沈秀的脖子,将她提起来。"打完电话,巡捕很快就会来。"他咬着牙说,"如果不按我说的来,我就杀了你。"

23

沈秀的眼睛紧闭,攥着拳头大口呼吸。她叙述出来的画面正在强力扭绞着她的脑袋。

"阿梅姐的眼睛一直在看着我!"沈秀开始用拳头拍打自己的头,眼泪甩到华良身上。为了制止她,华良费了不少力气。

"看着你?"隔着流淌的烟雾,华良问,"你下楼的时候,她还没死?"

"对。"沈秀变得很虚弱,肩背颤抖,"阿梅姐太痛苦了,是我把那片玻璃往下摁了一寸。"

一时,华良感到喉咙里一团空气结成块,卡在中间,就像一片冰凉尖锐的玻璃。

"她看着我伸手,看着我把玻璃片摁下去……她太痛苦了,她不该承受那种痛苦……我杀的每个人都该死,如果黄大前的老婆不是在三年前病故,我一样会对她下手!"

华良不再说话,坐在旁边等待那些痛苦的画面从沈秀面前飞过去。一时,他感觉,这个世界就是个无比荒凉的孤儿院。

静下来之后,沈秀又抽了一根烟。"尽管把该死的人都杀光了,但是我并不开心,一点都不。相反,我心中的空洞正在极速扩张,这个空洞任何人任何事情都弥补不了。在你没来之前,我以为我的痛苦能立即终结。"

沈秀左右转头望了望,曾经她以为这里会是她永远的家,江梅树会是她永远的家人。拥有家的感觉真好,踏实,稳定。江梅树给予她温暖,让她的心中也生出温暖,温暖连在一起,就是家,就能把风雨阻挡。

那天黎明,在四马路外等待金表蔡的时候,她心中有恐惧在激荡。那恐惧并非因为她马上要开始一场谋杀,而是来自五年多以前。那天,她被房东五花大绑,扔在四马路路口。房东像贩卖一条狗一样,跟面前的一堆老鸨讨价还价。路过的江梅树从汽车上跳下来的时候,房东已经接受了对方抛过来的五块银元。老鸨撕烂她的衣襟,要当街检查她的身体,江梅树冲过来拦在中间,把羊毛披肩围在了她身上。留下十块银元之后,江梅树把她领上汽车。

"我真的不知道,命运究竟是个什么东西。"沈秀说,"为何善良的人要接受一个又一个畜生的随意践踏,而一个又一个的畜生却活得那么好?"

"或许,命运并非既定的程式,它只是一个接一个的选择。"华良说,"你口中的这些畜生也因为他们错误的选择而走向了生命的终点。"

"但是如果我没有对他们进行惩罚呢?"沈秀的声音忽然高了起来,"这五年里他们不是照样活得很好?"

华良不再开口，这个时候的争辩在某种程度上也属于伤害的范畴。

"我也不知道生命是什么，我又为何会在这个世界上。"说完，沈秀笑了下，"可能，我很快就能知道这个答案。在枪决以后。"然后，她看见了卷成筒的稿纸从华良的风衣里袋里伸出来一小截。"小弟呢？"她抬脸问。

"应该已经在中央巡捕房接受审问。"

"所以，在你没来之前，你已经知道阿梅姐是怎么死的。"沈秀指了指华良的胸口。

"再真实，小说也是小说，而非当事人的口供。"华良看着面前那三堆阴阳蝶抽烟。它们爬得层层叠叠，拼命往里头挤，争食花蜜。但是它们不知道，那些最靠近花蜜的同伴已经窒息而死了。在欲望这一点上，人和昆虫没有任何不同。

"你把它们养得很好。"华良说，"美国的昆虫学家都没有你在行，养了两次，都养死了。"

沈秀笑了笑，"华探长，你真不适合讲笑话。"她站起身，将茶几上的两张船票放进口袋，"走吧，开船时间到了。"

24

阴阳蝶之最终章

…………

我在阴界的火焰之间穿行，观看五人的受刑。

蔡轩章、金大海和董悦在拔舌地狱。小鬼把燃烧着的铁钳分别捅进他们的嘴，再出来，上面已经夹着半尺长的舌头。那舌头在钳子上晃荡着，像肥腻的虫子。那就是他们曾经用来重伤我的武器。之后，那一对男子会被推入红色波涛般的血池，董悦则坠入油锅。我很喜欢那个尖下巴的女人在油锅中被炸得噼啪作响的情景。我朝她飞去，在热气中朝她扑打翅膀，看着她张着没有舌头的嘴痛哭求饶，然后独自飞走。她将在油锅中翻滚二百五十六万年。

至于我那曾经爱过的两个男人，也绝不会轻松，这里不是摇晃着红酒杯哇啦乱唱的舞厅。在冰山地狱尝尽极寒之苦之后，黄东升被倒挂在了刀锯地狱的砧板上，他赤裸肥胖，像一头猪，他也将遭到猪一样的对待——小鬼会把他从中间一切两半。杨自强？他要先在烧得通红的铜柱上待足三十二万年,再用石磨磨成肉酱。他的里里外外都已经腐烂,那就让他烂到底。

…………

我在他们之间来回飞翔。他们受刑的时间无比漫长,我想,我会在飞翔的过程中忘记所有。到时,我就没有了束缚。所以我将面对两个选择。一是化身成一束束的光线,穿过冰冷的水层,射向我曾经生活的阳界,射向某个处于饥寒中的人的耳垂,让他感受些许温暖,然后在风中溶解。二是作为一只蝶,继续把无穷无尽的恶人带回来。

我想,到时候,我兴许会选择第一个。